Stephanie Grace Whitson

Wie ein leuchtender Stern

Roman

Schulte & Gerth

Die amerikanische Originalausgabe erschien im Verlag
Thomas Nelson Publishers, Nashville, Tennessee
unter dem Titel „Valley of the Shadow".

Aus dem Amerikanischen übersetzt von Karoline Kuhn.

Best.-Nr. 815 782
ISBN 3-89437-782-8
1. Auflage 2002
Umschlaggestaltung: Douponce Designworks/Ursula Stephan
Satz: Die Feder GmbH, Wetzlar
Druck und Verarbeitung: Schönbach Druck
Printed in Germany

Für Robert, meinen Krieger

Und ob ich schon wanderte im finsteren Tal,
fürchte ich kein Unglück; denn du bist bei mir.
Dein Stecken und Stab trösten mich.
(Psalm 23,4)

Dank

Im Jahre 1837 nahm Mary Ann Longley Riggs, die Tochter eines Kriegsveteranen des Krieges von 1812 und Enkelin eines Mannes, der unter General Washington im Revolutionskrieg gedient hatte, die Haushaltsarbeit in einer Blockhütte am *Lac Qui Parle*, dem sprechenden See, in Minnesota auf. Von ihren acht irdischen Kindern wurden sechs Missionare unter den Sioux (Dakota). Ein siebtes, ihre Tochter Isabella, ging mit ihrem Mann in den Missionsdienst nach China. Doch erst der Tag des Herrn wird enthüllen, wie viele „himmlische" Kinder Mary Riggs in ihrer Zeit auf dieser Erde zur Welt gebracht hat.

Mary und Stephen Riggs waren in den Sioux-Aufstand von 1862 verwickelt, bei dem Dutzende von Dakota ihr Leben riskierten, um die weißen Missionare und Siedler zu beschützen.

Was nun folgt, ist ein fiktionaler Bericht, der zwei Gruppen von Menschen hervorheben möchte: Mary Riggs mit ihren Mitstreitern im Glauben und die Dakota Sioux wie John Nächster Tag, Lorenzo Lawrence, Paul Mazakutemane, Simon Anawangami und Taopi. Sie alle kannten die biblische Aussage, dass derjenige, der sein Leben retten will, es verlieren wird ... auf eine Art, die wir verwöhnten Westler des 21. Jahrhunderts vermutlich nie erleben werden.

Noch heute können Besucher des südwestlichen Minnesota Fort Ridgely und die Missionsstation besichtigen. Auch Sie können den atemberaubenden Blick von der Stelle genießen, an der einst Mary und Stephen Riggs gelebt haben. Und wenn Sie sehr genau hinhören und Ihre Fantasie schweifen lassen, dann können Sie noch immer das Echo ihres längst verhallten

Gelächters hören. Aus solchen Momenten werden Bücher wie dieses geboren, das Sie jetzt in Händen halten.

Danke für Ihr Interesse. Mögen wir alle Galater 3,28 in unserem Leben umsetzen:

Es hat darum nichts mehr zu sagen,
ob einer Jude ist oder Nichtjude,
ob er Sklave ist oder frei,
ob Mann oder Frau.
Durch eure Verbindung mit Jesus Christus
seid ihr alle zu einem Menschen geworden.

1

Darum bittet den Herrn, dass er Arbeiter in seine Ernte sende.
Lukas 10,2

Wie Simon Dane es bewerkstelligt hatte, dass diese wunderschöne Ellen Leighton ihn heiratete, das ging über den Verstand jedes Menschen, der Simon kannte. Niemals, so sagte man, hatten zwei junge Leute weniger zusammengepasst.

Obwohl sie erst 17 Jahre alt war, stellte Ellen Leighton den Inbegriff einer Lady dar. Ganz sicher hatten Ellens Eltern nicht so etwas wie eine Ehe mit Reverend Simon Dane im Sinn gehabt, als sie sie an Miss Bartletts Schule für höhere Töchter geschickt hatten. Ellen war damals nur widerstrebend dort hingegangen, doch sie war als vollendete Lady zurückgekommen, die die gesamte Stadt mit Stolz erfüllte. Sie servierte Tee wie eine Königin. Und diese ausdrucksvollen grauen Augen! Jeder junge Gentleman, auf den sich diese Augen richteten, verspürte ein wohliges Schaudern bis hinunter in seine eleganten Reitstiefel.

Als dann der fast doppelt so alte und beinahe hausbacken wirkende Reverend Simon Dane im Ort eingetroffen war, um dort zeitweise den Ortspfarrer zu vertreten, und Ellen ihn erstaunlicherweise mit deutlich mehr als freundlicher Bewunderung angesehen hatte, war die allgemeine Überraschung nicht verwunderlich gewesen.

„Er ist so klug, Mutter!“, hatte Ellen erklärt. „Ein Mädchen bleibt nicht immer ein Mädchen. Mir macht Flirten ebenso viel Vergnügen wie jedem anderen Menschen, aber wenn es um die Ehe geht, dann will ich einen Mann mit Intellekt; jemanden, mit dem ich die ganze Nacht durch reden kann und auch noch in all den Jahren, nachdem die jugendliche Leidenschaft nachgelassen hat.“

„Ellen!“, schimpfte Mrs. Leighton und errötete ob so viel Unverblümtheit.

Ellens graue Augen legten sich in Lachfältchen. „Es ist schon gut, Mutter. Du musst nicht so schockiert tun. Miss Bartlett hat mir in jedem Bereich des Lebens viel Wissen vermittelt." Ihre pfirsichfarbenen Lippen teilten sich zu einem verschmitzten Lächeln. „Ehrlich gesagt verstehe ich gar nicht, warum um diese Sache so ein Aufhebens gemacht wird. Hat nicht Gott die körperliche Liebe zwischen Mann und Frau erfunden und als gut bezeichnet?"

„Natürlich hat er das, Liebes. Aber das heißt noch lange nicht, dass wohlerzogene junge Damen über solche Dinge öffentlich reden sollten."

Ellen hob eine Augenbraue. „Was ich eigentlich nur sagen wollte war, dass ich die Aufmerksamkeit eines Mannes zu schätzen weiß, der über andere Themen diskutieren kann als das Wetter, den letzten Ball oder die Möglichkeit, mich zu küssen!" Sie sah aus dem Fenster. „Reverend Dane macht den Eindruck, sich weit weniger fürs Küssen zu interessieren als für die fünf Kernpunkte des Calvinismus. Das gefällt mir!"

Mrs. Leighton seufzte und nahm ihre Handarbeit wieder auf. Ellen trank ihren Tee aus und las dabei das letzte Kapitel des Lebensberichtes eines Missionars namens David Brainerd. Ihr Herz flog diesem Mann regelrecht zu, der im Missionsdienst unter den Indianern so jung sein Leben gelassen hatte.

Als Reverend Dane am folgenden Sonntag auf der Kanzel stand und seinen Blick über die Gemeinde schweifen ließ, hatte er den Eindruck, dass Ellen Leighton ihn anlächelte. Er räusperte sich und senkte seinen Blick auf die Bibel vor ihm. Einen Moment lang schien er zu beten. Als er wieder aufsah und seinen Blick zur dritten Bankreihe wandern ließ, sah er seinen Verdacht bestätigt: Ganz offensichtlich bedachte Miss Leighton ihn mit einem Lächeln. Er umklammerte die Kanzel und verbot sich den restlichen Gottesdienst über den Blick zur dritten Reihe, während er mit seiner wie gewöhnlich etwas stockenden Stimme die Predigt ablieferte.

Am Montag nahm Reverend Dane eine Einladung zum Tee bei den Leightons wahr. Am Mittwoch dinierte er mit der Familie und begleitete Miss Leighton zur Chorstunde. Im Anschluss an die Chorstunde bat er Miss Leighton stotternd um die Erlaubnis, ihren Vater um die Erlaubnis zu bitten, ihr seine Aufwartung machen zu dürfen. Und am folgenden Sonntag war es praktisch schon allgemein bekannt, dass Ellen Leighton und Simon Dane sozusagen verlobt waren. Und nie hatten zwei junge Menschen weniger zueinander gepasst.

Simon für seinen Teil konnte sein Glück kaum fassen. Niemals hatte er zu hoffen gewagt, dass eine so schöne Frau wie Ellen Leighton auch nur einen zweiten Blick auf ihn werfen würde. Obwohl er gepflegt war und sich gut kleidete, konnte Simon die Tatsache nicht verleugnen, dass das Gesicht, das ihm aus dem Spiegel entgegenblickte, nicht gerade attraktiv zu nennen war. Er war erst 28 Jahre alt, doch er begann bereits eine Glatze zu bekommen. Die wenigen noch übrigen Haare standen ihm in widerspenstigen Büscheln vom Kopf. Sein Profil erinnerte ein wenig an einen Raubvogel, nur dass Simon der edle Blick fehlte, um die gekrümmte Nase zu komplimentieren. Seine Augen waren recht klein und die Iris bildete einen verwaschenen Ring um die Pupille, was ihm einen Ausdruck ständiger Konzentration verlieh - oder ständiger schlechter Laune, je nachdem, ob man dazu neigte, Reverend Dane positiv oder negativ beurteilen zu wollen.

Simon hatte seine „Berufung" in den Pastorendienst erhalten, nachdem er hatte feststellen müssen, dass er für die Juristerei nicht geeignet war. Es überraschte ihn selbst, dass er am theologischen Seminar gut zurechtkam. Er brütete stundenlang über theologischer Literatur und war immer bereit, unendliche Diskussionen über untergeordnete doktrinäre Themen zu führen.

Unglücklicherweise machte ihn seine Diskutierfreudigkeit höchst ungeeignet für den Pastorendienst. Er verschreckte seine Diakone mit ständigen Belehrungen und war auch sonst erschreckend besserwisserisch und altklug. Die meisten Gemeinden hielten ihn nur wenige Monate lang aus und legten ihm dann nahe, sich anderswo in den Dienst zu stellen. Und so kam der junge Reverend Dane ziemlich herum.

Er begann immer recht viel versprechend, jeder neue Hirtendienst. Simon sah sich seine Schäfchen genau an und bemerkte wohlwollend ihre Willigkeit, geführt und gelehrt zu werden. Er versprach sich selbst, dass diesmal alles anders werden würde. Doch als dann auch die neuen Schafe wieder anfingen zu blöken und ihre Schwächen zu zeigen, wich Simon zurück. Er *wollte* sich nicht mit Mr. Garvey über dessen unpassende Annäherungsversuche an das Hausmädchen unterhalten. Und für wen hielt sich Mr. Talbot eigentlich, dass er sich am Sonntag so unschuldig in die vierte Reihe der Kirchenbänke setzte, wo doch jeder wusste, dass er sich am Samstag betrunken und seine Frau geschlagen hatte? Immer und immer wieder verwandelten sich Simons Gemeindemitglieder von braven Schäfchen in üble Sünder auf dem Weg in die Hölle. Und immer und immer wieder begann Simon sie dafür zu verabscheuen. Waren sie nicht errettet worden, um fortan heilig zu sein? Wie konnten sie die Sünde in ihrer Mitte dulden? Und wie konnte er Sonntag für Sonntag vor sie treten und so tun, als wären sie ebenso wertvoll wie er?

Doch Simon wurde durch Ellen Leightons Aufmerksamkeit doppelt gesegnet. Die Geduld der Diakone war noch nicht am Ende und Simon hatte noch nicht begonnen, auch diese Gemeinde zu hassen. Ellens Nähe warf ihn so sehr aus der Bahn, dass er völlig vergaß, seine Schäfchen zu verabscheuen, obwohl sie sich als ebenso unwürdig erwiesen wie all die anderen zuvor.

Eines Sonntags, nicht lange nachdem er begonnen hatte, um Ellen zu werben, wurde Reverend Dane durch einen Gastpastor vom Predigtdienst befreit. Reverend Stephen Riggs war Missionar bei den Dakota Sioux und sprach in leidenschaftlichen Worten von seiner Arbeit und dem dringenden Bedarf an weiteren Missionaren.

„Wir bringen ihnen das Wort des Lebens“, sagte er. „Das Evangelium der Errettung durch unseren Herrn Jesus Christus. Und wir möchten, dass sie dieses Evangelium nicht nur annehmen, sondern auch zu leben beginnen. Und dazu müssen sie Gottes Wort in ihrer eigenen Sprache lesen können. Dies ist unser größtes Ziel."

Während er über diese reife Ernte nachdachte, wurde Simons Herz untypisch erweicht. Er sah vor sich eine Gemeinde ganz frei von diesen grässlichen Vorurteilen, wie ein Pastor zu sein hatte, und begann den Eindruck zu bekommen, dass eine solche Gruppe vielleicht seine Begrenzungen besser akzeptieren könne als die hiesigen Gemeinden. Ganz sicher würden diese ignoranten Wilden ihn für gesegnet halten. Während sie seiner Führung folgten und seine Weisheit aufsaugten, würden sie ihn bewundern. *Vielleicht*, wagte Simon zu denken, *vielleicht werden sie mich sogar lieben*.

Eine Gemeinde ohne jegliche Bibelkenntnis würde seine Fehler nicht so leicht aufdecken. Und Simon beschloss zu gehen. Er teilte seinen Beschluss auch Ellen mit.

„Du wirst eine Frau an deiner Seite brauchen", sagte sie sachlich.

Simon starrte sie ungläubig an. Dann stammelte er: „Darf ich ... würdest du ...?!"

„Ja", sagte Ellen.

Als Simon genug Mut zusammengekratzt hatte, um ihre Hand zu ergreifen, lächelte Ellen. Er sah sie an und sein Herz klopfte wild beim Anblick ihrer grauen Augen. „Ich werde mit Dr. Riggs sprechen", krächzte er und fügte dann halb fragend hinzu: „... und mit deinem Vater?"

Als Ellen nickte, führte Simon ihre Hand an sein Herz und genoss einen Moment lang die seidige Weichheit ihrer Haut. Dann erhob er sich abrupt und eilte zur Tür.

Sie wurden in weniger als vier Wochen getraut. Während Simon seine Unterlagen zusammensuchte und sich als Missionar bewarb, bereitete sich Ellen auf das Leben in der Wildnis vor. Ihre Freundinnen kicherten jedes Mal, wenn sie den jungen Ehemann beim Anblick seiner Frau erröten sahen. Doch Ellen lächelte nur fein und ließ die Geheimnisse ihres Privatlebens Geheimnisse bleiben.

*

Simon und Ellen Dane lebten bereits seit acht Jahren unter den Dakota, als der so genannte „Weite Westen" zum Staat Minnesota erklärt wurde. Sie stimmten zu, als die 6.000 Dakota Sioux, die in diesem Gebiet lebten, 113.000 Quadratkilometer Land an die Regierung der Vereinigten Staaten verkauften und im Gegenzug versprachen, in ein Reservat von 7.755 Quadratkilometern zu gehen. Darüber hinaus erhielt jeder Indianer als Gegenleistung für das Land rund 9 Dollar im Jahr. Die Danes und andere Missionare argumentierten mit dem fruchtbaren Boden des Reservates, der die 6.000 Indianer gut ernähren würde, um darzulegen, dass sie fair behandelt worden seien. Außerdem konnte es den Missionaren bei ihrer Arbeit helfen, wenn alle Dakota gemeinsam in einem fruchtbaren Tal angesiedelt waren.

*

Als Ellen und Simon zehn Jahre unter den Dakota verbracht hatten, waren südlich der kleinen Missionsstation zwei geschäftige Siedlungen entstanden. Die nördlichste von ihnen, auch die „Obere Station" genannt, lag nur 30 Meilen entfernt und bestand aus einem Dutzend Häusern, die auf den Zusammenfluss des Yellow Medicine und des Minnesota herabsahen. Die Hütten verschiedener Händler lagen unter der „Oberen Station" im Tal und zogen die Siedler und Indianer der Umgebung gleichermaßen an. Sieben Häuptlinge hatten in ihrer Nähe ihre Lager positioniert, unter ihnen Simon Anawagami und John Nächster Tag, die sich als zwei der ersten Dakota zum christlichen Glauben bekehrt hatten und Farmer geworden waren. Zwei weitere Missionsstationen namens Hazelwood und Pajutazee dienten den Dakota in der Umgebung der Oberen Station und hatten jeweils eine Schule und eine Kirche. Außerdem boten sie landwirtschaftliche Schulungen an, um den Indianern die Kunst des Ackerbaus nahe zu bringen.

Dreißig Meilen den Fluss hinunter lag die Untere Station oder Redwood-Station. Die neun Häuptlinge in dieser Gegend standen jeder Veränderung am skeptischsten gegenüber. Immerhin hatte aber kürzlich einer der respektiertesten Häuptlinge, Kleine Krähe, sich die Haare abgeschnitten und ein zweistöckiges Haus statt seines Tipi bezogen.

Doch bei allen Fortschritten blieben immer noch schwerwiegende Probleme bestehen. So wollten neun von zehn Dakota um keinen Preis sesshafte Farmer werden. Und sie beobachteten den ständigen Zustrom von weißen Siedlern in ihre ehemaligen Jagdgründe mit wachsendem Zorn. Wenn der weiße Mann so interessiert daran war, ihr Land einzunehmen, mussten sie am Ende von der Regierung übervorteilt worden sein. Als dann die weiße Bevölkerung in Minnesota regelrecht explodierte, wurde das Wild knapp und für die Dakota, die keinen Ackerbau betrieben, der Hunger zum ständigen Begleiter.

Darüber hinaus steckten unehrliche Händler das Geld der Dakota ein, indem sie behaupteten, die jährlichen Zahlungen der Regierung mit den Einkäufen der Dakota verrechnet zu haben. Da die Indianer des Rechnens nicht mächtig waren, waren sie ihnen ausgeliefert und mussten tatenlos zusehen, wie ihre mageren Zahlungen in den Taschen der Händler verschwanden. Simon beobachtete einmal entsetzt, wie ein älterer Dakota schnell die wenigen Münzen verschluckte und sagte: „Ich schulden nichts! Du nicht bekommen, was ist mein!“

Als Simon Dane schließlich vor seinem zehnten Hochzeitstag mit Ellen stand, musste er sich der traurigen Tatsache stellen, dass sich bislang kein Einziger der Dakota in der Umgebung der Renville-Missionsstation bekehrt hatte. Während die Missionare der anderen Stationen für die Dakota übersetzten, mit den Händlern feilschten und Schulen betrieben, starb ihre Mission einen einsamen Tod. Simon war es nicht gelungen, Kinder für eine Schule zu gewinnen, also gab es keine. Selbst die Teilnahme am Sonntagsgottesdienst begann zu schwinden. Sicher, so hoffte Simon noch immer, würde Gott bald ihre Arbeit überreich segnen. Sicher würde die geistliche Dürrezeit in Renville bald ein Ende haben.

Während ihr Ehemann sich größeren Dingen widmete als dem Familienleben, sah Ellen Dane ihrem Jubiläum mit einem verborgenen Schmerz entgegen. Während Simon und sie wirklich gute Freunde geworden waren, fehlte es doch an jeglicher Form der Intimität zwischen ihnen. Ellen erinnerte sich selbst immer wieder daran, dass sie Simon wegen seines Intellekts geheiratet hatte und nicht aus Leidenschaft. Und in dieser Hinsicht war sie nie enttäuscht worden.

Ihre Kinder waren Ellen Danes ganzer Stolz und ihre Rettung. Im Jahre 1860 hatten die Danes einen elfjährigen Sohn und eine siebenjährige Tochter. Aaron hatte das goldene Haar und die helle Haut seiner Mutter und dazu die braunen Augen seines Vaters. Margaret, die nach Ellens Mutter benannt worden war, von allen aber nur Meg gerufen wurde, war rothaarig und sommersprossig und äußerst ungestüm. Während Aaron stets seinem Vater zu gefallen versuchte, schien Meg ein ausgeprägtes Talent dazu zu haben, Simons Unwillen zu erregen. Das mangelnde Taktgefühl seiner Schwester, kombiniert mit seiner eigenen Sensibilität, wiesen Aaron die Rolle des Friedensstifters und Vermittlers zu. Ellen formte mit ihren Kindern ein nahezu subversives Triumvirat, eine innige und liebevolle Dreierschaft angesichts Simons beinahe bitterer Verschlossenheit. Mit ihren Kindern war Ellen zufrieden geworden. Und wenn sie in ihrem Leben Leidenschaft vermisste, dann erfuhr das niemand – am allerwenigsten ihr Mann.

2

Ehre Vater und Mutter!
Dann wirst du lange in dem Land leben,
das dir der Herr, dein Gott, gibt.
2. Mose 20,12

„Ich will nicht gehen und du kannst mich nicht zwingen!"

Die achtzehnjährige Geneviève LaCroix stampfte mit einem zierlichen Fuß, der in hübschen Mokassins steckte, auf den Holzboden der Hütte ihres Vaters auf.

„Attends, ma petite!" Ihr Vater nahm seine Pfeife aus dem Mund. Er hob beschwichtigend eine Hand, um den Ausbruch seiner Tochter zu stoppen, und lehnte sich in seinem Stuhl nach vorn.

Gen hielt sich die Ohren zu. „Ich will dir nicht zuhören!", rief sie und ihre hellen Augen füllten sich mit Tränen. Sie presste die Lippen zusammen und zwang ihr Kinn dazu, nicht zu zittern. „Nichts von dem was du sagst, kann mich davon überzeugen, dass es gut ist, von hier fortzugehen!"

Sie wirbelte herum und eilte hinüber zum Herd, auf dem ein blubbernder Topf stand. Wütend ergriff Gen einen hölzernen Löffel und rührte so wild in der Suppe herum, dass es spritzte. Ihr Stimme zitterte vor Zorn, als sie sagte: „Kannst du dir wirklich einen ganzen Sommer ohne meinen Eintopf und mein Maisbrot vorstellen? Was wirst du überhaupt essen? Hartes Brot und rohes Fleisch?"

„Ich habe mich doch auch einige Jahre ganz gut allein ernähren können, bevor ich deine Mutter kennen gelernt habe", protestierte Etienne sanft.

„Mama hat mir davon erzählt!", schnappte Gen. „Als du damals deinen Büffelfell-Umhang abgenommen hast, hat sie sich gefragt, wie du das dicke Ding überhaupt hast tragen können, so abgemagert bist du gewesen!" Sie drehte sich zu ihrem Vater um und fuchtelte wild mit dem Holzlöffel in seine Richtung. „Mama sagte, du wärst vermutlich verhungert oder von den

Wölfen gefressen worden, wenn du nicht zufällig in das Dakota-Dorf gestolpert wärest."

Etienne seufzte. „Es war ein harter Winter. Ich war sehr jung und unerfahren. Wahrscheinlich hat es mir wirklich das Leben gerettet, dass ich auf das Dorf stieß. Aber das ist jetzt 20 Jahre her. Sieh dich um, *ma petite*! Was siehst du hier? Die größte und bestausgerüstetste Blockhütte zwischen hier und der Renville-Mission." Er klopfte seine Pfeife aus und sah dann lächelnd seine Tochter an. „*En tout cas*, hartes Brot und rohes Fleisch sind auch nicht schlecht!"

Gen schnaufte missbilligend. „Mag sein, aber dann erstickst du in Pfeifenasche und ungespültem Geschirr, wenn niemand mehr da ist, der hinter dir herräumt."

Etienne legte die Pfeife weg und stand auf. Er war kein großer Mann, doch seine Tochter überragte er deutlich. Er bemühte sich um ein ernsthaftes Gesicht, legte Gen beide Hände auf die Schultern und rüttelte sie leicht. „Die Welt verändert sich, Geneviève. Unser Dakota-Freunde sind nicht mehr frei, sondern haben ihr Reservat. Sie sollen Farmer werden." Er schüttelte traurig den Kopf. „Das bedeutet das Ende für alte Händler wie mich. Ackerbau bedeutet weniger Büffelhäute und weniger Pelze. Das mag uns nicht gefallen, aber wir müssen uns ebenso verändern, wenn wir überleben wollen."

Gen öffnete den Mund, um etwas zu sagen, aber Etienne legte ihr einen Finger auf die Lippen. „*Attends, attends à moi!* Ich gebe ja zu, dass das Leben für mich einfacher wäre, wenn du hier bliebst. Aber das ist kein Grund, dir etwas vorzuenthalten, das in deiner Reichweite liegt. Du sollst ja nicht Hunderte von Meilen weit fortgehen. Renville ist ein schöner, ruhiger Ort. Ein Haus, eine Scheune, eine kleine Kirche, alles mit Blick auf den Lac Qui Parle. Von dort aus kannst du beinahe bis hierher sehen." Er lächelte Gen an. „Es gibt nur einen Missionar und seine Familie dort. Der Reverend ist zwar ein recht ernster Mann, aber er ist freundlich und er hat eine wunderbare Frau. Zwei Kinder gibt es auch. Du wirst also nicht einsam sein."

„Ich bin jetzt auch nicht einsam“, verteidigte sich Gen.

Etienne führte seine letzte Waffe ins Feld. „Ich kann doch deiner Mutter nicht im nächsten Leben gegenübertreten, wenn ich es zugelassen habe, dass ihre geliebte Tochter ungebildet geblieben ist, obwohl eine Möglichkeit da gewesen wäre.“ Er hob Gens Kinn an und sah ihr tief in die blauen Augen. „Du darfst das nicht von mir verlangen.“

Gen schloss ihre Augen, um die Tränen zurückzudrängen. Ihr Vater nahm sie fest in die Arme, und sie atmete tief den vertrauten Duft nach Leder und Pfeifentabak ein, bei dem sie sich immer so sicher und beschützt fühlte.

Er hatte es geschafft; er hatte das Argument gefunden, dem sie nichts entgegenzusetzen hatte. Mama war nun schon einige Jahre tot, aber Gen konnte immer noch ihre Stimme hören: *Eines Tages wird dich irgendjemand eine dumme Squaw nennen. Wenn das passiert, denk daran, wer du bist. Du bist die Tochter eines französischen Adeligen. Dein Vater spricht vier Sprachen. Er hat an Schulen studiert, von denen die meisten Menschen nur träumen können. Er hat sich dieses Leben hier ausgesucht, nicht weil er keine andere Wahl hatte, sondern weil er es wollte. Weil er mich wollte. Du bist außerdem die Enkelin eines großen Kriegers der Dakota. Vergiss das nie. Trag es immer mit dir herum. Sie können dich vielleicht eine dumme Squaw nennen, aber du musst keine* sein. *Wenn du eine Chance bekommst, etwas zu lernen, dann möchte ich, dass du sie ergreifst!*

Etienne spürte, wie die Schultern seiner Tochter herabsackten. Sie hatte den Kampf aufgegeben. Er zog sie wieder an sich heran und küsste ihren Scheitel. „Ich werde dich oft besuchen kommen, *ma petite*. Es wird gar nicht so schlecht, du wirst sehen!“

*

Gen schrak hoch und war sofort hellwach. Zitternd erhob sie sich und hoffte, dass ihre jungen Gartenpflanzen bei dem späten Frost keinen Schaden erlitten hatten. Während sie sich anzog, dachte sie an die Arbeiten, die sie an diesem Tag zu verrichten hatte. Sie wollte ... nein! Gen hielt inne. Heute hatte sie keine Arbeiten zu tun. Heute war *der* Tag. Papa und sie würden die Reise zur Renville-Station antreten.

Gen kniff die Augen zusammen und prägte sich die Umrisse ihrer Möbel in der Dämmerung ein. Wo würde sie wohl am nächsten Morgen aufwachen? Würde sie ein Bett haben oder nur eine einfache Matratze auf dem Boden? Würden die Kinder dieses Missionars sie mögen?

Sie flocht sich die langen schwarzen Haare zu einem Zopf und schlüpfte wieder ins Bett. Nur an einen einzigen ähnlich schrecklichen Morgen erinnerte sie sich - dieser Morgen vor vier Jahren, an dem die plötzliche Abwesenheit ihrer Mutter so spürbar gewesen war, dass Gen sich auch wieder unter ihre Decke geflüchtet hatte. Damals hatten sie und ihr Vater Schönes Lied am Tag zuvor beerdigt. Sie hatten nebeneinander im Regen gestanden und in das Loch hinuntergestarrt, in dem ein Bündel eingewickelt in eine rote Decke gelegen hatte.

Als Gen an diesem Morgen in die Stille des Blockhauses gehorcht hatte, war ihr das Schweigen so unerträglich gewesen, dass sie es schnell mit den normalen Morgengeräuschen gefüllt hatte. Sie hatte das Feuer im Herd angefacht, Kaffee gemahlen, Teig geknetet und Speck gebraten, und all das mit einem ungewöhnlich ausgeprägten Geklapper und Getöse.

Etienne war in die Küche gestolpert. *„Ma chère?“,* hatte er fragend gerufen. Dann hatte er sich mit einem halb erstickten Schluchzen auf einen Stuhl sinken lassen.

Gen hatte innegehalten. „Ist schon gut, Papa. Ich bin ja hier.“ Sie hatte ihm eine Tasse heißen, starken Kaffee eingegossen und ihm eine Hand auf die Schulter gelegt. „Trink das, dann geht es dir besser. Und gleich gibt es Frühstück.“

Etienne hatte gehorsam seinen Kaffee geschlürft und sich dann nach draußen geschleppt, um die Pferde zu versorgen.

Anschließend hatten Etienne und seine Tochter wochenlang fieberhaft miteinander gearbeitet. Es war ein großer Garten zu bestellen gewesen und Kleidung hatte genäht werden müssen. Ständig hatte Wasser aus dem Brunnen geschöpft werden müssen und das Vieh hatte Futter und Pflege gebraucht. Es war Herbst gewesen und ständig waren Dakota gekommen, um Felle gegen Wintervorräte einzutauschen und ihren Zorn über die Häuptlinge auszudrücken, die ihre Freiheit gegen ein kleines Stück Land am Minnesota River eingetauscht hatten. Etienne und Gen hatten während dieser Zeit niemals miteinander über Schönes Lied gesprochen, weil jeder den anderen nicht hatte verletzen wollen. Während die Wochen so vergangen waren, hatte Etienne zu glauben begonnen, dass sie beide über den schlimmsten Schmerz hinweg waren. Doch dann hatte er Gen eines Abends nach dem Abendessen allein in einer Ecke der Scheune gefunden, wo sie herzzerreißend geweint hatte.

„Qu ést-ce que cést, ma petite?“

Gen sah zu ihm auf und die Tränen liefen ihr die Wangen hinunter. „Es tut mir so Leid, Papa“, hatte sie unglücklich geflüstert. „Ich arbeite und arbeite, aber ich kann sie nicht vergessen. Überall werde ich an sie erinnert ... Ich vermisse sie so sehr!“ Sie hatte ihr Gesicht in den Händen vergraben.

Daraufhin hatte Etienne sich neben sie gesetzt, ihr den Arm um die Schultern gelegt und hatte etwas sagen wollen, doch seine Worte waren in einem Schluchzen erstickt. Endlich hatten Vater und Tochter die in den vergangenen Wochen unterdrückten Gefühle zugelassen. Etienne hatte darüber gesprochen, wie Schönes Lied und er sich kennen gelernt hatten. Er hatte Gen Geschichten erzählt, die sie noch nie gehört hatte, und sie hatten gemeinsam gelacht und geweint. Schließlich hatte Etienne sich seufzend zurückgelehnt und Gens Hand genommen.

Gen hatte nur leise gesagt: „Ich dachte, es würde zu sehr wehtun, über sie zu sprechen. Ich wollte dich nicht noch unglücklicher machen.“

Und Etienne hatte genickt. „So ging es mir auch, aber das macht es nicht besser, nicht wahr? Es lässt einen nur noch trauriger werden.“ Er war aufgestanden und hatte Gen mit hochgezogen. *„Vas-y, ma petite.“*

Nun, vier Jahre später, zitterte Gen bei dem Gedanken daran, ihren Vater zu verlassen und unter Fremden leben zu müssen. Erst nach einer ganzen Weile gelang es ihr, die Leiter hinunterzusteigen und das morgendliche Küchenritual zu beginnen. Doch sie wurde von ihrem Vater überrascht, der schon das Feuer angefacht hatte und gerade einen Topf Wasser für den Kaffee aufsetzte.

Sie sah ihn an und schluckte. „Guten Morgen, Papa.“

Etienne schniefte kurz. „Hast du alles gepackt?“

Gen nickte und sah auf den Brötchenteig hinunter.

Während sie das Frühstück zubereitete, holte Etienne ihre Sachen; dann ging er in sein Zimmer und kam mit einer Holztruhe zurück. „Ich denke, das solltest du bekommen.“ Er hielt die geflochtene Halskette hoch, die Schönes Lied immer getragen hatte. Sie war mit kleinen Muscheln und bunten Fäden geschmückt – und der Schlüssel für die Truhe war daran befestigt. „Nimm dir, was du brauchen kannst“, sagte Etienne und räusperte sich. „Ich mache Whiskey fertig. Er kann deine Sachen auf dem Travois ziehen ... wie in alten Tagen.“ Damit ging er zur Tür.

Gen ging fast ehrfürchtig zu der alten Truhe ihrer Mutter. Sie strich mit der Hand darüber und steckte dann vorsichtig den Schlüssel ins Schloss. Als der Deckel aufsprang, kam ein beinahe neu aussehendes graues Baumwollkleid zum Vorschein. Gen hielt es sich an und merkte, wie sehr sie seit dem Tod ihrer Mutter gewachsen war. Das Kleid würde ihr passen.

Bestickte Mokassins und Leggings aus Hirschleder warteten unter dem Kleid auf ihre Entdeckung. Gen nahm sie heraus und staunte über die Weichheit des Leders. Und unter diesen Sachen kam der größte Schatz zum Vorschein: das indianische Hochzeitskleid von Schönes Lied. Es war aus ganz hellem Leder und über und über prachtvoll bestickt. Gen schloss die Augen und stellte sich vor, wie die langen Lederfransen an den Ärmeln in der lauen Brise hin und her geschwungen hatten, als

Schönes Lied und ihr Vater vor dem alten Häuptling Enehah gestanden und sich das Eheversprechen gegeben hatten. Ob sie wohl auch eines Tages eine traditionelle Dakota-Hochzeit feiern würde? Oder würde ihr Aufenthalt in der Missionsstation auch das verändern?

Das Bild eines jungen Dakota-Kriegers namens Roter Donner tauchte nun vor ihrem inneren Auge auf. Er hatte in letzter Zeit starkes Interesse an ihr gezeigt. Roter Donner hatte einen schlechten Ruf, aber er sah auf eine wilde Art sehr gut aus. Zwei Adlerfedern baumelten in seinem Haar, Trophäen aus den Kämpfen gegen die Chippewa im Norden. Er konnte endlos Kriegsgeschichten erzählen und wenn er wütend war, lief die Narbe auf seiner Stirn rot an. In letzter Zeit hatte sie das oft getan, wenn sich Roter Donner über die Invasion der Weißen aufregte und darüber sprach, dass sie über kurz oder lang vertrieben werden würden, damit die Dakota die großen Wälder wieder für sich allein hätten. Er war starkknochig und größer als die meisten Dakota und wenn er vom Kämpfen und der Vertreibung der Weißen sprach und seine Augen dabei blitzten, hielt Gen mit einer Mischung aus Angst und Bewunderung die Luft an. Auf irgendeine Weise konnte sie seine Gefühle gut nachvollziehen. Denn auch sie wollte sich oft gegen die bestehenden Verhältnisse auflehnen ...

Etienne fand Roter Donners Prahlerei nicht besonders beeindruckend und legte ihm nahe, sich von seiner Tochter fern zu halten. Roter Donner gehorchte, aber es gelang ihm trotzdem, Gens Aufmerksamkeit auf sich zu ziehen, wann immer er Felle zum Verkauf brachte. Er lächelte wissend und hielt ihren Blick fest, bis sie errötete und wegsah.

Gen schob die Gedanken an Roter Donner beiseite und legte die Sachen ihrer Mutter wieder in die Truhe. Ganz zum Schluss holte sie noch die Wolldecke von ihrem Bett und packte die Bücher, aus denen Etienne sie bisher unterrichtet hatte, zu den Sachen in die Truhe. Sie lächelte bei dem Gedanken, was die Missionare wohl von einer Halbblutindianerin halten würden, die Molière und Shakespeare zitieren konnte, denn Etienne hatte ihr erzählt, dass der katholische Priester in St. Louis seine Kenntnis des Theaters schockierend gefunden hatte. Gen schloss gerade den Deckel der Truhe, als ihr Vater hereinkam.

„Gut", sagte er knapp. „Wir müssen los."

Ein ungemütliches Schweigen stand zwischen ihnen, als sie einen letzten gemeinsamen Kaffee tranken. Dann schleppte Etienne die Truhe nach draußen und befestigte sie auf dem Travois. Um etwas zu tun zu haben ergriff Gen Whiskeys Halfter und führte ihn aus dem Tor. Sie hörte das Kratzen der Holzlatten auf dem Boden, als Etienne das Tor hinter ihr schloss. Sie sah sich noch einmal um. Über den Lattenzaun hinweg sah man nur das Dach des Häuschens und hinter ihm auf dem Hügel konnte Gen im morgendlichen Dämmerlicht ein einzelnes weißes Holzkreuz ausmachen. Gen seufzte, dann wandte sie sich um und folgte ihrem Vater.

3

Mit ihrer Gewalttätigkeit bereiten sich die Verbrecher selber den Untergang.
Sprichwörter 21,7

Er brauchte ein Pferd. Auch seine beiden Freunde brauchten Pferde. Und sie würden welche haben, noch ehe die Sonne aufging! Roter Donner duckte sich hinter einem hohen Grasbüschel und starrte auf die Holzhütte des Siedlers. Der Whiskey, den er letzte Nacht getrunken hatte, war schlecht gewesen und er sah nicht so richtig klar, aber selbst in diesem Zustand war er noch wendiger und kraftvoller als zehn weiße Siedler, das wusste Roter Donner. Er huschte hinüber zur Scheune, dann hob er die Hand zum Mund und stieß einen Vogellaut aus, um seine Freunde Leuchtender Stern und Otter zu rufen, die hinter einem Baumstamm in der Nähe warteten.

Leuchtender Stern holte ein Stück getrocknetes Fleisch hervor, das er in seinem Gürtel versteckt hatte. Dann schnalzte er mit der Zunge und trat aus seiner Deckung heraus. Ein räudig aussehender Bullterrier lief aus seiner Hütte und kam leise knurrend auf Leuchtender Stern zu, jeder Muskel unter dem Fell angespannt. Er hob seine eingedrückte Schnauze in die Luft und schon fiel ihm etwas köstlich Duftendes vor die Füße. Begeistert schleckte er den kleinen Fleischbrocken auf und folgte eifrig dem nächsten, der ein Stück weiter von ihm entfernt zu Boden fiel. Mit wedelndem Schwanz folgte er der Spur aus Fleischstückchen, die ihn immer weiter vom Haus wegführten. Als der Geruch eines Fremden ihm in die Nase stieg, zögerte er kurz, doch der Hunger siegte, als das nächste Fleischklümpchen ihn lockte.

Er würde diesen Bissen jedoch nicht mehr genießen können. Denn mit einer schnellen Bewegung ergriff Leuchtender Stern den kräftigen kleinen Körper und umfasste mit seinen großen Händen den Hals des Hundes. Er drückte zu, der Hund zappelte kurz und erschlaffte dann.

Leuchtender Stern warf den leblosen Hundekörper hinter einen Busch und wartete eine Weile. Als offensichtlich im Blockhaus alles ruhig blieb, duckte er sich und bewegte sich geräuschlos den Zaun entlang zur Scheune. Als er schließlich vor dem Scheunentor stand, machte er mit der Hand vor dem Mund ein weiches Pfeifgeräusch und folgte Roter Donner hinein. Otter kam nur Sekunden später in die Scheune und schwenkte triumphierend einen toten Hahn wie eine Fahne. Während sich Otter den Hahn in seinen Gürtel stopfte, nahmen Roter Donner und Leuchtender Stern drei Trensen von den Haken. Ein großer Brauner streckte den Kopf über seine Boxentür und schnaubte aufgeregt. Leuchtender Stern ging zu dem Pferd hin, hielt ihm die Hand an die Nüstern und sprach leise mit ihm. Das Tier beruhigte sich schnell und nahm ein Stück getrockneten Apfels aus Leuchtender Sterns Hand an.

Otter und Roter Donner waren nicht ganz so geduldig, doch auch sie schafften es, zwei Pferde aufzuzäumen. Otter ging nach hinten und öffnete die große Scheunentür, damit sie direkt hinauspreschen konnten. Das Quietschen einer Türangel ließ die drei Krieger nervös innehalten und zum Haus schauen.

Als sich nichts zu rühren schien, grinste Roter Donner zufrieden und versuchte, den langbeinigen Falben zu besteigen, den er sich ausgesucht hatte. Doch in seinem betrunkenen Zustand wollte ihm das nicht gelingen. Halb amüsiert, halb besorgt beobachtete Leuchtender Stern seine Bemühungen. Der Hund und der Hahn konnten keinen Alarm mehr schlagen, aber mit jedem Moment wuchs das Risiko, dass der Farmer etwas merkte. Die meisten Weißen waren dumm, aber man wusste nie, wann sich einer von ihnen als etwas aufmerksamer erweisen würde als der Durchschnitt. Der falbe Wallach wurde nervös und tänzelte schnaubend um Roter Donner herum. Bevor es dem angetrunkenen Dakota endlich gelang, sich auf seinen Rücken zu schwingen, trat das aufgebrachte Pferd noch krachend gegen eine Boxenwand.

Roter Donner fluchte, als er die Zügel einsammelte. Was ihn

besonders ärgerte, war die Tatsache, dass Leuchtender Stern den großen Braunen genommen hatte. Sie hatten die Farm seit Tagen beobachtet und der Braune war eindeutig das beste Pferd. Sie hatten um ihn gerungen und Roter Donner war sich sicher gewesen, dass er stärker war als sein drahtiger Freund. Doch Leuchtender Stern hatte nur wenige Minuten gebraucht, um Roter Donner zu besiegen. Otter hatte kein Interesse an einem Kampf gehabt, ihm genügte die Schimmelstute vollkommen; seine Energien wollte er sich lieber für die wirklich wichtigen Auseinandersetzungen aufsparen.

Roter Donner bedeutete den beiden anderen, dass sie losreiten sollten. Gerade in diesem Augenblick flog die Tür der Blockhütte auf und einer der größten Männer, die Leuchtender Stern je gesehen hatte, zielte mit einem Gewehr auf sie.

„Runter von meinen Pferden!", brüllte er und feuerte wild drauflos.

Leuchtender Stern trieb den Braunen an und das Pferd stieg so hoch, dass er beinahe hinuntergefallen wäre. Auch Otters Schimmelstute raste buckelnd im Kreis. In dem allgemeinen Chaos versuchten die Dakota nur, sich auf den Pferden zu halten, während der Farmer immer weiter auf sie schoss. Nach einer halben Ewigkeit gelang es Otter schließlich, seine verängstigte Stute aus der Tür hinauszutreiben, und Leuchtender Stern folgte ihm dicht auf den Fersen. Sie kauerten sich tief über die Widerriste ihrer Pferde und preschten auf die Prärie hinaus.

Als sie einige Meilen zurückgelegt hatten, parierte Otter seine Stute durch und drehte sich zu Leuchtender Stern um. „Was ist mit Roter Donner? Ist er uns gefolgt?"

Leuchtender Stern umklammerte die dicke, schwarze Mähne seines Pferdes und versuchte sich oben zu halten, während das Blut aus seiner Schulterwunde tropfte.

Otter fluchte leise, als er das sah, und glitt gerade noch rechtzeitig von seine Stute, um Leuchtender Stern aufzufangen. Der Braune scheute zur Seite und einen Moment lang fürchtete Otter, die Pferde würden durchgehen. Doch es gelang ihm, sie zu beruhigen und er band sich die Zügel um die Taille, bevor er seinem Freund aufhalf. Zusammen taumelten sie zu einem kleinen Bach in der Nähe.

Während die Pferde tranken, wusch Otter die Wunde seines Freundes aus. „Keine Kugel", stellte er fest. „Aber du hast viel Blut verloren."

Leuchtender Stern nickte; dann verlor er das Bewusstsein. Ein ständig wachsender roter Fleck durchtränkte das Präriegras unter ihm.

Otter riss sich das Tuch vom Kopf, mit dem er seine Haare zusammenhielt, und drückte es auf die Wunde. Mit Leuchtender Sterns Bandana und ihren Gürteln brachte er einen passablen Druckverband zu Stande. Da zerriss plötzlich ein Schuss die Stille. Otter sprang in Deckung und sah sich gehetzt um.

Ein schwarzer Punkt in der Ferne kam rasch näher. Roter Donner hatte behauptet, im Herzen des weißen Mannes gäbe es keine Tapferkeit. Doch dieser Mann war offensichtlich kein Feigling. Wieder ertönte ein Schuss.

Otter fluchte erneut, richtete den immer noch bewusstlosen Leuchtender Stern auf und schaffte es mit schier übermenschlicher Anstrengung, seinen Kameraden bäuchlings auf den breiten Rücken des Braunen zu heben. Dann band er die Zügel von seiner Taille los und hievte seinen schwerfälligen Körper hinter Leuchtender Stern auf das Pferd. Der weißen Stute gab er einen festen Schlag auf die Kruppe, sodass sie schnaubend in Richtung Heimat davontrabte.

Ein Blick nach hinten sagte ihm, dass der Farmer anhielt, um die Stute einzufangen. Er trieb den Braunen an und sie galoppierten über die Prärie davon. Das schnelle Pferd brachte bald einen beachtlichen Abstand zwischen sie und den Farmer. Doch er folgte ihnen weiterhin, wie Otter missbilligend feststellen musste. Denn die frühe Morgensonne reflektierte auf dem Lauf seines Gewehrs.

Otter wünschte sich nun, dass er an diesem Morgen nicht aufgestanden und noch vor Sonnenaufgang meilenweit gelaufen wäre, um ein Pferd zu stehlen. Die Sonne begann auf ihn niederzubrennen und weißer Schaum bildete sich am Hals des Braunen. Otter wagte es nicht mehr, sich umzusehen. Der Braune keuchte zwar, galoppierte aber noch willig vorwärts.

Endlich erreichten sie einen Fluss. Otter glitt vom Pferd, nahm Leuchtender Stern auf die Schulter und stolperte durch ein Dickicht aus wilden Pflaumenbäumchen zum Ufer, wo Roter Donner ein Kanu versteckt hatte. Er warf Leuchtender Stern unsanft in das kleine Boot und eilte dann zu dem Braunen zurück, der in großen Zügen das kalte Flusswasser trank. Otter nahm ihm das Zaumzeug ab und wedelte damit vor dem Pferd herum, bis es endlich davongaloppierte.

Nun rannte Otter zum Kanu zurück, überprüfte, ob Leuchtender Stern noch atmete, und schob das Kanu dann ins Wasser. Als er hinter Leuchtender Stern ins Boot sprang, fragte sich Otter, ob es dem Farmer wohl genügen würde, dass er seine Pferde zurückhatte.

*

Captain John Willets ließ sich gerade vom besten Barbier in Fort Ridgely den Bart trimmen, als Abner Marsh hereinkam.

Abner war kein Mann vieler Worte und so sagte er: „Hab gerade 'ne Rothaut umgelegt. Seine beiden Kumpels hab ich 20 Meilen gejagt, bevor ich umgekehrt bin. Dachte, Sie wollen bestimmt die Beweislage aufnehmen, ehe wir uns auf den Weg machen und die zwei auch noch schnappen." Damit spuckte er seinen Kautabak aus, verfehlte aber leider den Spucknapf um wenige Zentimeter.

Auf der Farm von Marsh angekommen stiegen der Captain und seine Männer von den Pferden und banden sie am Zaun fest. In der Scheune stellte Marsh nicht ohne Stolz seinen Fuß auf eine Gestalt mit Adlerfedern im Haar, die auf der Stallgasse lag. „Er ist vorher schon mal hier rumgeschlichen. Hat die Frau zu Tode erschreckt und Zeug aus der Küche geklaut. Ich kapier nicht, wieso die nicht im Reservat bleiben, wo sie hingehören!"

Der Captain bückte sich und sah dem toten Mann ins Gesicht. „Das ist Roter Donner. Er gehört zu Häuptling Shakopees Gruppe oben bei der Redwood-Station. Ganz schön weit entfernt. Er hat ständig Ärger gemacht. Das ist jetzt wohl vorbei. Haben Sie sehen können, wer die anderen waren?"

„Na ja, es waren halt Indianer. Lange schwarze Haare. Federn. Für mich sehen die alle gleich aus!", grunzte Marsh.

Der Captain unterdrückte ein Seufzen. Er ging die Boxen entlang und warf einen bewundernden Blick auf den prachtvollen Braunen neben der Schimmelstute. „Und Sie haben alle drei Pferde zurückbekommen?"

Marsh nickte. „Die Stute lahmt. Den Braunen haben sie wohl laufen lassen, damit ich sie in Ruhe lasse."

Willets sagte ruhig: „Da Sie Ihre Pferde wiederhaben und keine exakte Täterbeschreibung abgeben können ..."

„Rote Weste", fiel Marsh plötzlich ein. „Der eine hatte 'ne knallrote Weste an. Und ein blaues Tuch um die Taille."

Der Captain versuchte Interesse zu heucheln. „Noch etwas?"

Marsh dachte angestrengt nach, dann schüttelte er den Kopf. „Nein. Das war's."

„Ich kann Ihnen nichts versprechen", begann der Captain.

Marsh zuckte die Achseln und stieß den Leichnam auf dem Boden mit dem Fuß an. „Na, die haben ja auch schon bezahlt, nicht wahr? Außerdem – wenn ich an die Frau und meine Tochter da drüben im Haus denke, ist es ja noch mal gut ausgegangen. Klar, Sie können ja nicht das ganze Regiment zusammentrommeln, um die beiden Rothäute zu suchen. Schätze, wir lassen's damit gut sein. Aber was mach ich jetzt mit dem da?", fügte er mit einem Kopfnicken in Richtung der Leiche hinzu.

Captain Willets brachte Roter Donners Leiche auf dem langbeinigen Falben, den er hatte stehlen wollen, zum Fort. Dann schickte er einen Boten zu Shakopees Lager. Als jedoch niemand auftauchte, um die Leiche mitzunehmen, ließ der Captain ein flaches Grab ausheben, und Roter Donner wurde unter die Erde gebracht.

4

Seid bereit zum Hören, langsam zum Reden und langsam zum Zorn.

Jakobus 1,19

Gen saß allein auf den Stufen vor der kleinen Kapelle der Missionsstation. Einige Wochen waren vergangen, seit Papa und sie hier angekommen waren. Etienne hatte zu ihr gesagt: „Es wird eine Weile dauern, doch schließlich wirst du sehen, dass ich Recht hatte, dich hierher zu schicken. Eines Tages wirst du mir dafür dankbar sein."

Während sie zusah, wie sich der Himmel im Osten mit der aufgehenden Sonne rosa färbte, dachte Gen, wie sehr Papa sich doch getäuscht hatte. Wenn er es doch nur gewusst hätte, dann hätte er sie nie versprechen lassen, dass sie bis zum Herbst hier blieb!

Koda, der große weiße Hund der Danes, kam den Pfad heraufgestürmt. Er schob seinen Kopf zwischen Gens Ellbogen und ihre Rippen und leckte ihre Hände. Sie streichelte den Hund und war dankbar für seine Zuneigung und Wärme. Wenigstens er mochte sie!

„Papa hat es gut gemeint", erklärte sie Koda. „Aber er hatte Unrecht. Ich werde hier nie glücklich sein. Ich gehöre nicht dazu!" Sie biss sich auf die Unterlippe und nickte in Richtung Fluss. „Ich könnte allein nach Hause finden. Es ist ja nicht so weit. Man muss einfach flussabwärts gehen und dann nach Westen", murmelte Gen. „Papa steht jetzt vermutlich gerade auf. Ohne mich wird er bestimmt nicht richtig frühstücken." Sie seufzte und lehnte ihren Kopf gegen den großen Schädel des Hundes. „Reverend Dane wäre sicher froh, mich los zu sein!"

Vielleicht machte der Reverend es ja nicht absichtlich, aber in den Wochen, die sie jetzt hier war, schien Gen einfach gar nichts richtig zu machen. Sie durfte ihr Haar nicht in Zöpfen tragen; es musste aufgesteckt werden. Ihre Mokassins musste sie gegen harte Lederschuhe eintauschen, die drückten und Blasen rieben. Obwohl es warm war, musste sie ihre Beine mit einer Strumpfhose bedecken, die rutschte und ständig kaputtging. Der Reverend mochte ihr Brot nicht. Sie durfte nicht fischen. Und Holz sammeln war auch „keine Frauenarbeit". Dabei taten das alle Dakota-Frauen. Aber der Reverend schien alles, was die Dakota taten, für „heidnisch" zu halten, und zwang Gen, alles anders zu machen.

Und das war noch nicht alles! Der Reverend teilte Gen mit, dass ihr Vater, wenn auch wohlmeinend, so doch ein *Papist* sei. Gen wusste nicht so recht, was das bedeutete, doch so, wie Reverend Dane es aussprach, musste ein Papist etwas noch Schlimmeres sein als ein Dakota. Er machte deutlich, dass er und seine Frau Gen vor einem schrecklichen Schicksal gerettet hatten. Doch Gen fühlte sich keineswegs rettungsbedürftig und je länger sie bei den Missionaren wohnte, desto mehr verabscheute sie die arrogante Einstellung des Reverend gegenüber allem, was mit den Dakota und mit ihrer französischen Herkunft zu tun hatte.

Ihre aufgewühlten Gefühle hatten gestern Abend ihren Höhepunkt erreicht. Gen hatte Mrs. Dane ein wenig mit den Kindern helfen wollen und sich zu Aaron und Meg gesetzt. „Ich erzähle euch die Geschichte vom goldenen Kopf, die mir mein Onkel Springender Hirsch erzählt hat, als ich noch ein kleines Mädchen war", fing Gen an.

Reverend Dane hatte währenddessen an seinem Schreibtisch gesessen und an einer seiner endlosen Predigten geschrieben. Er hatte nicht einmal aufgesehen, als er sagte: „Geneviève, es ist schon spät. Keine Geschichten mehr." Dann hatte er noch hinzugefügt: „Und meine Lampe braucht Öl."

Gen hatte darauf geantwortet: „Warum sagen Sie nicht, was Sie wirklich denken? Es ist eine *Dakota*-Geschichte. Und alles, was mit Dakota zu tun hat, ist schlecht!"

Der Reverend hatte sie mit erhobenen Augenbrauen angesehen. „Ich habe nie gesagt ..."

Gen war ihm ins Wort gefallen: „Oh doch, das haben Sie. Sie

denken, man sollte alles, was die Dakota tun, möglichst schnell abschaffen." Tränen waren ihr in die Augen gestiegen, als sie hervorstieß: „Was wissen Sie denn überhaupt über die Dakota? Sie starren doch den ganzen Tag nur in ihre dummen Bücher! Sie lesen und lesen und bemerken die lebendigen Menschen um sich her gar nicht! Und Sie haben keine Ahnung wie es ist, wenn man alles ganz neu lernen muss!" Damit war Gen aufgesprungen und hinausgestürmt, wobei sie die Lampe mit dem bunten Glasschirm vom Tisch gefegt hatte. Bevor Gen sie hatte auffangen können, war sie auf dem Boden zerschellt. Und Gens Ärger war wie die Ölflamme darin verloschen.

Mrs. Dane war herbeigeeilt und hatte die Scherben aufgesammelt. Und dann hatte sie zu weinen begonnen. Gen würde nie vergessen, wie die schöne, geduldige Mrs. Dane zwischen den Scherben auf dem Boden gesessen hatte und ihr die Tränen die Wangen hinuntergelaufen waren. Sie hatte stundenlang versucht, die Scherben wieder zu einem Lampenschirm zusammenzufügen. Gen hatte demütig den Lampenständer mit Öl gefüllt und die Kinder ins Bett gebracht. Als sie schließlich wieder nach unten gekommen war, waren die Danes bereits ins Bett gegangen.

Gen sah zum Haus hinüber und erblickte eine Rauchfahne über dem Kamin. Mrs. Dane war aufgestanden. Bevor sie das Haus verlassen hatte, hatte Gen bereits Kaffee aufgesetzt. Eine halbe Tasse Kaffeepulver, fein gemahlen, mit einer Prise Zimt darin – genau wie Reverend Dane es mochte. Sie hoffte, dass der Kaffee, das frische Brot und der Stapel Feuerholz Entschuldigung genug sein würden.

Entschlossen schubste sie Koda weg, stand auf und machte sich auf den Weg zum Haus. Drinnen stand Mrs. Dane am Herd, den Rücken zur Tür gewandt.

„Das mit der Lampe tut mir sehr Leid, Mrs. Dane", sagte Gen. „Ich hätte wirklich besser aufpassen sollen." Sie begann den Tisch zu decken.

Mrs. Dane wendete den letzten Pfannkuchen. „Mach dir keine Gedanken", sagte sie und lächelte. „Ich weiß ja, dass du es nicht absichtlich getan hast. Mein Mann hat mich gestern daran erinnert, dass wir Schätze im Himmel sammeln sollen und uns nicht an irdische Besitztümer klammern."

Der Reverend kam aus dem Schlafzimmer und ging zu seiner üblichen morgendlichen Gebetsstunde in die Kapelle. Als er fort war, goss Mrs. Dane zwei Tassen Kaffee ein. Sie bedeutete Gen, sich hinzusetzen, und sagte: „Du bist jetzt fast zwei Monate bei uns, Geneviève, und ich würde mich sehr freuen, wenn du mich Ellen nennen und duzen würdest." Sie lächelte, als sie Gens überraschtes Gesicht sah. „Ich bin nicht so viel älter als du, weißt du. Ich bin erst 27, das sind nur 9 Jahre Unterschied."

Meg und Aaron kamen die Treppe hinunter. Ellen schickte sie zum Wasserholen und fügte hinzu: „Und dann könnt ihr in den Stall gehen und Daisy melken. Gen und ich müssen mal ein Erwachsenengespräch führen."

Als die beiden draußen waren, fuhr Mrs. Dane fort: „Ich möchte, dass du weißt, dass ich sehr froh über deine Anwesenheit hier bin." Sie tätschelte Gens Hand. „Und ich möchte dich bitten, mit meinem Mann Geduld zu haben. Gestern Abend hast du gesagt, dass Simon nicht wüsste, wie es ist, wenn man alles neu lernen muss. Aber das stimmt nicht."

Sie lächelte ein wenig und schüttelte den Kopf. „Du kannst dir gar nicht vorstellen, was für hoffnungslose Gestalten wir waren, als wir hier ankamen. Wir hatten wirklich von nichts eine Ahnung." Sie sah Gen an. „Ich hatte noch nie im Leben eine Kuh gemolken oder einen Garten versorgt. Vom Nähen oder Brotbacken ganz zu schweigen."

„Sie wussten nicht, wie man *Brot* backt?!"

„Du", korrigierte Ellen sie lachend. „Die ersten paar Versuche hätten wir gut als Backsteine für die Kapelle benutzen können, so hart waren sie. Meine Familie hatte Angestellte für solche Dinge. Von mir wurde nur erwartet, dass ich die Schule erfolgreich abschloss, eine Dame wurde, heiratete und Kinder bekam. Ach ja, und Sticken natürlich." Sie sah Gen an und sagte entschlossen: „Und genau deswegen hatte ich es auch so eilig, dort wegzukommen. Ich wollte, dass mein Leben vor Gott etwas zählt. Es ist unglaublich, wie sehr ich es genoss, dass mir ein junger Mann den Hof machte, der mehr im Kopf hatte als ..." Sie hielt inne. „Nun ja, als das Übliche eben."

Gen konnte sich beim besten Willen den Reverend nicht als „jungen Mann" vorstellen, schon gar nicht als einen, der einem Mädchen den Hof machte. Sie musste ein Grinsen unterdrücken.

Ellen lachte leise. „Ich weiß, dass ich für viele heitere Abende an den Feuern der Dakota gesorgt habe. Sie haben jedes Mal vor Lachen gebrüllt, wenn ich versucht habe Dakota zu sprechen. Ich fürchte, ich war meist nicht sehr dankbar dafür, der Grund für ihre Heiterkeit zu sein!" Sie stützte nachdenklich das Kinn in die Hand. „Es war schwierig, sich so dumm zu fühlen. Ich glaube, ich hätte aufgegeben und Simon angefleht, wieder nach Hause zu gehen, wenn es nicht eine Indianerin namens Graue Frau gegeben hätte. Sie war immer freundlich und geduldig und sie hat mich nie ausgelacht."

Die Schritte des Reverends erklangen auf der Veranda und Mrs. Dane stand auf. „Du wirst Graue Frau heute kennen lernen. Sie hat versprochen, heute zum Nähen herzukommen. Vielleicht bringt sie auch einige ihrer Freundinnen mit."

*

Nach dem Frühstück holten Gen und Mrs. Dane den Nähkorb hervor und stiegen den schmalen Trampelpfad zum Hügel hinter dem Haus hinauf. Aaron schleppte Meg auf dem Rücken und galoppierte wie ein Pony an Gen vorbei, wobei ihm der Wind das strubbelige braune Haar aus dem Gesicht blies. Gen lächelte in sich hinein. Das Leuchten in Aarons braunen Augen war richtig ansteckend. Es war schön, den sonst so ernsten Jungen, der viel zu sehr seinen Vater nachahmte, einmal richtig ausgelassen zu erleben.

Oben auf dem Hügel unter dem einsamen Baum stand eine kleine Holzhütte, die den Danes in ihrem ersten Jahr in Minnesota als Wohnhaus gedient hatte. Als ihre wachsende Familie ein größeres Quartier erforderte, hatten Freunde aus Yellow Medicine ihnen beim Bau eines größeren Blockhauses und der Scheune geholfen. Die kleine Hütte auf dem Hügel war zum Schulhaus umfunktioniert worden.

Als sie dort ankamen, saßen drei Dakota-Frauen vor der Tür auf dem Boden. Als Mrs. Dane und Gen sich ihnen näherten, erhob sich eine der Frauen und half ihrer hochschwangeren Freundin auf die Füße.

Ellen stellte die Frauen einander auf Dakota vor: „Gen, dies ist meine Freundin Graue Frau, von der ich dir schon erzählt habe."

Graue Fraus lederartiges Gesicht verzog sich zu einem Lächeln, das einen fehlenden Vorderzahn offenbarte. Ellen legte ihre Hand auf Gens Schulter. „Etienne LaCroix hat uns seine Tochter geschickt. Dies ist Geneviève."

Bei Etiennes Erwähnung erhellte sich Graue Fraus Gesicht wissend. Sie hatte eine heisere Stimme, doch als sie sprach, klang sie voller Mitgefühl: „Du bist die Tochter von Schönes Lied?" Als Gen nickte, trat Graue Frau zu ihr, nahm ihr Gesicht in beide Hände und studierte es eingehend, bevor sie nickte. „Ja, ja, ich sehe es. Du hast den Mund deiner Mutter und ihre Nase. Doch dein Vater gab dir seine blauen Augen." Sie lächelte. „Ich erinnere mich noch gut an die Nacht vor vielen Wintern, als ein halb verhungerter junger Franzose in unser Lager stolperte."

„Du kanntest meine Mutter?"

Graue Frau nickte und drückte Gens Hand. Ohne sie loszulassen, wandte sie sich zu ihren Freundinnen um, die beide deutlich jünger waren als sie. „Dies ist Weißer Flügel", sagte sie und deutete auf eine etwas ungekämmt wirkende Frau, die mit hängenden Schultern hinter der Schwangeren stand.

Sie nickte, sagte aber nichts. Graue Frau gab auch keinen weiteren Kommentar zu ihr ab. „Und dies", sagte sie und tätschelte den schwellenden Bauch der anderen Frau, „ist Schnelles Reh, die bald das Kind von Blauer Wolf bekommen wird."

Bei der Erwähnung dieses Namens verschwand das Lächeln aus Graue Fraus Augen. „Er ist ein dummer Junge, der seine Frau verlässt, um mit den anderen Ärger bei den Weißen zu machen. Ich nehme sie mit mir zu John Nächster Tags Dorf, wo die jungen Männer mehr Verstand haben und es keine Kämpfe gibt." Graue Frau wechselte das Thema. „Vielleicht kennst du meinen Sohn", sagte sie zu Gen. „Er kommt manchmal zu dem Handelsposten deines Vaters Zerbrochene Pfeife. Sein Name ist Leuchtender Stern."

Gen schüttelte den Kopf. „Nein, ich glaube nicht, dass ich ihn kenne."

„Er trifft ähnlich dumme Entscheidungen wie Blauer Wolf. Er hat diesen Freund, Roter Donner." Graue Frau strich sich mit dem Finger über die Stirn. „Er hat hier eine Narbe. Er behauptet, das sei eine Bärin gewesen, aber ich kenne die Wahrheit. Ein Chippewa hat ihn mit einer abgebrochenen Flasche aufgeschlitzt, als er betrunken war."

Gen schluckte schwer. „Roter Donner kenne ich."

Graue Fraus dunkle Augen wurden schmal, als sie Gen genau ansah. „Ja, das sehe ich. Und ich sehe auch, dass du dasselbe über ihn denkst wie viele andere junge Frauen." Sie sah zu Weißer Flügel hinüber, die errötete. „Ich sage euch, seid nicht dumm. Von Roter Donner muss man sich fern halten!"

Gen nickte nervös, während Weißer Flügel nur stumm auf den Boden starrte. „Mein Vater sieht das auch so", sagte Gen. „Er hat Roter Donner gesagt, er soll sich von mir fern halten."

Graue Frau nickte. „Zerbrochene Pfeife ist ein weiser Mann. Er war klug genug, sich Schönes Lied zur Frau zu nehmen, und er ist klug genug, einen guten Mann für dich auszusuchen. Hör auf deinen Vater! Roter Donner wird eines Tages alle um sich herum ins Unglück reißen."

Ellen merkte, dass Schnelles Reh nicht mehr stehen konnte. Sie griff in ihren Nähkorb und holte einen großen, zerrissenen Quilt heraus. „Lasst uns anfangen." Sie schickte Aaron und Meg wieder nach Hause, um Simon zu helfen, und dann gingen sie in die Hütte.

„Setz dich“, sagte Ellen zu Schnelles Reh und deutete auf einen Armsessel am Tisch. Sie gab ihr eine Garnrolle und einige Nadeln mit großem Öhr. „Du kannst die Nadeln für uns einfädeln.“

Schnelles Reh sank mit einem erleichterten Seufzen in den Sessel und knetete sich den Rücken.

Die anderen begannen den zerschlissenen Quilt zu flicken und eine alte, abgenutzte Decke als wärmende Zwischeneinlage einzunähen. Als er fertig war, hielt Ellen ihn Schnelles Reh hin. „Für das Kleine.“

Schnelles Reh nahm das Geschenk mit einem scheuen Lächeln entgegen.

Um die Mittagszeit gingen die Frauen nach Hause, um auf der großen Veranda etwas zu essen. Gen ging kurz hinein und hörte einen Streit zwischen Aaron und Meg.

„Ich kann das nicht“, rief Meg von oben.

„Doch, du kannst“, gab Aaron zurück. „Ich habe es dir gestern erst gezeigt. Du bist dran mit Bettenmachen. Papa hat gesagt, dass ich jetzt langsam ein Mann werde. Und Männer machen keine Betten!“

„Aaaaaaaarrrrronnnnnn!“, stöhnte Meg.

„Miss Meg“, rief Gen nach oben, „was ist denn los?“

Aaron kam zur Treppe. „Ich habe es ihr ganz genau erklärt und gezeigt, Gen. Sie will einfach nicht die Betten machen!“

„Wisst ihr was?“, sagte Gen. „Ich mache Brotpudding zum Nachtisch. Aber es gibt nichts, bevor die Betten nicht gemacht sind. Ihr wisst, dass das eine Regel eures Vaters ist und dass er sehr böse wäre, wenn er wüsste, dass ihr sie nicht gleich heute Morgen gemacht habt!“

Meg zog einen Schmollmund. „Na gut!“ Sie wirbelte herum und rannte Aaron beinahe um. „Gehst du mir wohl aus dem Weg, damit ich meine Aufgaben erledigen kann? Hast du nichts anderes zu tun, während ich diese *Frauenarbeit* mache?“

Als Gen den versprochenen Brotpudding fertig hatte, machten sich Graue Frau und ihre Freundinnen zum Aufbruch bereit.

„Ich bete für Leuchtender Stern, meine Liebe“, sagte Mrs. Dane. „Und auch für Roter Donner und Dunkler Geist. Richte bitte Großer Adler aus, dass mein Mann ihn morgen besuchen will. Vielleicht kommt er ja mit dir zum Gottesdienst.“ Sie wandte sich an die anderen beiden Dakota. „Und ihr, kommt doch bitte auch. Ein letztes Mal, bevor ihr zu John Nächster Tag geht.“

Als die drei Frauen davonzogen, sah Mrs. Dane ihnen seufzend nach. „Sie haben so ein schweres Leben. Graue Fraus Ehemann Großer Adler ist ein Trinker. Und jetzt scheint Leuchtender Stern ihr auch noch Kummer zu bereiten. Dabei war sie immer so stolz auf ihren Sohn.“ Sie seufzte. „Anscheinend haben Mütter wirklich immer und überall dieselben Sorgen!“ Mit einem Kopfnicken zu der kleinen Kapelle hinüber fügte sie hinzu: „Großer Adler ist noch nie in einen der Gottesdienste gekommen, kein einziges Mal. – Nun ja, wir sollten uns an die Wäsche begeben. Sonst muss Reverend Viele Worte am Ende noch am Sonntag mit einem schmutzigen Kragen auf die Kanzel steigen.“

5

Wenn aber einer von euch nicht weiß, was er in einem bestimmten Fall tun muss, soll er Gott um Weisheit bitten.
Jakobus 1,5

Simon Dane kniete neben der vordersten Bank in der kleinen Kapelle, den Kopf in die Hände gestützt. Es musste etwas passieren, das war klar. Jeder konnte das sehen. Die Dakota verließen scharenweise die Gegend. Jeden Tag kamen welche bei der Missionsstation an, wollten etwas zu essen, sich verabschieden, einen Segen. Selbst Graue Frau und Schnelles Reh waren gegangen. Heute Morgen hatte Simon ausschließlich für seine eigene Familie gepredigt. Nicht ein einziger Indianer war zum Gottesdienst erschienen.

Simon erhob sich und setzte sich im Dunkeln auf die Bank. Er konnte nicht einmal mehr vorgeben zu beten. Er war seit Stunden in der Kapelle, aber er betete nicht. Was sollte er auch sagen? *Gott, ich habe versagt.* Nun, das wusste Gott sicher bereits. Er konnte es wohl auch nicht mehr hören.

Doch es lag noch mehr im Argen als nur schrumpfende Mitgliederzahlen. Der Reverend seufzte. Wenn doch Etienne LaCroix sein Versprechen gehalten und zu Besuch gekommen wäre! Dann hätte er Geneviève mit ihm zurückschicken können. Er hatte es satt, dass diese hellen Augen jede seiner Bewegungen verfolgten. Sie dachte, dass ihn ihre Kritik und ihre Beobachtung kalt ließen. Aber das stimmte nicht. Täglich spürte er, wie ihn ihre Ablehnung wie ein kalter Wasserstrahl traf.

Ihr Ausbruch in Bezug auf die Dakota neulich abends, als sie Ellens Lampe zerbrochen hatte, war besonders schmerzhaft gewesen. Simon musste vor sich selbst zugeben, dass sie zumindest teilweise Recht gehabt hatte. Vielleicht hatte er sich tatsächlich zu wenig mit den Dakota und ihrer Lebensweise beschäftigt. Aber jetzt war es zu spät. Sie waren weg. Was konnte er da noch tun?

Es war eine warme Frühlingsnacht, doch Simon zitterte. Er sah sich in dem leeren, vom Mondlicht beschienenen Raum um und erinnerte sich daran, dass er ihm früher immer eine Zuflucht gewesen war. Zehn Jahre lang war er treu jeden Morgen hierher gekommen, genau wie Dr. Riggs es ihm empfohlen hatte. Er hatte gebetet und über seine bevorstehenden Tagesaufgaben nachgedacht. Es kam ihm so vor, als sei es sehr lange her, dass er jung und optimistisch gewesen war.

Eine Feldmaus kam aus einer Ecke gekrochen und schnupperte wachsam, bevor sie sich in die Orgel verzog. Simon rieb sich über das Gesicht. Dann stand er auf und ließ seine Hand über die Orgeltastatur gleiten, bevor er hinter das Lesepult trat. Er öffnete seine Bibel, legte sie vor sich und umfasste das Pult mit beiden Händen, während er sich vorstellte, der Raum sei mit Dakota-Gesichtern gefüllt. Doch es gelang ihm nicht. Er sah nur gähnende Leere. Zehn Jahre seines Lebens – für nichts. Kein einziger Dakota hatte sich zum christlichen Glauben bekehrt, während im Süden die Missionsstationen überliefen.

Simon stand da, den Kopf gesenkt, und versuchte sich die richtigen Worte abzuringen, um den Allmächtigen dazu zu bewegen, seine tote Missionsstation zu beleben. *Was habe ich nur falsch gemacht, Gott? Warum kommen sie nicht? Ich arbeite so hart daran, gute Predigten zu liefern. Warum hört mir niemand zu?*

Doch Gott sagte nichts. Simon ließ die Bibel offen liegen und ging nach draußen. Hinter ihm kam die Maus wieder aus der Orgel hervor, erklomm das Pult und begann am Lukasevangelium zu knabbern.

*

„Es wird alles gut, Simon“, sagte Ellen sanft und legte ihre Hand auf die Schulter ihres Mannes.

„Ich wollte dich nicht wecken, Liebes.“

Seine mühsam beherrschte Stimme brach Ellen fast das Herz. Wann, oh wann, Gott im Himmel, würde Simon ihr endlich seine Gefühle anvertrauen? „Du hast mich nicht geweckt. Meinst du, ich könnte ruhig schlafen, wenn ich weiß, dass es dir schlecht geht?“

Er drehte sich nicht zu ihr um, sondern starrte weiter die Wand an. Sein Körper versteifte sich. „Ist es so offensichtlich?“

Ellen starrte auf seinen Rücken. Wieder berührte sie seine Schulter und zog sanft daran, um ihn zum Umdrehen zu bewegen. Doch er sträubte sich und so ließ sie ihre Hand nur auf seiner Schulter ruhen. „Ach, Simon, meinst du nicht, dass ich nach zehn Jahren an deiner Seite für deine Empfindungen nicht mehr ganz blind bin? Ich bin auch entmutigt. Aber du musst bedenken, dass Gens Worte aus ihrer Sorge um ihren Vater entsprungen sind. Sie hat Heimweh. Weißt du noch, wie es war, als wir hier angekommen sind? Wir sind gewachsen und haben gelernt. Gott wird dir den richtigen Weg zeigen, da bin ich ganz sicher!“ Sie biss sich auf die Lippen, unsicher, ob sie zu oberlehrerhaft klang. Doch dann gab sie sich einen Ruck. „Denkst du, dass es vielleicht helfen könnte, Dr. Riggs zu besuchen? Die Kinder und ich kämen schon zurecht; besonders jetzt, wo wir Gen haben.“

Bei der Erwähnung von Dr. Riggs versteifte sich Simon nur noch mehr. „Ich weiß nicht, wieso es ermutigend für mich sein sollte, meinem Vorgesetzten von meinem Versagen zu erzählen“, sagte er, doch in seiner Stimme lag kein Ärger. Sie war völlig emotionslos. Ellen erschauderte; so hatte sie ihn noch nie erlebt. Sie wollte ihn trösten, ihm helfen.

„Dr. Riggs ist immer sehr ermutigend. Und sieh mal, wir haben immerhin mit Graue Frau und Schnelles Reh Freundschaft geschlossen. Auch Weißer Flügel hat aufmerksam zugehört, als ich Psalm 23 vorgelesen habe. Wer weiß, wann die Saat, die wir in ihnen gesät haben, aufgehen wird? Und außerdem sind Aaron und Meg der lebende Beweis, dass unsere Jahre hier Frucht getragen haben.“

Simon sah endlich seine Frau an. Das Dämmerlicht ließ ihr goldenes Haar glänzen und tief in ihm regte sich etwas. Er versuchte es zu unterdrücken. „Ja, meine Liebe. Kinder sind ein

Segen des Herrn. Und du hast dich redlich um diese Frauen bemüht. Ich würde sogar sagen, dass sie eines Tages ins Himmelreich kommen werden. Doch sie sind Frauen; wenn Gott unter den Dakota eine Erweckung bewirken soll, müssen sich auch die Männer bekehren. Großer Adler ist ständig volltrunken. Leuchtender Stern und Otter haben mich ausgelacht, als ich sie zum Gottesdienst eingeladen habe." Er seufzte und tätschelte Ellens Hand. „Aber ich danke dir, dass du versucht hast, mich zu trösten."

„Du weißt nicht, was Gott vorhat, Simon. Leuchtender Stern und Otter sind jung. Vielleicht ..."

„Ich habe die Schlacht verloren", sagte Simon. „Leuchtender Stern und Otter sind mit diesem Aufrührer Roter Donner weggegangen und werden vermutlich nie wieder auftauchen. Wie all die anderen. Sie sind alle fort ..."

Ellen spürte, wie die Matratze vibrierte. Simon weinte! Diese Erkenntnis überwältigte sie. Noch nie hatte Simon sich einer solchen Schwäche hingegeben oder zumindest nicht in ihrer Gegenwart. Sie hatte keine Ahnung, was sie tun sollte.

Schließlich rutschte sie näher an ihn heran, nahm ihn in die Arme und flüsterte ihm ins Ohr: „Ich bin hier, Simon. Wir haben Aaron und Meg. Ihre Seelen haben wir für Gott gewonnen. Und wer weiß, was sie alles bewirken werden ..."

Sie spürte, dass er sich ein wenig entspannte. Dann legte auch er seinen Arm um sie. Seine Atmung veränderte sich und Ellens Herz begann ein bisschen schneller zu schlagen. Sie merkte nur zu gut, dass eine Schlacht in ihm tobte ... er wollte nicht dem nachgeben, was er als „fleischliche Gelüste" bezeichnete.

Einen Moment lang hatte sie das Gefühl, gleich würde er sie wegstoßen. Doch dann sah er sie fragend an. Ellen ließ ihm keine Gelegenheit zu zweifeln. Sie ergriff seine freie Hand und führte sie an ihre Brust. Mit ihrem ganzen Körper lud sie ihn ein, zu ihr zu kommen. Und in dieser Nacht kam für eine Weile der ehrwürdige Reverend Simon Dane von seinem selbst erbauten Podest herunter und wurde ein Normalsterblicher ...

6

In Notzeiten muss dir dein Bruder helfen, ein Freund steht dir immer bei.
Sprichwörter 17,17

Otter paddelte wild gegen die Strömung an, fort von den Soldaten. Zuerst hatte er vorgehabt, nach Cloudman's Village zu fahren. Dort gab es einen Medizinmann, der Leuchtender Stern helfen konnte. Doch je länger er darüber nachdachte, desto mehr Angst bekam Otter.

Das Problem war wie immer Roter Donner. Wenn er mehr getan hatte, als nur die Pferde des weißen Siedlers zu stehlen – wenn er der Frau oder den Kindern etwas angetan hatte –, dann würden ihnen jetzt die Truppen aus Fort Ridgely auf den Fersen sein. Roter Donner hatte laut mit seinen Plänen geprahlt und es bestand eine klare Verbindung zwischen ihm, Otter und Leuchtender Stern. Keiner würde den Zorn der weißen Armee auf sich ziehen wollen. Sie würden ihnen erzählen, was sie wussten, und die Soldaten würden nicht eher ruhen, bis sie alle drei gefangen und gehängt waren.

Otter beschloss, an Cloudman's Village vorbeizurudern und hoch zum Handelsposten von Zerbrochene Pfeife zu fahren. Der Händler, den die Weißen Etienne LaCroix nannten, hasste die Veränderungen durch die vielen Weißen fast ebenso sehr, wie die Dakota es taten. Er würde keine Fragen stellen und würde wissen, was mit Leuchtender Sterns Wunde zu tun war. Sie konnten den ganzen Sommer über bei ihm bleiben. Da fast alle Dakota aus der Gegend bereits nach Süden gezogen waren, würden nur Stehender Büffels Leute noch zu Zerbrochene Pfeife kommen. Sie würden also niemanden sehen, den sie kannten, bis es Zeit für die Büffeljagd war. Bis dahin würde es Leuchtender Stern besser gehen. Otter war zuversichtlich, dass Zerbrochene Pfeife auf alle Fragen nach Roter Donner so reagieren würde, wie er es von ihm kannte: Er würde die Achseln zucken, sich eine Pfeife anzünden und nichts weiter sagen.

Für die Jahreszeit war es ungewöhnlich kühl; trotzdem glänzte Leuchtender Sterns Gesicht vor Schweiß. Er hatte begonnen im Fieber zu reden. Einmal setzte er sich abrupt auf und hätte Otter beinahe aus dem Kanu geschubst. Otter hatte all seine Kraft und Überredungskunst aufwenden müssen, um ihn niederzuringen. Jetzt lag er still da, doch frisches Blut tropfte aus seiner Wunde.

Otter paddelte bis zum Einbruch der Dunkelheit und landete das Kanu dann kurz vor der Stelle, an der der Fluss in den Lac Qui Parle, den sprechenden See, überging. Der Himmel war sternenklar. Otter legte sich neben Leuchtender Stern, um ihn zu wärmen, doch Leuchtender Stern atmete in kurzen, keuchenden Zügen und glühte vor Fieber.

Vor ihnen lag das Haus des Missionars Viele Worte. Die Lichter waren noch nicht erloschen und Otter wartete, bis alle zu Bett gegangen waren. Dann hob er Leuchtender Stern aus dem Kanu und wusch ihm das Gesicht mit kaltem Flusswasser ab. Leuchtender Stern war in eine tiefe Bewusstlosigkeit gesunken. Otter sah ihn besorgt an. Es ging ihm immer schlechter. Am liebsten hätte Otter ihn hier in der Obhut dieses Missionars gelassen, doch wer konnte wissen, was Leuchtender Stern im Fieber alles ausplapperte? Leuchtender Stern stöhnte und Otter merkte, dass sein eigenes Hemd vom Blut seines Freundes durchtränkt war. Es gab keine andere Möglichkeit; er musste seinen Freund hier lassen.

Otter lud sich Leuchtender Stern auf die Schultern und taumelte zur Scheune hinüber. Dann legte er seinen Freund vorsichtig auf einem Stapel sauberen Strohs ab. Sie würden ihn finden, wenn sie früh am Morgen kamen, um die Kuh zu melken, die Otter freundlich aus ihrem Stall anglotzte.

*

Etwas umfasste Gens Knöchel und sie erstarrte vor Schreck. Als sie hinuntersah, starrten sie zwei dunkle Augen an. Sie ließ die Milchkanne fallen und versuchte sich zu befreien, doch der

Griff um ihr Bein wurde fester. Da schoss Koda heran und warf sich auf den Fremden. Er fletschte die Zähne und grub sie in den Unterarm des Dakota. Dieser stieß einen Schrei aus, versuchte sich aufzurichten, fiel dann aber bewusstlos ins Stroh zurück.

„Koda, aus“, rief Gen.

Sofort ließ der Hund von dem Mann ab und setzte sich hin, angespannt wie eine Bogensehne. Als sich der Feind nicht rührte, sah er kurz zu Gen hinüber, winselte leise und wedelte fragend mit dem Schwanz.

„Pass auf ihn auf“, befahl Gen und war dankbar, als der Hund sie zu verstehen schien. Sie rannte zum Haus hinüber.

„Ellen“, krächzte sie und rüttelte die schlafende Frau an der Schulter. „In der Scheune ... Dakota ... schwer verletzt ... blutet stark ... Koda hat ihn gebissen ...“

Ellen sprang sofort auf, eilte zur Kommode und holte Verbandszeug, eine Schere und einen Revolver hervor. Routiniert kontrollierte sie, ob er geladen war. Auf Gens erstaunten Blick erklärte sie: „Mein Bruder hat mich immer zu seinen Schießübungen mitgenommen. Das ist ein Geschenk von ihm.“

„Mama“, rief Aaron aus seinem Zimmer, „was ist denn?“

Ellen ging zur Treppe und sah in Aarons und Megs verschlafene Gesichter. „Nichts. Ein Dakota hat in der Scheune übernachtet und Gen hat sich erschreckt. Er ist verletzt, wir kümmern uns jetzt um ihn. Bleibt ihr schön im Haus.“

Aaron runzelte die Stirn. „Vater würde nicht wollen, dass du allein da rausgehst.“

„Dein Vater würde auch nicht wollen, dass ich einem verletzten Mann nicht helfe. Außerdem habe ich ja Gen. Und ich habe das hier.“ Sie zeigte ihm den Revolver. „Uns passiert schon nichts. Pass du auf deine Schwester auf und mach ein schönes Feuer, ja?“

Aaron nickte.

Ellen wandte sich an Gen. „So, lass uns sehen, was wir tun können.“ Sie verbarg den Revolver in den Falten ihres Nachthemdes und ging mit Gen zur Scheune, wo Koda immer noch den Fremden bewachte.

Ellen ließ die Waffe fallen und sank neben dem jungen Dakota in die Knie. „Das ist Leuchtender Stern, der Sohn von Graue Frau!“ Sie fühlte seine Stirn.

„Ist es die Cholera?“, fragte Gen ängstlich.

Ellen schüttelte den Kopf. „Nein.“

„Ist er ...?“

„Nein, nur bewusstlos. Aber dieses Blut kann unmöglich nur von der Armwunde stammen.“ Sie hob sein Hemd etwas an. „Oh ...“

Gen trat näher. Aus einem kleinen schwarzen Loch direkt unter dem rechten Schlüsselbein des jungen Kriegers kam ein stetiger Strom von Blut. Sein ganzes Hemd war davon durchtränkt.

„Hilf mir, ihm das auszuziehen“, sagte Ellen. Sie zerschnitt kurzerhand die Weste und das Hemd von Leuchtender Stern und rollte ihn dann vorsichtig auf die Seite, um seinen Rücken anzuschauen. „Na, wenigstens ist die Kugel hinten wieder hinausgekommen“, sagte sie. „Ich weiß nicht, ob ich sie hätte herausholen können.“ Sie verband als Erstes den von Koda zerbissenen Unterarm des jungen Kriegers und murmelte dabei: „Wir müssen ihn ins Haus schaffen.“

„Leuchtender Stern“, sprach sie ihn dann auf Dakota an. „Du musst uns helfen. Wir sind nur zwei Frauen und können dich nicht tragen. Aber du musst mit uns kommen, damit wir deine Wunden versorgen können.“

Leuchtender Stern bewegte sich. Ohne die Augen zu öffnen setzte er sich halb auf, schien dann aber nicht mehr weiter zu können. Ellen beugte sich zu ihm hinunter und legte sich seinen Arm um die Schultern. Sie versuchte vergeblich, ihn hochzuziehen. „Bitte, Herr, hilf irgendwie ...“, keuchte sie.

Plötzlich kam Leuchtender Stern stöhnend und taumelnd auf die Füße und stolperte auf die Tür zu. Gen und Ellen eilten hinzu, stützten ihn und drängten ihn in Richtung des Hauses. Irgendwie schaffte Leuchtender Stern es bis auf die Veranda, bevor er in der Tür zusammenbrach. Die beiden Frauen rollten ihn auf eine Decke und schleppten ihn mit Hilfe der Kinder vor die Feuerstelle.

Koda, der anscheinend begriffen hatte, dass der Eindringling keine Gefahr darstellte, leckte ihm nun über das Gesicht und verstand nicht, warum der Mann nicht aufstand.

„Den Nähkorb, Meg“, sagte Ellen. „Aaron, wir brauchen mehr Bandagen. Geh ins Schlafzimmer und hol den Stoff aus der untersten Schublade der Kommode. Schneide ihn in so breite Streifen.“ Sie zeigte es ihm mit beiden Händen. Dann sah sie Gen an. „Ich möchte ihn so wenig wie möglich bewegen. Am besten zerschneiden wir seine Sachen einfach.“

„Er stinkt“, sagte Meg.

„Zuerst mal das“, sagte Ellen und wollte die Halskette mit der Bärenklaue durchtrennen.

„Warte“, sagte Gen. „Nicht abschneiden.“ Sie beugte sich über Leuchtender Stern und unterdrückte ein Schwindelgefühl, als ihr der Geruch von Blut und Schweiß in die Nase stieg. Dann zog sie ihm vorsichtig die Kette über den Kopf.

Aaron kam mit den fertig geschnittenen Binden an, und Ellen schickte ihn und Meg mit dem lächerlichen Befehl nach oben, sich wieder schlafen zu legen. Natürlich blieben sie auf der Hälfte der Treppe sitzen und schauten zu, wie Ellen die Lederleggings von Leuchtender Stern aufzuschneiden begann. Ellen warf ihnen daraufhin einen wütenden Blick zu und sie verzogen sich nach oben.

Leuchtender Stern begann zu murmeln und machte schwache Abwehrversuche. Mit seinem Ellenbogen verfehlte er nur knapp Ellens Nase.

Gen sagte vorsichtig: „Können wir ihn nicht einfach eine Weile ... in Ruhe lassen?“ Doch sie kannte die Antwort. Einen Moment sahen sie sich ratlos an, dann hatte Gen eine Idee. Sie stand auf und holte sich eine zweite Schüssel Wasser und einen Streifen Stoff. Dann setzte sie sich neben Leuchtender Stern und begann ein Lied auf Dakota zu singen. Derweil beugte sie sich vorsichtig zu Leuchtender Stern hinab und löste das Tuch um seinen Kopf. Plötzlich sprangen seine Augen auf, dunkle Löcher voller Schmerz und Fragen.

Gen lächelte ihn an und sagte auf Dakota: „Lass mich dir helfen, Leuchtender Stern! Ich bin Geneviève, die Tochter von Zerbrochene Pfeife. Du kennst meinen Vater doch, oder? Du bist hier in der Renville-Missionsstation. Wir kennen deine Mutter, Graue Frau. Sie kommt oft hierher." Während sie redete, arbeitete Gen unverdrossen weiter.

Leuchtender Stern hob eine Hand und ließ sie wieder sinken. Sie begann ihm sanft mit warmem Wasser das Gesicht abzuwaschen. „Mrs. Dane möchte dir helfen. Bitte kämpfe nicht gegen uns." Ohne sich herumzudrehen bedeutete Gen Ellen weiterzumachen. „Ich bleibe hier, wo er mich sehen kann, und singe weiter." Sie saß so, dass sie Leuchtender Sterns halb nacktem Körper den Rücken zugewandt hatte. Ihre Wangen brannten, als sie hörte, wie Ellen die Reste der Lederhose abschnitt.

Irgendwann sagte Mrs. Dane: „Er ist bis auf den Arm und die Schulter unverletzt." Leuchtender Stern wurde wieder ohnmächtig. Gnädigerweise merkte er auf diese Weise nicht, wie seine Armwunde genäht wurde. Auch als sie die Schulterwunde säuberten und dabei eine ganze Fontäne von gelblichem Eiter herausschoss, bekam er nichts mit. Nur sein Atem ging noch schneller und mühsamer, unterbrochen von Husten.

Ellen warf seine Kleidung ins Feuer und setzte sich dann erschöpft an den Tisch, den Kopf in die Hände gestützt. Ein neues Problem war aufgetaucht: Dort, wo Leuchtender Sterns Sachen auf dem Boden gelegen hatten, wimmelten kleine schwarze Tierchen herum.

Ellen stöhnte: „Läuse!" Sie wollte aufspringen, doch Gen drückte sie entschlossen auf den Stuhl zurück. „Das mache ich."

Gen tötete sämtliche Läuse und schrubbte dann den Boden um Leuchtender Stern herum gründlich mit Lauge. Danach goss sie etwas Kerosin aus einer Lampe, setzte sich im Schneidersitz vor Leuchtender Sterns Kopf und massierte seine gesamte Haarpracht mit dem Kerosin. Es schien Stunden zu dauern und ihr Rücken war bald völlig verkrampft.

„Es wäre viel leichter gewesen, die Haare einfach abzuschneiden. Aber das würde er uns wohl nie verzeihen“, sagte sie.

Abschließend wuschen Ellen und sie gemeinsam die langen Haare mit Seifenlauge aus.

Als Aaron Stunden später die Treppe hinunterschlich, waren beide Frauen eingeschlafen; seine Mutter im Schaukelstuhl und Gen mit dem Rücken an den Kamin gelehnt. Das Licht der Morgensonne warf einen goldenen Schein auf den schlafenden jungen Krieger auf dem Boden.

7

***Unterdrückt nicht die Fremden, die in eurem Land wohnen, sondern behandelt sie genau wie euresgleichen.
Jeder von euch soll seinen fremden Mitbürger lieben wie sich selbst.
Denkt daran, dass auch ihr in Ägypten Fremde gewesen seid.
Ich bin der Herr, euer Gott!***
3. Mose 19,34

Er lebte in einem farblosen Traum, der von körperlosen Stimmen bevölkert wurde. Wenn er die Hand hob, um die Steine von seinen Augen zu entfernen, musste er feststellen, dass etwas seine Arme am Boden hielt. Manchmal schien er zu brennen. Er meinte, nahe bei einem Feuer zu sein, aber die Steine hielten seine Augen geschlossen, daher war er sich nicht sicher.

Nach einer Weile erkannte er zwei verschiedene Stimmen um sich herum. Sie waren weiblich und obwohl er nicht die Energie aufbrachte, den Worten zuzuhören, merkte er doch, dass nicht beide Dakota sprachen. Auch andere Stimmen schwirrten durch den Raum und holten ihn einmal fast aus seinem seltsamen Traum. Doch dann fiel er wieder in die Dunkelheit zurück.

Als die Steine schließlich von seinen Augen abfielen und er sie öffnen konnte, sah er zwei Frauen vor sich. Ihre weißen Gesichter stießen ihn ab, doch er konnte ihnen nicht sagen, dass sie ihn in Ruhe lassen sollten. Also schloss er die Augen wieder und ließ sich davon treiben.

Als er aus dem Tal des Todes zurückkehrte, sah Leuchtender Stern genauer hin. Die weiße Frau hatte graue Augen. Er zwang sich dazu, hinzusehen und zuzuhören und merkte, dass sie diejenige war, die die Entscheidungen traf. Ihre Stimme war sanft und beruhigend wie die seiner Mutter. Ihr Haar hatte die Farbe des Weizens kurz vor der Ernte. Sein Hass gegenüber den Weißen schien bei dieser Frau nicht zu wirken.

Die andere war jünger. Anders als die Mütterliche hatte sie dunkle Haut und schwarze Haare wie eine Dakota. Doch es waren ihre Augen, die ihn faszinierten. Sie leuchteten blau in dem dunklen Gesicht und darüber schwangen sich ihre Augenbrauen wie die Flügel eines Vogels. Sie bot ihm einen Löffel mit Brühe an und als er das heiße Gebräu hinunterschluckte, merkte er, wie hungrig er war.

Immer öfter stieg er nun aus dem Schattenreich empor. Mit jeder Schüssel Suppe von Himmelsauge wurde er kräftiger. Eines Morgens erwachte er früh und sah, wie Himmelsauge hereinkam und auf Zehenspitzen zur Feuerstelle schlich. Sie fachte das über Nacht erstorbene Feuer neu an und kniete sich dann vor den Kamin, um ihre frisch gewaschenen Haare zu trocknen. Nach einer Weile teilte sie die dunkle Mähne in drei Stränge und flocht sie zu einem Zopf.

Ihre Wangen röteten sich, als sie seinen Blick bemerkte. Als seine Augen zu der indianischen Kette an ihrem Hals wanderten, berührte sie diese, sagte aber nichts, bis sie die Frage in seinem Blick verstand. „Meine Mutter war Dakota." Sie holte eine neue Schüssel Brühe und fütterte ihn, wobei sie leise summte. Er erkannte das Lied.

Die Mütterliche versorgte seine Wunden. Er erinnerte sich noch daran, wie der große Hund ihn gebissen hatte; doch da gab es noch einen anderen Schmerz, einen schlimmeren, der seine gesamte rechte Seite zu beherrschen schien. Er versuchte, die Stelle zu erreichen, doch die Mütterliche hatte seine Hand davon abgehalten.

„Du wurdest angeschossen", sagte sie auf Dakota. „Wir wissen nicht, wann und wo. Du lagst in unserer Scheune und bist viele, viele Tage bewusstlos gewesen. Doch jetzt geht es dir besser." Sie lächelte ihn an. „Ruh dich aus, Leuchtender Stern. Ich kenne deine Mutter, Graue Frau. Sie ist meine Freundin."

Sie nickte, als sie seinen überraschten Gesichtsausdruck sah. „Ich habe dich an deiner roten Weste und der Halskette erkannt. Graue Frau hat oft von deinen Künsten als Jäger berichtet. Sie ist sehr stolz auf dich." Sie legte ihm eine Hand auf die unverletzte Schulter. „Du kannst ganz beruhigt sein."

Zum ersten Mal in seinem Leben hatte Leuchtender Stern in die Augen eines Weißen gesehen und nichts als Freundlichkeit darin entdeckt. Er fiel in einen gesunden, heilsamen Schlaf.

*

Er fühlte sich zum ersten Mal seit sehr langer Zeit richtig wach. Seine Schulter tat nicht weh, doch trotzdem spürte er, dass etwas nicht stimmte. Der Hund war nicht da; obwohl er es sich angewöhnt hatte, neben Leuchtender Stern zu schlafen. Leuchtender Stern spähte angestrengt in die Dunkelheit hinein und entdeckte endlich Koda, der sich vor der Tür im Kreis drehte und dabei aufgeregt winselte. Leuchtender Stern begriff, dass er über der Falltür zum Keller herumlief. Darunter hatten die Missionare ihre Vorräte gelagert. Leuchtender Stern hatte in den vergangenen Tagen oft den Jungen mit Kisten oder Säcken voller Nahrungsmittel aus dem Loch steigen sehen. Er hob den Kopf und sprach den Hund an. Daraufhin hörte Koda kurz mit seiner hektischen Kreisbewegung auf, doch dann begann er wild auf dem Boden zu scharren.

Ein leichter Rauchgeruch breitete sich vom Boden her aus.

„Feuer! Feuer!"

Leuchtender Stern meinte, so laut zu schreien, wie er nur konnte, doch offenbar hörte ihn niemand. Er ergriff eine Blechtasse voll Wasser, die neben seinem Lager stand, und knallte sie gegen die Wand, hinter der die Mütterliche schlief. Endlich taumelte sie heraus und sah sich verwirrt um. Doch als ihr nackten Füße auf die Falltür traten, schreckte sie zurück. Einen Moment lang zögerte sie, bevor sie die Tür hochhob. Sofort schlugen ihr helle Flammen entgegen und Rauch quoll aus dem Loch im Boden. Die Mütterliche ließ die Tür wieder zufallen und schrie aus Leibeskräften: „Gen! Aaron! Meg! Feuer! Der Keller brennt! Wir müssen sofort hier raus!"

Himmelsauge kam die Treppe hinunter, gefolgt von den beiden Kindern. Der gelbhaarige Junge umklammerte eine Decke.

„Schnell, in die Kapelle!", befahl die Mütterliche. „Nehmt das mit!" Sie rannte in ihr Zimmer und kam mit einem Arm voll Decken zurück.

Leuchtender Stern wollte aufspringen und helfen, doch es kostete ihn seine gesamte Kraft, auch nur auf die Knie zu kommen. Er sah nutzlos zu, wie die Frauen hastig Möbel und Kisten durch den Raum trugen und schoben und hinaus ins Freie schleppten. Plötzlich gab es ein knirschendes Geräusch und ein Teil des Bodens brach ein. Flammen schlugen am Fuß der Treppe aus dem Keller empor.

„Stopp!", brüllte Leuchtender Stern, als Himmelsauge über die Flammen sprang und die Treppe hinaufeilte. Doch wie durch ein Wunder schaffte sie es. Durchs Fenster konnte er sehen, wie Gegenstände nach unten fielen, und er hörte ihre eiligen Schritte, als sie oben hin und her rannte.

Rauch begann den Raum zu füllen und Leuchtender Stern musste husten. Er bedeckte seinen Mund mit einem Zipfel seiner Decke und versuchte, in Richtung Tür zu kriechen. Doch sein verletzter Arm wollte nicht mitspielen und aufstehen konnte er schon gar nicht. Ein großer Balken krachte von der Decke und versperrte ihm zusätzlich den Weg. Die Flammen kamen ihm jetzt bedrohlich nahe, er konnte ihre Hitze schon spüren. Er kauerte sich auf dem Boden zusammen und wartete auf das Unausweichliche.

Doch dann kam eine schlanke Gestalt durch die Vordertür herein. Himmelsauge hatte sich eine Decke über den Kopf gezogen und kämpfte sich durch die Flammen zu Leuchtender Stern durch. Sie versuchte mit aller Kraft, ihn hochzuziehen, hustend und vor Verzweiflung schluchzend.

„Geh raus!", stammelte Leuchtender Stern. „Lass mich!"

„Niemals!", schrie sie. Ihre Augen waren voller Angst, doch da stand sie mitten in dem brennenden Haus und versuchte weiter ihm aufzuhelfen, obwohl es offensichtlich war, dass sie zu schwach war und sie es niemals schaffen würden.

Das Feuer knisterte und röhrte und sie husteten beide haltlos, als die Mütterliche plötzlich vor ihnen stand. In diesem Moment brach die Treppe zusammen und hüllte sie alle in ein Funkenmeer. Zusammen schoben und zogen die Frauen Leuchtender Stern hoch und brachten ihn mit dem Mut der Verzweiflung irgendwie aus der Tür. Meg und Aaron kamen hinzu und zusammen gelang es ihnen, den geschwächten Dakota zur Kapelle hinüberzubringen.

Alle fünf brachen auf dem Boden zusammen und sahen stumm zu, wie das Haus verbrannte. Flammen schienen durch die Fenster, sprangen wie irre Tänzer auf dem Boden herum und umschlangen die Tische und Stühle, die in dem Rauch kaum zu erkennen waren. Schließlich kletterten sie höher und höher, bis die Wände und das Dach eine einzige Masse aus glühendem Licht waren. Und dann fiel das Dach mit einem lauten Krachen in sich zusammen.

Die fünf Beobachter saßen in stummem Entsetzen dabei. Als die Flammen schließlich nur noch kleine Zungen waren, wandte sich die Mütterliche an Leuchtender Stern: „Bist du verletzt?“

Er schüttelte den Kopf. „Nein. Nur schwächlich wie eine Frau“, sagte er bitter.

Sie lachte und er merkte, wie dumm das geklungen hatte, denn schließlich hatten die „schwachen“ Frauen ihm gerade das Leben gerettet. Doch die Mütterliche sah mit Tränen in den Augen an ihm vorbei auf die Ruine des Hauses, in dem ihr Leben stattgefunden hatte. Auch die Kinder kuschelten sich leise weinend an sie heran.

Doch es dauerte nicht lange, bis sie wieder die Führung ergriff. Sie sah die Sachen durch, die sie gerettet hatten, und sagte: „Wir haben genug Decken und sollten jetzt am besten versuchen, noch ein wenig zu schlafen. Morgen gibt es genug zu tun!“

Leuchtender Stern sah die Müdigkeit in den Gesichtern der

beiden Frauen, als sie in der Kapelle aus den Decken ein Nachtlager bauten. Sie halfen ihm hinein; Aaron und Meg waren bereits eingeschlafen. Leuchtender Stern ließ sich willenlos auf einen Deckenhaufen sinken. Als er hustete, kam Himmelsauge zu ihm, fühlte seine Stirn und machte sich Sorgen, dass er Fieber haben könnte. Obwohl sie vor Müdigkeit taumelte, ging sie noch mal zum Fluss hinunter und brachte ihm einen Krug mit frischem Wasser.

„Du musst jetzt schlafen", sagte er schroff. *„Tanyan waun!"*

Sie nickte nur und legte sich neben die Mütterliche.

Koda drängte sich in die Kapelle, beschnüffelte alles ausgiebig und rollte sich dann freudig neben Leuchtender Stern zusammen. Leuchtender Stern lag noch lange wach und dachte über das Rätsel nach, dass diese fremden Menschen ihr Leben riskiert hatten, um einen Dakota zu retten, der die Weißen hasste ...

8

Der Herr hat's gegeben;
der Herr hat's genommen.
Gepriesen sei der Name des Herrn!
Hiob 1,21

Gen legte sich eine Decke um die Schultern und setzte sich auf die Veranda der Kapelle. Der Vollmond beschien die Landschaft mit einem unwirklichen, bläulichen Licht und ließ den Fluss silbern glänzen wie ein Zierband. Drinnen in der Kapelle schliefen alle. Der Reverend war an diesem Tag nach Hause gekommen. Voller Panik hatte er sein Pferd den Hügel hinaufpreschen lassen und seine Frau und seine Kinder mit seiner erleichterten Umarmung fast erdrückt. Als Gen diese gefühlsgeladene Wiedervereinigung beobachtet hatte, hatten sich ihr Heimweh und ihre Sehnsucht nach ihrem Vater wieder neu gemeldet. Und während sie nun auf die blasse Landschaft vor sich starrte, liefen Tränen ihre Wangen hinunter.

Eine Eule rief und Gen sah nach Norden. Irgendwo dort schaute jetzt vielleicht auch ihr Vater den Mond an und dachte an sie. Doch dieser Gedanke tröstete sie nicht, sondern erinnerte sie nur daran, dass sie nun schon zwei Monate hier war und ihr Vater sein Versprechen, sie zu besuchen, nicht eingelöst hatte. Sie hatte sich so bemüht, all das zu lernen, was ihm wichtig war, doch anscheinend interessierte es ihn gar nicht. Die Enttäuschung schmerzte tief in ihr.

Nach der Rückkehr des Reverend hatten sie in den rauchenden Ruinen des Hauses nach brauchbaren Überresten gesucht. Gen fand die Truhe ihrer Mutter verkohlt, den Inhalt aber relativ unversehrt vor. Nur das prächtige Hochzeitskleid aus weißem Leder fehlte. Sie fand es später, als sie Wasser holen ging. Koda musste stundenlang darauf herumgekaut haben.

Weinend setzte sich Gen hin und strich über die Reste der kunstvollen Stickarbeiten. Nach einer ganzen Weile kam Ellen an ihre Seite und setzte sich neben sie. Sie ließ ihre Finger über die Verzierungen gleiten. „War das auch in deiner Truhe?"

Gen nickte. „Koda muss es weggezerrt haben und ..." Sie stockte. „Es hat meiner Mutter gehört."

Ellen nahm sie in die Arme und ließ sie weinen. Nach einigen Minuten atmete Gen tief durch und deutete auf den Mond. „Papa hat mir gesagt, ich soll den Mond anschauen, wenn ich mich einsam fühle. Er würde immer an mich denken, wenn er auf den Mond sehen würde." Sie sah auf das Kleid hinunter. „Es hat am Anfang auch geholfen. Aber jetzt tröstet es mich nicht mehr. Ich verstehe einfach nicht, warum er nicht gekommen ist!"

Ellen legte einen Arm um Gens Schultern. „Es ist schwer, sich allein zu fühlen." Sie seufzte leise. „Ich dachte, ich würde vor Einsamkeit sterben, als wir anfangs hierher gekommen waren. Ich hörte nichts von zu Hause, weil die Post nicht bis hierher kam. In den schlimmsten Nächten schlüpfte ich aus dem Bett, um draußen zu weinen – wie du. Ich sah den Mond an und dachte an meine Eltern. Ein bisschen hat es schon geholfen."

Gen schnaubte: „Zumindest wusstest du, dass deine Eltern an dich dachten und warum sie nicht kommen konnten. Mein Papa hat mir gesagt, dass er mich hierher schickt, damit er es nicht so weit hat, wenn er mich besuchen kommt!"

Ellen sah sie nachdenklich an. „Hast du mir nicht erzählt, dass er mit Cloudmans Leuten immer auf Frühlingsjagd geht?"

Gen nickte. „Aber er muss das ja nicht machen. Er könnte mich stattdessen besuchen. Oder vorher vorbeikommen. Wenn er das wirklich wollte ..."

„Vielleicht vermisst er dich so sehr, dass er sich nicht getraut hat zu kommen. Vielleicht fürchtete er, dass er dich dann wieder mit nach Hause nehmen würde, bevor du alles gelernt hast, was du lernen solltest. Du weißt doch, dass dein Vater dich sehr lieb hat, Gen. Trau ihm einfach zu, dass er das Beste für dich will, auch wenn du es im Moment nicht verstehst." Sie deutete den Hügel hinauf. „Wir müssen alle im Leben lernen, über das hinauszusehen, was vor unseren Augen ist, und darauf zu vertrauen, dass Gott alles am besten weiß."

Gen gab ärgerlich zurück: „Ach, aber von meinem Vater verlassen zu werden ist wohl kaum das, was Gott für mich im Sinn hatte!“ Sie schüttelte den Kopf. „Tut mir Leid, Ellen, aber wenn dir solche Gedanken helfen ... das freut mich für dich. Ich bestreite ja gar nicht, dass es Gott gibt – aber ich denke nicht so über ihn wie du. Schon gar nicht, wenn sein Plan für unser Leben so hässliche Dinge einschließt wie ...“

„Wie Brände?“, führte Ellen Gens Gedanken zu Ende. „Ja, das glaube ich tatsächlich. Ich glaube, dass Gott sich für jedes kleine Detail interessiert. Auch die scheußlichsten Dinge können bei ihm noch etwas Gutes bewirken.“

„Aber das ergibt doch keinen Sinn!“

Ellen nickte. „Echter Glaube erscheint einem manchmal unlogisch. Doch es zählt nicht das, was wir begreifen können. Der Glaube hilft uns, die Spannung auszuhalten, dass wir manches eben nicht verstehen und es trotzdem in Ordnung ist. Gott sagt die Wahrheit. Und für mich besteht die Herausforderung darin, eine bessere, andere Realität zu akzeptieren als die, die sich mir unmittelbar erschließt.

„Und was heißt das?“, fragte Gen.

„In diesem Fall lerne ich ganz neu das Versprechen schätzen, dass ich eine ewige Wohnung im Himmel habe. Wenn ich meine Gedanken darauf richte, ist der Verlust meines Zuhauses hier auf der Erde nicht mehr so schlimm.“

„Mein Zuhause ist Fort LaCroix“, stieß Gen hervor.

„Ja, ich weiß“, sagte Ellen traurig. „Dein Vater liebt dich, Geneviève. Aber nicht halb so sehr, wie Gott dich liebt! Ich bete, dass sie beide dir bald ganz nahe kommen.“ Mit einer letzten Umarmung stand Ellen auf und ließ Gen allein.

Wenn sie gewusst hätte, dass Leuchtender Stern wach gelegen und ihr Gespräch mitverfolgt hatte, hätte sie auch für ihn gebetet. Er fand ihre Gedanken über Gott reichlich dumm. Und dennoch lag er die ganze Nacht über wach und dachte über diesen Gott nach, der brennende Häuser und einsame Nächte benutzte, um seinen Kindern etwas über seine Liebe beizubringen.

*

Bei einem kalten Frühstück mit hartem Brot und frischer Milch fragte der Reverend erneut: „Hat jemand eine Idee, wie das Feuer entstanden sein könnte?"

Sie saßen schweigend da. Nur Aaron starrte zu Boden. Schließlich flüsterte er: „Es war meine Schuld, Vater." Er verbarg das Gesicht in seinen Händen und fing an zu weinen. „Mutter brauchte Mehl und ich hatte Angst, weil ich das letzte Mal unten im Keller eine riesige Ratte gesehen hatte. Deshalb habe ich diesmal eine Kerze mitgenommen statt der Lampe, damit ich die Ratte erschrecken konnte, falls sie mich angriff." Aaron schauderte. „Und sie war auch wirklich wieder da und glotzte mich an. Ich dachte, sie springt jeden Moment auf mich, und deshalb schnappte ich mir das Mehl, warf die Kerze auf die Ratte und rannte so schnell wieder hoch, wie ich nur konnte." Er atmete tief durch und sah dann seinen Vater an. „Ich habe aber oben noch mal angehalten und nachgesehen, und da war die Kerze aus!" Er wiederholte den letzten Satz. „Sie war aus, Vater. Sie war aus! Keine Flamme mehr. Na ja", murmelte er dann, „wahrscheinlich war sie doch nicht richtig aus ... oder das heiße Wachs ... oder irgendein Funke im Stroh ..." Er schluckte. „Ich wollte doch nicht ... ich meine, ich konnte nur einfach nicht ..."

Reverend Dane sah seinen Sohn an. Dieser traute sich nicht aufzuschauen. Alle hielten den Atem an. Der Reverend schloss einen Moment lang die Augen. Dann ging er zu Aaron hinüber und nahm ihn in die Arme. „Es ist keine Sünde, Angst zu haben, mein Junge. Ich hätte die Ratte töten sollen, bevor ich fortging."

Aaron schlang seine Arme um ihn. „Aber ich ... es ist alles verbrannt, nur wegen mir! Deine ganzen Bücher und die wichtigen Papiere!"

Der Reverend setzte sich und zog Aaron auf seinen Schoß. „Jetzt hör mir mal zu, mein Sohn. Es gibt nichts – verstehst du – nichts, das wichtiger wäre als die Menschen, die in diesem Haus waren. Ihr seid alle gesund und am Leben. Und der Rest ...", er räusperte sich. „Anscheinend ist Gott der Meinung, dass wir ohne den Rest klarkommen können. So, und jetzt werde ich Rory anschirren und mit ihm die größten Balken aus dem Schutt ziehen, damit wir nachsehen können, ob sonst noch etwas zu retten ist."

„Meinst du denn, die Glut ist schon genügend abgekühlt?", fragte Ellen.

„Ich denke schon."

Den Rest des Tages arbeiteten sie fieberhaft, sortierten und säuberten die wenigen noch brauchbaren Dinge und bauten in einer Ecke der Kapelle eine Notküche auf. Mit den Kirchenbänken bauten sie eigene Bereiche für die Kinder, für Leuchtender Stern, für Gen und das Ehepaar Dane.

„Ob wir es wieder aufbauen können?", fragte Ellen, als sie eine Pause machten und etwas trockenes Brot aßen.

Der Reverend schüttelte den Kopf. „Jetzt, wo all die Dakota in den Süden ziehen, würde das wenig Sinn machen." Er nahm einen Schluck Wasser. „Dr. Riggs hat davon gesprochen, in der Nähe von Cloudman's Dorf eine neue Schule zu eröffnen. Dort sollten wir hingehen, dann gibt es schon drei Missionsstationen in dieser Gegend, um den Dakota mit dem Evangelium zu dienen! Dr. Riggs erwartet 30 Schüler, sobald die Schule losgeht. Man hat uns sogar einen Lehrer aus Hazelwood versprochen, so lange wir noch keinen eigenen haben."

Am Ende dieses Tages war klar, dass sie nicht mehr lange dort bleiben konnten. Das Feuer hatte beinahe alles zerstört.

„Gott sei Dank haben wir noch den Wagen!", sagte der Reverend bei einem kargen Mahl aus Maisbrei und Milch. „Wir packen morgen früh alles zusammen und fahren nach Hazelwood."

„Was wird aus Leuchtender Stern?", meinte Aaron.

Von seiner Ecke aus sagte Leuchtender Stern: „Ich gehe nach Norden und suche das Lager von Stehender Büffel."

„Mach dich nicht lächerlich", sagte Reverend Dane. „Du bist nicht in der Lage, irgendwo hinzugehen. Du kommst mit uns nach Hazelwood, bis du etwas stärker bist."

Leuchtender Sterns Augen glühten, aber Ellen löschte das Feuer schnell, indem sie sagte: „Bitte, Leuchtender Stern, komm mit uns! Wir werden Graue Frau eine Nachricht senden. Sie macht sich große Sorgen um dich und würde sich sicher gern um dich kümmern."

Leuchtender Stern lehnte sich wieder an die Wand, aß seinen Brei auf und schwieg.

Als sie am nächsten Morgen aufbrachen, gestattete er dem Reverend sogar, ihm in den Wagen zu helfen, wo er sich zwischen die wenigen übrig gebliebenen Sachen quetschte. Die Kinder und Gen saßen direkt hinter dem Kutschbock und er war froh, ihr Geschnatter nicht direkt in den Ohren zu haben. Megs helles Lachen erfüllte das Tal, als Koda auf der Jagd nach einem Kaninchen einen Purzelbaum schlug.

Leuchtender Stern wandte sich ab. Er konnte sich nicht erinnern, wann er das letzte Mal gelacht hatte. Wie war es nur gekommen, dass er so ernst geworden war? Als Junge war er der Spaßvogel des Lagers gewesen, hatte seinen Freunden ständig Streiche gespielt. Sie hatten zusammen gejagt, waren stundenlang geritten und mit den Kanus über den See gefahren. Sie hatten sich um nichts Anspruchsvolleres Gedanken machen müssen als um die beste Art, Hasen zu fangen.

Die Dinge hatten angefangen sich zu ändern, als er ungefähr zwölf Winter alt gewesen war. In diesem Winter hatte sein Vater Großer Adler angefangen, den Whiskey der Händler zu trinken. Wenn er einfach nur betrunken gewesen wäre, hätte Leuchtender Stern das schon ausgehalten. Doch der Whiskey verwandelte den einst so stolzen Krieger in einen um sich schlagenden Wahnsinnigen. In der Nacht, in der sich Leuchtender Stern schützend vor seine Mutter stellte und seinen eigenen Vater mit einem gezielten Schlag außer Gefecht setzte, wurde alles anders. Er verließ das Tipi seiner Eltern und ging mit seinem Freund Otter fort. Seine Mutter besuchte er nur noch, wenn sein Vater nicht da war. Er passte auf Graue Frau auf, weigerte sich aber, den Niedergang seines Vaters weiter mit anzusehen.

Großer Adler schob die Schuld an allem auf die Weißen. Mit zehn Jahren stimmte Leuchtender Stern ihm da noch zu. Wenn die Weißen nicht gekommen wären, gäbe es auch keinen Whiskey. Doch später wurde Leuchtender Stern klar, dass die Probleme der Dakota vielschichtiger und komplizierter waren. Die Regierung hatte zugesagt, den Dakota jährliche Pachtzahlungen zukommen zu lassen. Doch wenn der Tag gekommen war, gaben die Agenten oft nur den siedelnden Dakota Geld und Nahrungsmittel. Zwar war dies dazu gedacht, die anderen ebenfalls zum Ackerbau zu animieren, doch es führte nur zu einer Spaltung innerhalb der Dakota, die sich gegenseitig zu bekämpfen begannen. Die Indianer, die sich gegen die Sesshaftigkeit sträubten, nannten sich selbst „Blankets" und verwüsteten die Farmen der anderen, die sie abfällig „Kurzhaare" oder „Holländer" nannten.

Auf seinen Reisen mit Roter Donner und Otter begriff Leuchtender Stern, dass die weißen Männer in Washington, die die Gesetze machten, sehr wenig von den Dakota und ihrer Lebensweise wussten. Die meisten Soldaten und Agenten schienen zu denken, dass alle Dakota nur eine gemeinsame Meinung hätten. Grund dafür war, dass sich in der Welt der Weißen jeder unter den Willen des großen Vaters in Washington beugen musste, sogar die großen Krieger. Sie schienen nicht zu begreifen, dass die Dakota zwar die Anordnungen ihres Häuptlings sehr ernst nahmen, aber nicht verpflichtet waren, ihnen auch zu gehorchen. Also konnte Häuptling Kleine Krähe Papiere und Verträge unterschreiben, bis sie sich zum Himmel stapelten, doch die Dakota-Krieger konnten diese einfach ignorieren, tun, was sie wollten, und wurden trotzdem respektiert.

Roter Donner und Otter behaupteten, die einzige Möglichkeit, dem Volk der Dakota treu zu sein, sei, alle Weißen zu hassen. Roter Donner hatte es besonders auf die Missionare abgesehen, die er für schwach und ehrlos hielt. Doch je mehr er über die Veränderungen und Möglichkeiten der Dakota nachdachte, desto verwirrter wurde Leuchtender Stern. Großer

Adler und Roter Donner und viele andere sagten, die Weißen seien böse. Leuchtender Stern merkte aber, dass sein Vater und sein Freund genau das taten, was Leuchtender Stern verabscheute: Sie weigerten sich anzuerkennen, dass Menschen ganz verschieden waren und unterschiedliche Meinungen und Überzeugungen hatten. Ganz offensichtlich waren nicht alle Weißen gleich. Nicht alle Händler waren Diebe und Betrüger. Zerbrochene Pfeife war dafür das beste Beispiel. Und die Danes hatten bewiesen, dass nicht alle Weißen gierige Landdiebe waren. Dies war eine beunruhigende Erkenntnis, und Leuchtender Stern hatte keine Ahnung, was er nun weiter tun sollte.

Seine Gedanken drehten sich im Kreis, als er zum Lac Qui Parle zurücksah. Vor langer Zeit hatten Otter und er Großer Adlers Kanu gestohlen und waren über den See gefahren. Sie hatten sich genau in der Mitte befunden, als ein Sturm aufkam, und sie hatten gegen den Wind gekämpft, bis ihre Kräfte aufgebraucht gewesen waren. Irgendwann hatten sie sich nur noch darauf konzentriert, das Boot über Wasser zu halten. Doch trotz all ihrer Bemühungen war es irgendwann umgeschlagen und die beiden Jungen waren im Wasser gelandet. An das Kanu geklammert, hatten sie den Sturm doch noch lebend überstanden, und als er endlich nachgelassen hatte, hatte Otter sich seinen Namen verdient, indem er den Wind und die Wellen ausgelacht und sich als Meister des Wassers erwiesen hatte.

Als der See außer Sicht war, dachte Leuchtender Stern, dass er wie dieses Kanu war, gefangen in einem Sturmwind der Veränderungen. Und noch wusste er nicht, ob er diesen Sturm überleben oder darin ertrinken würde.

9

Nehmt einander gastfreundlich auf, ohne darüber zu klagen.
1. Petrus 4,9

Das Einzige, was Miss Jane Williams im Moment wollte, war eine Tasse Tee mit Zitrone und Honig und eine Gelegenheit, ihre Strümpfe auszuziehen und die Füße hochzulegen. Sie war auf dem Heimweg zu dem kleinen Haus, das sie mit zwei anderen allein stehenden Lehrerinnen der Hazelwood-Missionsstation teilte, und sie schien entnervt, als gleich ein halbes Dutzend Schüler auf einmal auf sie zukam.

„Was wollt ihr denn?“, grummelte sie.

Doch Rosalie, ein großes schlankes Mädchen, das schon seit zwei Jahren die Schule besuchte, wusste Miss Janes vermeintliche Unfreundlichkeit richtig einzuordnen. Lächelnd zupfte sie an ihrer Schürze.

Miss Jane schob die Hand das Mädchens weg. *„Ihnuhan becanon kin!“*, befahl sie. „Lass das!“

Rosalies Freundin Bessie zog das Mädchen am Arm. „Komm, lass uns gehen“, zischte sie. „Lass Miss Jane in Ruhe. Sie ist müde.“ Bessie wich zurück und beäugte die strenge Miss Jane vorsichtig.

„Bessie!“ Miss Janes von Natur aus laute Stimme ließ das Mädchen erzittern. „Was ist neun mal sieben?“

Bessie erstarrte und sandte einen lautlosen Hilferuf an die anderen. Sie war neu an der Schule und die Zahlensysteme der Weißen waren noch sehr verwirrend für sie. Sie sah zu Boden und wurde immer nervöser, während Miss Jane die Arme vor der Brust kreuzte und mit dem Fuß auf den Boden tappte.

„Sechs- drei- ... nein, dreiundsechzig. Neun mal sieben ist dreiundsechzig.“

„Genau“, sagte Miss Jane. Sie griff in ihre unergründlichen Rocktaschen und zog eine Hand voll Nüsse hervor. „Sehr gut, Bessie.“ Dann sah sie die anderen Mädchen aus ihren goldgeränderten Brillengläsern an. „Bessie hat hart gearbeitet und verdient eine Belohnung.“

Als Bessie sich eine Nuss nahm, sah sie Miss Jane ins Gesicht. Die blauen Augen, die den ganzen Tag so streng geblickt hatten, sahen jetzt ganz warm aus. Sie stellte jedem Mädchen eine recht einfache Frage und brachte aus dem scheinbar unendlichen Vorrat in ihren Taschen für jede eine kleine Belohnung hervor.

„Ich hab euch doch gesagt, sie ist gar nicht wirklich gemein“, flüsterte Rosalie. „Sie tut nur so, damit die großen Jungs Angst vor ihr haben.“ Sie nickte zum Haus der Lehrerinnen hinüber, wo Otter saß und wartete. Er war an diesem Tag besonders aufsässig gewesen und Miss Jane hatte ihn bestraft, indem sie ihn Feuerholz hatte hacken lassen. „Seht euch nur Otter an. Er weiß genau, wo die Axt ist, aber trotzdem drückt er sich.“

Als die Kinder wieder abzogen, setzte Miss Jane über den ausgetrampelten Pfad ihren Weg fort. Als Otter ihrem Blick begegnete, sah er nur blaues Eis in ihren Augen, wo die anderen Kinder gerade Wärme und Zuneigung gesehen hatten.

Miss Jane schien regelrecht in die Höhe zu wachsen, als sie Otter ansah. Sie presste ihre Lippen zusammen und Otter, der größer war als die meisten seiner Freunde, musste erstmals zu einer Frau aufsehen. Bisher war ihm nicht klar gewesen, wie groß die weiße Lehrerin war.

„Ich lasse mich nicht von einem halbstarken Dakota-Jungen einschüchtern, junger Mann!“, sagte Miss Jane ruhig. „Ich weiß, was du vorhast, Otter. Du willst nicht lernen und du hoffst, dass einige andere bei deinem kleinen Aufstand mitmachen. Nun“, schnaubte sie, „ich mache hier die Regeln. Mich kannst du nicht verunsichern und meine Klasse kannst du auch nicht beherrschen. Wenn du nicht lernen willst, ist das deine Sache. Aber bilde dir nicht ein, dass ich zulasse, dass du den anderen ihre Chancen verdirbst.“

Ein Donnern in der Ferne ließ sie aufsehen. Dunkle Wolken brauten sich am Himmel hinter dem Haus der Riggs zusammen. Und noch weit entfernt auf dem Weg schien ein Wagen auf sie zuzukommen. Otter drehte sich um, um zu sehen, wohin sie schaute. Ein Häufchen Weißer in einem alten Wagen. Otter biss angewidert die Zähne zusammen. Noch mehr weiße Siedler, um noch mehr Dakota-Land zu stehlen ...

Doch Miss Jane sah keine weißen Siedler. Sie erkannte das Paar auf dem Kutschbock sofort, und ohne Otter anzusehen sagte sie: „Wir unterhalten uns später noch. Du weißt, wo die Axt ist. Achte darauf, dass du das Holz diesmal ordentlich stapelst." Sie hob ihre Röcke an und eilte zum Haus von Dr. Riggs.

„Rosalie!", rief Bessie im Mädchenhaus. „Komm schnell! Da kommt jemand ... und Miss Jane ..." Rosalie eilte an Bessies Seite und gemeinsam beobachteten sie, wie Miss Jane mit fliegenden Röcken zum Haus der Riggs eilte. Sie sahen sich an und kicherten – Miss Janes Strümpfe waren *gestreift*! Rosa und rot!

Otter interessierten Miss Janes Strümpfe nicht. Er beobachtete die Ankommenden. Wer auch immer sie waren, sie hatten nicht besonders viele Sachen. Sie sahen müde aus. Als der Mann den Hut abnahm, sah Otter, dass er nicht so alt war, wie er gewirkt hatte. Die Frau war bestimmt seine Ehefrau und die Kinder seine.

Ein Mädchen hinten im Wagen jedoch erregte Otters Aufmerksamkeit. Sie sah aus wie eine Dakota. So freundschaftlich, wie die Riggs die Leute begrüßten, schienen sie sich gut zu kennen. Dann fiel Otter auf, dass sie aus dem Norden gekommen waren. Neue Siedler kamen immer aus südlicher Richtung. Otter dämmerte es und als er sah, dass das Mädchen jemandem aus dem Wagen half, während ein großer, weißer Hund sie umsprang, wurde ihm alles klar.

*

Für den Rest ihres Lebens würde sich Gen an ihre Ankunft in Hazelwood erinnern. Sie war eingedöst gewesen und hatte von ihrem Papa geträumt, als der Reverend „Ho!" gerufen und den

Wagen angehalten hatte. Plötzlich war alles voller Stimmen und Geräusche. Ein Schmied hämmerte auf seinem Amboss herum, die Arbeiter im Sägewerk ließen ihre Werkzeuge sinken und alles wurde untermalt von Kinderlachen.

Gen setzte sich auf und sah eine Gruppe Mädchen, die aus einem der Gebäude ins helle Sonnenlicht rannten. Sie tobten den Hügel hinter einer Scheune hinauf und ignorierten das heraufziehende Gewitter.

Leuchtender Stern lag zwischen ihren Sachen auf der Ladefläche. Seine Augen waren geschlossen und er hielt Kodas Halsband umklammert. Gen merkte, dass er wach war, aber sein Gesicht war gezeichnet von Erschöpfung und noch etwas anderem, das sie nicht interpretieren konnte. Wenn Gen es nicht besser gewusst hätte, hätte sie gedacht, dass er vielleicht Angst hatte.

Ihr erster Eindruck vom Haus der Riggs war die Erkenntnis, dass hier die Missionsarbeit ganz anders sein musste als das, was die Danes taten. Statt in einer groben Blockhütte lebten die Riggs in einem zweistöckigen Wohnhaus mit Fensterläden und einem Vorgarten voller Blumen. Noch erstaunlicher war der strahlend weiße Zaun um diesen Garten.

Meg und Aaron sahen sich um und jemand neben ihnen sagte: „Ach, ihr Armen!" Es schien unvorstellbar, dass eine so laute Stimme von dieser dünnen Frau kommen konnte, die sie da gerade ansah. Sie hatte kupferfarbenes Haar und ein freundliches Lächeln. „Ihr Ärmsten!"

Die Riggs begrüßten den Reverend freundlich und dann redeten alle durcheinander. Gen schnappte nur Stichworte auf: „Feuer ... alles verbrannt ... totaler Fehlschlag ..." Auch ihren Namen hörte sie einmal und nickte Mrs. Riggs zu, die sie freundlich anlächelte. Während die Danes und die Riggs sich austauschten, stellte sich die kupferhaarige Frau Gen und Leuchtender Stern als „Miss Jane Williams" vor, kraulte Koda hinter den Ohren und ließ die hintere Laderampe des Wagens herunter. Als sie sah, wie mühsam Leuchtender Stern sich bewegte, hatte sie die Kühnheit zu fragen, ob sie sich seine

Schulter einmal ansehen könne. An Reverend Dane gewandt erklärte sie, dass sie Krankenschwester sei.

Dann half Miss Jane Leuchtender Stern aus dem Wagen und schob ihn in Richtung eines kleinen Häuschens, das beinahe unter wildem Wein verschwand. Gen sah sich unsicher um.

„Kommen Sie mit uns, Miss LaCroix“, sagte Mrs. Riggs. „Miss Jane wird dann später nachkommen.“ Sie lächelte und ging auf ihr Haus zu. „Ihr müsst ja alle halb verhungert sein!“ Sie zwinkerte Aaron und Meg zu. „Nicht so schüchtern, ihr beiden. Ich habe eine große Truhe mit Sachen von meinen eigenen Kindern. Da finden wir sicher ein paar schöne Kleidungsstücke für euch ... und vermutlich auch noch einige andere Schätze!“

Gen folgte der Familie ins Haus, sah sich aber noch einmal um und beobachtete, wie Miss Jane Leuchtender Stern bedeutete, sich auf eine Bank vor ihrem Häuschen zu setzen. Sie brachte Koda etwas zu fressen und schob Leuchtender Stern dann ins Haus.

Während Dr. Riggs und der Reverend das Pferd ausspannten und schnell eine Plane über den Wagen deckten, um ihn vor dem Unwetter zu schützen, gingen die Frauen in die Küche. Sobald die Kinder sich Gesicht und Hände gewaschen hatten, sagte Mrs. Riggs zu Aaron: „Junger Mann, geh du mit deiner Schwester nach oben, in den zweiten Raum auf der rechten Seite. Viel Spaß! Wir rufen euch dann, wenn das Essen fertig ist!“

Während Meg und Ellen den Tisch deckten, wuchtete Mrs. Riggs einen riesigen Topf auf den Herd. „Vorhin hat mein Mann mich noch ausgelacht, weil ich heute so viel Eintopf gekocht habe. Aber der Herr wusste wohl, dass wir heute Abend noch ein paar hungrige Mägen zu füllen haben würden!“

Meg und Aaron kamen herunter, als Gen gerade frische Milch eingegossen hatte. „Sollten wir nicht Leuchtender Stern holen? Er hat sicher auch Hunger!“, meinte Aaron.

„Um Leuchtender Stern kümmert sich Miss Jane“, erklärte Dr. Riggs, der gerade mit dem Reverend hereinkam. „Sie versorgt seine Schulter und bringt ihn dann zum Jungenhaus, wo es jede Menge zu essen gibt." Er strich sich gedankenverloren über die grauen Koteletten. „Erzählt uns von dem Brand."

Als der Reverend geendet hatte, meinte Dr. Riggs: „Ihr solltet vorerst hier bleiben. Ich schreibe an die Missionsverwaltung." Er sah Aaron an. „Dieses Haus hat sich richtig nach Kindern gesehnt! Schön, dass ihr da seid." Damit erhob er sich und die Männer gingen zusammen in einen Nebenraum.

In dem Moment tauchte Miss Jane durch die Hintertür auf. „Dieser junge Mann ist angeschossen worden", sagte sie, „aber die Wunde heilt gut. Sie sind eine gute Krankenschwester, Mrs. Dane." Sie wandte sich an Gen. „Komm, meine Liebe. Die Mädchen möchten dich gern kennen lernen. Du bist seit Ewigkeiten unser erster Besuch!" Sie nahm Gen am Arm. „Du hast ungefähr Lizzies Größe. Da finden wir sicher ein paar Kleider für dich ..." Ein lautes Donnern unterbrach sie. „Oh, lass uns schnell gehen, bevor der Regen kommt!" Sie zog Gen zur Tür und schon begannen riesige Regentropfen auf die Erde zu prasseln. Miss Jane rief: „Wir müssen rennen! Bis morgen also!"

Als sie das Häuschen erreicht hatten, warteten sie unter dem Vordach so lange, bis der Schauer vorbeiging. In der Zwischenzeit gab Miss Jane Gen einen kleinen Abriss über das Leben auf der Missionsstation. „Wir haben in diesem Halbjahr fast 30 Schüler jeden Alters – und mit jeder nur möglichen Meinung über Weiße! Manche konnten schon Englisch, bevor sie herkamen, und einige können sogar lesen. Mich nennen alle Miss Jane." Sie seufzte gespielt traurig. „Ich werde wohl bis an mein Lebensende eine Miss bleiben. Na, was soll's!" Sie grinste Gen an und ging ins Haus. „Ach übrigens, der Reverend sagte, dein Nachname sei LaCroix. Bist du irgendwie mit Etienne LaCroix verwandt?"

Gen verbarg ihre Überraschung nicht. „Kennen Sie etwa meinen Vater?"

Miss Jane legte ihr die Hand auf die Schulter. „Ich bin schon seit 20 Jahren hier, meine Liebe. Dein Vater hat hier einen sehr guten Ruf bei den Arbeitern des Herrn." Sie ging auf eine schmale Treppe zu. „Wenn du mir einen Moment Zeit gibst, mache ich uns einen Tee. Ich denke, dass Lizzie und Belle bei dem Regen später kommen werden. Miss Huggins ist ungefähr so groß wie du. Sie hat gestern erst die Knöpfe an ein neues Kleid angenäht. Ich hole es schnell."

Gen protestierte: „Oh nein, warten Sie! Ich kann doch nicht ..."

„Lizzie macht das nichts aus", sagte Miss Jane fest und eilte die Stufen hoch. „Wir haben uns alle gerade zwei neue Kleider genäht. Und wer braucht schon zwei Kleider auf einen Streich?"

Sie kam mit einem hellblauen Baumwollkleid zurück und bedeutete Gen, ihr zu folgen. „Hier, in Lizzies Zimmer kannst du dich umziehen. Sie und Belle sind beide den ganzen Tag unterwegs zu Häuptling Enehahs Lager. Bei dem Regen bleiben sie vielleicht sogar über Nacht dort." Sie führte Gen durch die Küche zu einem Zimmer dahinter. „Ich komme gleich zurück und bringe dir auch noch Wasser zum Waschen mit."

„Aber Sie müssen doch nicht wegen mir hinaus in den Regen", protestierte Gen. „Ich kann es selbst holen. Sagen Sie mir nur wo ..."

Doch Miss Jane war schon draußen und kam kurz darauf mit einer Kanne Wasser zurück, das sie in die Schüssel auf Lizzies Kommode goss. Sie legte ein Stück parfümierte Seife dazu und sagte: „Du kannst sicher ein bisschen Verwöhnung gebrauchen nach allem, was du durchgemacht hast!" Dann wühlte sie in einer Truhe am Bett und förderte einen Petticoat zu Tage. „Strümpfe kann ich im Moment keine finden. Meine würden dir viel zu groß sein."

„Das macht nichts", sagte Gen, „ich kann Strümpfe sowieso nicht leiden." Sie roch an der Seife und genoss den angenehmen Duft. „Was ist das?"

„Lavendel", sagte Miss Jane. „Morgen schaue ich noch nach Schuhen und Strümpfen." Sie gab Gen ein Handtuch sowie Kamm und Bürste, dann zog sie den zerfledderten Vorhang vor der Tür zu und rief aus der Küche: „Ich mache uns einen schönen Tee!"

Gen ließ ihr zerzaustes Haar herunter und sah in den Spiegel über der Kommode. Heute war sie einmal froh, dass ihr Haar so glatt war; wenigstens entstanden so nicht ganz so viele Nester und Knoten. Gen beugte sich vor und inspizierte ihr Gesicht. Dunkle Ringe unter den Augen und eine Rußspur quer über der Stirn. Auch ihr Hals war ziemlich schwarz und der Kragen ihres Kleides. Angewidert zog sie sich aus und schrubbte sich sauber.

Als sie fertig war, war das Wasser in der Waschschüssel grau. Sie zog das neue Kleid an und knöpfte es mit bleiernen Armen zu. Sehnsüchtig sah sie das Bett an, verbot sich aber, sich hinzulegen und das blaue Kleid zu zerknittern. Aber sie war doch so müde ... nur einen Moment wollte sie sich hinlegen. Miss Jane summte in der Küche ein Lied und der Regen prasselte gleichmäßig gegen die Fensterscheibe. Kaum hatte Gens Körper das Bett berührt, da war sie auch schon eingeschlafen. Irgendwann später hob jemand ihre Füße aufs Bett und deckte sie mit einer nach Lavendel duftenden Decke zu. Gen seufzte nur.

10

Ich sage dir, was du tun sollst, und zeige dir den richtigen Weg. Ich lasse dich nicht aus den Augen.
Psalm 32,8

Gen streckte sich genüsslich und stöhnte wohlig. Dann schlug sie die Augen auf und sah sich in der unvertrauten Umgebung um. Sie hatte anscheinend die ganze Nacht durchgeschlafen. Jemand hatte sie mit einem duftenden Laken zugedeckt. Vor dem Bett standen ihre Schuhe, sie schlüpfte hinein und stand auf.

Jemand hatte die Waschschüssel ausgeleert und frisches Wasser bereitgestellt. Gen wusch sich das Gesicht und bemerkte dann die Geräusche auf der anderen Seite des Vorhangs. Niemand sprach, aber Gen hörte leise Schritte und dann schob jemand vorsichtig einen Stuhl zur Seite. Es duftete nach Kaffee. Es war so still, dass sie sogar hörte, wie sich jemand eine Tasse voll eingoss. Ihr Magen knurrte und sie zog den Vorhang ein bisschen zur Seite, um in die Küche zu spähen.

Miss Jane stand am Herd und zwei andere Frauen saßen am Tisch und tranken Kaffee. Eine hatte feuerrote Haare und eine extrem helle Haut, die von kleinen braunen Pünktchen geziert wurde. „Guten Morgen!", sagte sie und entblößte zwei riesige Vorderzähne, als sie Gen anlächelte. Gen musste sofort an ein Kaninchen denken. „Ich bin Eliza Huggins, aber nenn mich bitte Lizzie."

Gen zögerte. „Ich ... es tut mir Leid, dass ich Ihr Zimmer belagert habe ... und ich kann meine Haarnadeln nicht finden ..."

„Oh, keine Sorge", sagte Miss Huggins fröhlich. „Wegen dem Zimmer, meine ich. Wir benutzen es immer als Gästezimmer. Belle macht mir ein bisschen Platz auf ihrer Matratze, und schon ist alles klar."

Belle sah Miss Huggins mit stählernem Blick an und stand dann auf, um Kaffee nachzufüllen. Mit einem Nicken deutete sie auf den leeren Platz am Tisch. Gen setzte sich sofort gehorsam hin. *Belle* ... sie kannte niemanden, zu dem sein Name weniger passte als zu dieser Frau! In ihrem Gesicht gab es keine femininen Züge. Balkenartige Augenbrauen überdachten ihre grauen Augen und ihre Mundwinkel zeigten leicht nach unten. Sie war dicklich, hatte breite Schultern und große, kräftige Hände.

Gen konzentrierte sich auf ihren Kaffee und musste ihre Überraschung verbergen, als Belle mit einer höchst weiblichen, melodiösen Stimme sagte: „Ich hoffe, du hast viel Hunger. Jane hat wieder mal viel zu viel zu essen gemacht!"

Gen schob sich eine Haarsträhne aus dem Gesicht und wandte sich an Lizzie. „Vielen Dank für das schöne Kleid!"

„Gern geschehen", sagte Lizzie und errötete heftig. „Du hast so strahlende blaue Augen. Die leuchten mit dem Kleid noch viel mehr. Wenn du magst, helfe ich dir nachher mit deinem Haar."

Miss Jane stellte einen Teller auf den Tisch, der mit einem Berg Pfannkuchen beladen war. Belle sah Gen viel sagend an und nahm sich eine ordentliche Portion, die sie mit Sirup begoss. Bevor sie zu essen begann, neigte sie den Kopf und betete. Dann schlang sie ihre Pfannkuchen hinunter und entschuldigte sich mit der Erklärung, dass sie Rosalie Weiße Feder noch Nachhilfeunterricht in Grammatik geben musste.

Nach dem Frühstück ging Lizzie mit Gen in den kleinen Raum und half ihr, ihre Haare aufzustecken. Aus der obersten Schublade der Kommode förderte sie eine ganze Kollektion von Haarspangen und anderen Dingen zu Tage, von deren Funktion Gen keine Ahnung hatte.

„Du hast wunderschönes Haar. Ich wünschte, meines wäre so glatt und dick!" Lizzie bürstete Gens Haare, bis sie glänzten. Dann zeigte sie ihr, wie sie mit einem einfachen Handgriff einen Knoten schlingen und aufstecken konnte.

„Bleibt ihr in Hazelwood?", fragte sie nebenbei. „Ich frage nur, weil es sehr schön wäre, dich hier zu haben. Es sind kaum ältere Mädchen da und es wäre wundervoll für die Schüler, eine Dakota als Lehrerin zu haben."

„Ich könnte keine Lehrerin sein“, sagte Gen schnell. „Ich habe keine Ausbildung, nur das, was ich bei Mrs. Dane gelernt habe.“

„Du könntest die erste Klasse unterrichten. Sie lernen ja nur das Alphabet.“

„Ich denke, die Anstellung von neuen Lehrern überlassen wir doch lieber Dr. Riggs, oder?“, sagte Miss Jane von der Tür aus.

Lizzie lief wieder feuerrot an und stammelte: „Ja, natürlich. Ich habe nur ...“

„Du wirst drüben im Haus erwartet“, sagte Jane zu Gen und sie gingen gemeinsam nach draußen. Dort atmete Miss Jane tief durch. „Ach, ich liebe den Geruch der Luft nach einem Regenschauer. Sieh mal da!“ Sie nickte mit dem Kopf auf die Wiese hinter Dr. Riggs Haus. „Die Pfützen sehen aus, als hätte Gott gestern lauter Silberplatten vom Himmel geworfen!“

Gen sah hin und musste ihr zustimmen.

„Diese Gebäude da“, sagte Miss Jane und zeigte auf zwei große Häuser zur Rechten, „sind die Mädchenheime. Und das da hinter der Kirche ist das Jungenhaus.“

„Wo Leuchtender Stern ist?“, setzte Gen hinzu.

Miss Jane nickte. „Robert Lawrence wohnt dort mit den Jungen, solange der neue Lehrer aus St. Louis noch nicht hier ist. Robert hat ein ziemlich wildes Leben geführt, bevor der Herr ihn ansprach. Einer der schlimmsten Gauner aus Shakopees Bande. Es ist ein Segen, dass er sich um die älteren Jungen kümmert.“ Miss Jane seufzte. „Sie haben es wirklich nicht leicht in dieser Zeit.“ Sie nickte zum Haus der Riggs hinüber. „Sieht nicht aus, als wäre schon jemand wach. Setz dich doch hier auf die Veranda, dann besorge ich uns noch einen Kaffee.“

Während sie auf Miss Jane wartete, wunderte sich Gen erneut über den Kontrast zwischen Hazelwood und Renville. Hier war so viel Leben. Überall liefen Leute herum. Koda schoss wie ein weißer Blitz über den Hof und Gen wurde klar, dass Leuchtender Stern auch nicht weit sein konnte. Doch sie sah ihn nirgends.

Miss Jane kam mit zwei dampfenden Tassen zurück und setzte sich neben Gen.

„Was sind das für Blumen?", fragte Gen und deutete auf die leuchtend orangefarbenen Blüten neben der Veranda.

„Ich habe keine Ahnung!", sagte Jane. „Wir haben sie am Fluss ausgegraben, weil wir sie so hübsch fanden." Sie lachte. „Allerdings habe ich fünf Jahre lang herumexperimentiert, bis sie schließlich aufgaben und mir zu Liebe zu blühen begannen. Und jetzt rächen sie sich, indem sie unser kleines Häuschen verschlingen! – Na endlich!" Sie nickte zum Haus der Riggs hinüber.

Aaron war auf die Veranda getreten und spielte mit einem Jojo. Miss Jane erhob sich, und sie gingen zum Haus, wobei sie den frischen Pfützen auswichen.

Sobald Aaron sie erblickt hatte, sprudelte er einen ganzen Redeschwall hervor von seinem Zimmer in dem großen Haus, der Truhe mit den vielen tollen Sachen und, und, und. „Vater sagt, wir bleiben vielleicht ein paar Wochen hier! Und dann fahren wir zu unserem neuen Zuhause. Hier ist es viel schöner als in Renville, nicht wahr?"

Gen nickte abwesend. Die Vordertür öffnete sich und Reverend Dane und Dr. Riggs kamen heraus. Sie nickten Gen zu und Dr. Riggs fragte, ob sie gut geschlafen hätte. Als Gen bejahte, gingen sie zum Sägewerk hinüber, Aaron im Schlepptau. Meg kam heraus und führte Gen in die Küche, wo Ellen und Mrs. Riggs bei einem Tee zusammensaßen. Meg zeigte Gen begeistert das Puppenkleidchen, das sie für eine hübsche Puppe nähte, die sie in der „Wundertruhe" von Mrs. Riggs gefunden hatte.

Gen setzte sich zu den Frauen und hörte zu, wie Ellen von Graue Frau und Schnelles Reh erzählte. „Sie sind nach und nach alle verschwunden", sagte Ellen traurig. Sie hatte Tränen in den Augen, als sie Gen über die Hand strich. „Manchmal will ich einfach zurück nach Hause gehen. Oder sonst wo hin, wo ich nicht ständig unser Versagen vor Augen habe."

Mrs. Riggs stand auf und ging zum Bücherregal hinüber. Sie

nahm ein Buch heraus, blätterte ein wenig darin und legte es dann vor Ellen auf den Tisch.

Ellen las und winkte dann Gen heran. „Komm, sieh dir das an."

Gen beugte sich über ihr Schulter und las:

Joseph - kam mit 7 Jahren zu uns. Blieb 3 1/2 Jahre. Lernte Lesen und recht gutes Englisch.

Albert - ein kluges Kind, aber sein Vater hatte Bedenken, dass er bei uns etwas Falsches lernen würde, und nahm ihn aus der Schule.

Mary - blieb 2 Jahre. Lernte Lesen und Schreiben. Gute Fortschritte in Geografie, Arithmetik und englischer Grammatik.

Fanny - starb als Christin.

Susan - konnte Englisch sprechen und lesen. Lernte Teile des Neuen Testaments sowie verschiedene Hymnen auswendig. Wurde von Ojibwas ermordet.

Emma - sehr willig und lernbereit. Wurde von ihren Eltern wieder mitgenommen.

Harry - aufgenommen 1855. Wurde 1856 wieder abgeholt.

„Warum wurden sie denn alle wieder abgeholt?", fragte Ellen. „Und wohin?!"

Mrs. Riggs lächelte traurig. „Ja, das ist die Frage, nicht wahr? Ich wünschte, wir wüssten es! Ich lese diese Liste immer wieder durch und bete für jedes einzelne Kind. Nach all diesen Jahren fällt es mir immer noch sehr schwer, sie loszulassen. Ich habe mir eine kleine Zeremonie ausgedacht, bei der ich jedes Kind vor meinem inneren Auge Gott hinhalte. Das hilft mir dabei, mir klarzumachen, dass er jedes von ihnen in seiner

Hand hält und dass mein Buch unvollständig ist, seins aber nicht.“

*

Er wurde Kleiner Büffel genannt, als er noch einen Appaloosa ritt und gegen die Chippewa in den Krieg zog. Selbst für einen Dakota war er klein, doch seine Gegner fürchteten ihn wie den Tod selbst. Er war wild und skrupellos. Einmal hatte er einer Frau die Kehle durchgeschnitten und als sie blutend vor ihm zusammengebrochen war, hatte Kleiner Büffel nur gelacht.

Heute hieß er Robert Lawrence und als er vor dem Klassenzimmer voller junger Dakota stand, verschränkte er die Arme vor der Brust, um seine Nervosität zu verbergen. Er hatte Dr. Riggs zugesagt, beim Unterricht auszuhelfen, bis der neue Lehrer da war, doch er hatte nicht damit gerechnet, dass die Schüler schon halb erwachsen waren. Er hatte sich kleine Jungen vorgestellt, die zu ihm aufsahen und ihn respektierten. Dieses halbe Dutzend Halbwüchsiger starrte ihn herausfordernd an und schien nicht den mindesten Respekt vor ihm zu haben.

Es gab einen Neuen namens Leuchtender Stern in der Klasse. Er war gestern mit den Missionaren aus dem Norden angekommen. Anscheinend war er angeschossen worden und sie hatten ihn versorgt. Dann war das Haus der Missionare abgebrannt.

Robert sah die jungen Männer an. „Wo ist denn Otter?“, fragte er laut. Er bemerkte, dass Leuchtender Sterns Kopf ruckartig in die Höhe schoss und er verwundert die Augen aufriss.

„Wer weiß schon, wohin der Otter geht“, sagte einer der Jungen. „Wir haben ihn seit gestern nicht mehr gesehen, seit er für Miss Jane Feuerholz hacken sollte!“

„Wie kommt es, dass Otter zwei Tage braucht, um ein bisschen Holz zu hacken? Er scheint nicht gerade stark zu sein.“

Ein anderer Junge zuckte die Achseln. „Vielleicht hat er beschlossen, dass Holzhacken für eine weiße Frau keine Arbeit für einen Dakota ist."

Robert sagte: „Zu schade, dass er hier drin nicht stark ist", er deutete auf seinen Kopf und begann mit dem Unterricht, ohne weiter auf Otters Fehlen einzugehen. Arithmetik war nicht gerade sein stärkstes Fach, und er betete still zum Himmel, dass er diese Stunde überstand.

Der neue Junge interessierte ihn. Sein Blick wirkte sehr intelligent. Leuchtender Stern hatte gesagt, dass er noch nie eine Schule besucht hätte, doch während die anderen mit mathematischen Problemen zu kämpfen hatten, löste er sie mit Leichtigkeit. Er konnte Englisch lesen und bewältigte alle ihm gestellten Aufgaben, ohne sich dafür anstrengen zu müssen.

Robert merkte auch, dass der Zustand seines verletzten Armes Leuchtender Stern Sorgen machte. Er massierte ihn immer wieder oder betastete die Schulterwunde. Robert fragte sich, ob bleibende Schäden zu befürchten waren. Hoffentlich nicht. Ein Dakota mit einem verkrüppelten Arm würde es schwer haben. Und die Zeiten waren schon schwierig genug für die Dakota.

Bevor er die Klasse in die Mittagspause entließ, ging Robert zu Leuchtender Sterns Tisch. Lächelnd nickte er in Richtung Tür. „Den ganzen Tag beobachte ich schon den weißen Hund da draußen. Er wartet wohl auf dich." Als sie hinausgingen, gab Koda ein freudiges Winseln von sich und stellte seine Vorderpfoten auf Leuchtender Sterns Brust. Als Robert Leuchtender Stern zum Speisesaal führte, setzte Koda sich wieder in Wartestellung hin. Und so ging es den ganzen Tag. Leuchtender Stern folgte Robert über das Gelände und Koda wartete.

Robert erfuhr, dass der Junge aus der Gegend des Lac Qui Parle kam und dass seine Eltern zusammen mit Tausenden anderen Dakota in die Nähe der Oberen Station gezogen waren. Der Junge war verletzt und nach Renville gebracht worden und war dankbar für die Hilfe der Danes. Doch Robert hörte mehr aus dem heraus, was Leuchtender Stern nicht sagte, als aus seinen Worten. Es stand etwas zwischen ihm und seinem

Vater. Und wie auch immer seine Verletzung entstanden war, es hatte mit etwas Ungesetzlichem zu tun, denn wenn er davon sprach, sah Leuchtender Stern nervös zur Seite.

Am Abend fragte Robert Leuchtender Stern, ob er gerne im Sägewerk mitarbeiten wolle. „Alle älteren Schüler lernen ein Handwerk. Sie nehmen vormittags am Unterricht teil und nachmittags arbeiten sie." Robert sah auf Leuchtender Sterns Schulter. „Vielleicht hilft es, dir die Kraft in deinen Arm zurückzubringen."

Leuchtender Stern hielt den Arm hoch. Zum ersten Mal sah Robert die lange Narbe vom Handgelenk bis zum Ellenbogen. Leuchtender Stern tätschelte Kodas Kopf. „Unsere Freundschaft hat blutig begonnen. Ich denke, dass Koda bei mir bleibt, weil ihm das Leid tut. Wenn du denkst, dass die Arbeit mir helfen kann, werde ich es versuchen."

Robert zeigte Leuchtender Stern das Sägewerk und erklärte ihm alle Arbeitsabläufe. Sie standen neben einer großen Maschine, als Robert plötzlich sagte: „Ich verstehe den Kampf, der in dir tobt, mein Bruder." Es sah ihn mit einem traurigen Lächeln an. „Man hat dich gelehrt, dass du deine Männlichkeit beweisen musst, indem du Büffel jagst und Feinde bekämpfst. Doch die Büffel sind fort und wenn du einen Feind besiegst, wirft dich der Weiße Mann ins Gefängnis." Er seufzte. „Es sind schwere Zeiten für die Dakota. Ich war früher ein berühmter Krieger. Mein Name war Kleiner Büffel." Er wartete, bis diese Mitteilung in Leuchtender Sterns Gehirn angekommen war.

Leuchtender Stern starrte ihn ungläubig an. Robert nickte. „Ich kenne die Geschichten, die man an den Lagerfeuern über mich erzählt. Aber was sie dir nicht erzählen, Leuchtender Stern, ist die Tatsache, dass das Gesicht dieser Frau, die ich getötet habe, mich in meinen Träumen verfolgt. Gott hat mir vergeben. Aber ich habe immer noch Blut an meinen Händen." Er ließ den Kopf hängen und ging zur Tür. „Ich hoffe, dass du morgen wieder im Unterricht erscheinst."

11

Überlege genau, was du tun willst, und dann tu es entschlossen. Lass dich nicht von der richtigen Entscheidung abbringen, damit deine Füße nicht auf Abwege geraten.
Sprichwörter 4,26

Otter hatte sich hinter einem Holzstapel versteckt, als Robert und Leuchtender Stern ins Sägewerk kamen. Er hatte es satt, Lernwillen zu heucheln, nur damit er bleiben konnte. Doch gerade als er beschlossen hatte, wieder nach Renville zu gehen und nach Leuchtender Stern zu schauen, war Leuchtender Stern mit den Weißen hier angekommen. Soweit Otter sehen konnte, war er noch sehr schwach. Sie würden wieder Pferde stehlen müssen, um hier wegzukommen.

Otter hörte Robert Lawrences kleine Rede mit an. Nachdem er gegangen war, war es still im Sägewerk. Wegen des Regens wurde heute nicht gearbeitet; stattdessen lernten die Schüler die Sprache des Weißen Mannes. Otter hatte die Sprache des Weißen Mannes satt. Aus seinem Versteck hinter einem Holzklotz holte er eine Flasche hervor und nahm einen großen Zug Feuerwasser. Sein Bauch wurde angenehm erwärmt.

„Sie werfen dich raus, wenn sie dich hier erwischen."

Otter sah Leuchtender Stern im Eingang stehen und zuckte die Achseln. „Ich gehe sowieso. Ich habe genug davon, hinter einem Tisch zu sitzen und auf diese Hühnerfüße zu starren, von denen sie behaupten, es seien Worte." Er nahm noch einen Schluck Feuerwasser. „Und ich habe genug von diesem Weißen Gott, von dem sie dauernd reden. Sie behaupten, er hat sich freiwillig an einen Baum nageln lassen und nicht dagegen gekämpft. Was für eine Art Gott soll denn das sein?"

Leuchtender Stern setzte sich neben Otter und stöhnte auf, als seine Schulter die Wand berührte.

Otter sagte, ohne ihn anzusehen: „Du wärst gestorben,

bevor wir Zerbrochene Pfeife erreicht hätten. Ich musste dich dort zurücklassen."

„Warum bist du hierher gekommen?", wollte Leuchtender Stern wissen. „Ich dachte, du wolltest zu Zerbrochene Pfeife gehen?"

Otter hob die Schultern. „Ich war dort, aber er war nicht da. Das Tor war geschlossen. Und im Lager von Stehender Büffel war eine Seuche ausgebrochen. Die Krankheit mit den Roten Punkten. Alle lagen im Sterben. Und ich hörte, dass die Soldaten Fragen stellten wegen Pferdedieben. Ich weiß nicht, ob sie uns meinten, aber ich musste dort verschwinden. Ich dachte, wenn ich hier eine Weile den guten Indianer spiele, würden die Soldaten nicht auf mich kommen. Na, jetzt können wir ja zusammen gehen."

„Und wohin?"

„Nach Renville. Die Scheune steht ja noch und die Kapelle." Otter schnaubte angeekelt. „Für einen Weißen mag das zu wenig sein, aber es ist immer noch mehr, als sie unseren Leuten geben würden. Wir könnten dort gut leben. Es gibt Fische im Fluss und Wild in den Wäldern."

Leuchtender Stern deutete auf seinen Arm. „Diese Hand gehorcht mir nicht. Diese Hand kann nicht jagen. Sie kann nicht fischen. Sie kann keine Fallen auslegen."

„Dann reiten wir eben doch zu Zerbrochene Pfeife", meinte Otter. „Er wird uns gern aufnehmen, wenn wir ihm Neuigkeiten von seiner Tochter bringen."

Leuchtender Stern erhob sich, nahm Otter die Flasche ab und schüttete das Feuerwasser unter dem Protest seines Freundes aus. „Ein bisschen länger wirst du noch den guten Indianer spielen müssen", sagte er trocken.

*

Vielleicht hatte Papa doch Recht damit gehabt, sie wegzuschicken. Sie wollte es nicht zugeben, aber langsam begann Gen zu verstehen, was er meinte, als er gesagt hatte, dass die Welt sich änderte. Oben im Fort LaCroix war ihr alles so friedlich vorgekommen. Sicher, sie hatte gehört, wie sich die Dakota über dies und jenes beklagten, doch sie hatte nie groß darüber nachgedacht. Aber seitdem sie hier war, wurde ihr manches klar. Das gesamte Volk der Dakota schien in Aufruhr zu sein. Und gerade als sich die Dinge etwas zu beruhigen schienen, wurde ein neuer Präsident gewählt und alle Regierungsposten mussten neu besetzt werden. Dr. Riggs versuchte höflich zu sein, aber es war überdeutlich, dass er den neuen Regierungsbeauftragten Galbraith für arrogant und starrsinnig hielt. Er wusste so gut wie nichts über die Dakota und er trank. Gen hatte gesehen, welchen Schaden Alkohol unter den Dakota angerichtet hatte, und sie fand auch, dass ein alkoholsüchtiger Beauftragter nicht gerade geeignet war.

Als der Juli kam, begann Gen immer häufiger auf der Straße nach einer Gestalt Ausschau zu halten, die ihrem Vater ähnlich sah. Er war oft mit anderen Händlern hierher gekommen, wenn die jährlichen Zahlungen fällig waren. Doch der Juli kam und ging, ohne dass Etienne auftauchte.

Gen erfuhr von Robert und Miss Jane, dass der neue Regierungsbeauftragte schlimmer war als angenommen. Er hatte über 5.000 Dollar von den jährlichen Zahlungen an die Dakota abgezogen und diese einigen Händlern am Big Stone Lake als Entschädigung gegeben für angeblich von Indianern gestohlene Waren. Die Dakota waren wütend und selbst die Missionare befürchteten ernsthafte Schwierigkeiten.

Miss Jane hatte empört geschnaubt: „Ich kenne diejenigen, die diese Waren angeblich gestohlen haben. Sie haben nicht mal Pferde. Wie sollten sie wohl Waren im Wert von 5.000 Dollar weggeschafft haben? Diese Händler haben nur nach einem Grund gesucht, um an die Gelder für die Indianer zu kommen!“

Die Dakota auf der Missionsstation berichteten, dass die Blanket-Indianer so sehr aufgebracht waren, dass sie androhten, den Händlern etwas Schreckliches anzutun.

Dr. Riggs seufzte. „Noch eine in einer langen Reihe von Ungerechtigkeiten gegenüber den Dakota. Wo soll das nur enden? Wissen die denn nicht, dass sie auf einem Pulverfass sitzen? Die Krieger sind nicht dumm; sie wissen, dass Fort Ridgely völlig unterbesetzt ist. Und sie können auch sehen, dass die Farmen hier in der Gegend fast nur noch von Frauen und alten Männern betrieben werden, weil die Jüngeren alle im Osten im Bürgerkrieg sind." Er schüttelte den Kopf und sah Reverend Dane an. „Vielleicht war es voreilig zu denken, dass wir eine neue Arbeit anfangen können. So lange der neue Lehrer nicht hier ist, können wir Robert Lawrence nicht entbehren, und die Situation wird immer verfahrener. Deshalb möchte ich auch keinen verheirateten Mann mit Kindern losschicken, um eine neue Missionsstation aufzubauen."

*

„Hast du mich gehört, Simon?"

Ellen saß vor dem kleinen Spiegel in ihrem Zimmer und kämmte sich die Haare. Sie drehte sich zu ihrem Mann um, der in seinem Nachthemd mit offenem Mund vor ihr stand. „Ich sagte, wir werden ein weiteres Kind bekommen. Zumindest bin ich ziemlich sicher." Die Freude, die eben noch auf ihrem Gesicht gelegen hatte, verblasste. „Bist du ... ich meine, ist das nicht gut?" Ihre Wangen röteten sich.

Simon räusperte sich und ließ sich auf die Bettkante sinken. „Natürlich ist das gut, Ellen. Es ist nur ... die Dinge waren schon vorher schwierig und die Situation jetzt ist noch unsicherer. Und ..." Die schreckliche Angst, die er bereits während der beiden ersten schwierigen Schwangerschaften um Ellen empfunden hatte, breitete sich wieder in Simon aus. Doch Ellen interpretierte seinen verzerrten Gesichtsausdruck als Enttäuschung.

„Ich weiß, dass wir die Familienplanung eigentlich abgeschlossen hatten", sagte Ellen und drängte die Tränen zurück.

„Meine Liebe", sagte Simon, ging zu ihr hin und legte ihr beruhigend eine Hand auf die Schulter. „Ich mache mir nur Sorgen um dich." Er musste ein Schaudern unterdrücken.

„Es ist nicht der beste Zeitpunkt, aber ..."

„Ach was", sagte Simon und bemühte sich, die Stimmung wieder zu heben. „Der Zeitpunkt ist sogar gut. Dr. Riggs möchte in der momentanen Lage sowieso keine neue Arbeit anfangen, das hast du doch gehört. Und jetzt ist es noch klarer. Ich werde gleich morgen mit ihm sprechen. Du hast dir eine Ruhepause wirklich verdient!"

Ellen sah ihn ungläubig an. „Du meinst, wir könnten nach Hause nach Leighton Hall fahren? Die Kinder könnten ihre Großmutter kennen lernen?" Sie wagte kaum zu atmen. „Gen könnte mitkommen und Miss Bartletts Schule besuchen!"

Simon runzelte die Stirn. „Ich glaube kaum, dass Miss La-Croix Minnesota verlassen möchte. Denk daran, dass sie gegen ihren Willen bei uns ist. Mit Miss Jane scheint sie sich gut zu verstehen, aber sie macht sich Sorgen um ihren Vater. Man kann nicht von ihr erwarten, noch weiter von hier fortzugehen."

„Vielleicht könnte jemand Mr. LaCroix benachrichtigen. Ach, Simon!" Ellens graue Augen strahlten vor Freude. „Leuchtender Stern würde das sicher tun. Er wäre froh über jeden Grund, die Mission zu verlassen. Und Gens Vater würde sicher auch wollen, dass sie mitkommt. Ihm liegt so viel an einer guten Ausbildung für sie. Und wir werden ein Baby haben, Simon! Ein kostbares neues Leben!"

In ihren Augen sah Simon nur reine Freude, die ihn ansteckte und sein ängstliches Herz beruhigte. Vielleicht hatte Ellen Recht. Vielleicht war das die Antwort, für die sie gebetet hatten. Wenn Leuchtender Stern einwilligen würde, Etienne LaCroix zu benachrichtigen, hätte Simon zumindest einen kleinen Erfolg in einer langen Reihe von Fehlversuchen mit den Dakota vorzuweisen.

Robert Lawrence schien einen guten Draht zu Leuchtender Stern zu haben. Vielleicht konnte so ihr neuer Anfang aussehen. Und wenn sie später wieder nach Minnesota zurückkehrten, könnten Robert und Leuchtender Stern vielleicht der Anfang eines neuen Dienstes unter den Dakota sein.

Simon zog Ellen in seine Arme. „Ich spreche gleich morgen mit Dr. Riggs."

„Und ich erzähle es Gen", sagte Ellen glücklich.

*

Gen starrte Ellen verblüfft an. „Aber ich will nicht nach New York!"

Sie saßen im Wohnzimmer der Riggs, nur Mrs. Riggs, Ellen und Gen. Meg und Aaron waren in der Schule und Dr. Riggs und Reverend Dane waren gemeinsam unterwegs. Jetzt war Gen auch klar, worüber sie sprachen: Die Danes wollten nach New York gehen und erst im nächsten Frühjahr zurückkommen. Und Gen sollte mit ihnen gehen!

„Wie kann ich hier fortgehen, wo ich doch meinen Vater seit drei Monaten nicht gesehen habe?"

„Ich weiß, dass es sehr plötzlich kommt, Gen", sagte Ellen ruhig. „Wir hatten auch nicht damit gerechnet. Aber ich bekomme ein Kind. Als ich Simon gestern Abend davon erzählt habe, schien sich alles plötzlich ganz von selbst zu ergeben. Die Kinder könnten endlich ihre Großmutter kennen lernen. Und dann fiel mir ein, wie sehr du ihnen fehlen würdest, Gen, und es schien einfach ganz logisch, dass du auch mitkommen könntest. Außerdem dachte ich an Miss Bartletts Schule ..." Ellen atmete tief durch. „Es kommt mir immer noch vor wie der absolut perfekte Plan!"

Gen erhob sich ärgerlich. „Du klingst genau wie mein Vater! Er hatte auch den perfekten Plan – mich von zu Hause wegzuschubsen und zu Leuten zu schicken, zu denen ich nie wollte. Natürlich hat sich das geändert ... zumindest ein bisschen ... aber ..." Ihre Unterlippe zitterte. „Warum wollen mich alle immer von da wegschicken, wo ich sein möchte? Und wie könnte ich irgendwo hingehen, ohne vorher mit meinem Papa darüber gesprochen zu haben?"

Gen sah starr aus dem Fenster. Leuchtender Stern half gerade dabei, einen Wagen mit frisch zugeschnittenen Brettern zu beladen. In den zwei Wochen, die er jetzt schon im Sägewerk arbeitete, war sein verletzter Arm deutlich kräftiger geworden. Robert Lawrence hatte nur Gutes über ihn zu berichten. Leuchtender Stern hatte seine Haare gerade kurz genug geschnitten, um den Missionaren zu gefallen, doch nicht so kurz, dass es nicht noch unter seinem Bandana hervorquoll, das er sich um den Kopf gebunden hatte. Wenn Gen ihm tagsüber irgendwo begegnete, grüßte er sie immer sehr freundlich. Gen musste zugeben, dass sie begonnen hatte, diese zufälligen Begegnungen zu genießen. Verlegen sah sie auf ihre Hände. Zwar redete sie von ihrem Vater, wegen dem sie nicht in den Osten gehen wollte, doch in Wirklichkeit war sie ihm so böse, weil er sie im Stich gelassen hatte, dass sie nicht einmal mehr sicher war, ob sie ihn überhaupt sehen wollte. Sie wurde erwachsen und veränderte sich, genau wie ihr Papa das gewollt hatte. Und inzwischen war ihr klar geworden, dass ihre Zukunft nicht in Fort LaCroix lag. Sie sah wieder aus dem Fenster zu Leuchtender Stern, der Koda ein Stöckchen warf und dem davonstürmenden Hund lächelnd hinterhersah. Er hatte ein schönes Lächeln.

*

Seit Tagen fühlte er sich hin und her gerissen zwischen Robert Lawrence und der Mission und Otter und seinem alten Leben. Erst heute Morgen hatte er sich mit Otter über Robert gestritten.

„Du weißt gar nichts über ihn“, hatte Leuchtender Stern wütend gesagt, als Otter sich über Roberts kleinwüchsige Statur lustig gemacht hatte. „Du sitzt im Unterricht wie ein Stein und hörst ihm nicht einmal zu.“

„Ich sitze im Unterricht und höre ihn sagen, dass ich wie ein Weißer sein soll“, hatte Otter ausgespuckt. „Mehr muss ich nicht wissen! Sag mir bloß nicht, dass du es diesem Kurzhaar gleichtun und als Bauer in der Erde wühlen willst!“, hatte er gesagt und Leuchtender Stern an den Haaren gezogen. „Wenn ich es nicht besser wüsste, würde ich sagen, du bist schon auf dem besten Weg zum Kurzhaar!"

Leuchtender Stern hatte seinen Freund wütend angestarrt. „Ich weiß, dass ich heute im Sägewerk arbeiten werde. Wenn mein Arm wieder stark ist, kann ich mich entscheiden. Die Menschen hier wollen mir helfen und ich werde ihr Hilfe annehmen." Daraufhin war er weggegangen und hatte Otter einfach stehen gelassen.

Er war es müde, immer im Kreis zu denken und doch nie weiterzukommen. Und er hatte es satt, zwischen zwei gegensätzlichen Welten zu leben. Eigentlich wollte er mit niemandem über seine Zukunft reden, doch dann hatten plötzlich Dr. Riggs und Reverend Dane vor ihm gestanden, die das Gespräch mit angehört hatten.

„Ich hoffe, du hörst nicht auf den Unsinn, den dieser Junge erzählt", hatte Reverend Dane gesagt.

„Otter ist mein Freund", hatte Leuchtender Stern entschlossen gesagt. „Er hat mir das Leben gerettet." Er hatte sich dabei gebückt, um den Stock aufzuheben und ihn zum hundertsten Mal für Koda zu werfen.

„Wir möchten, dass du hier in Hazelwood bleibst."

Die letzten zwei Wochen hatte Leuchtender Stern tagsüber Robert Lawrence zugehört und nachts Otter. Er war zwischen den beiden Meinungen hin und her geschoben worden und hatte nicht mehr schlafen können. Und die ganze Zeit hatte er versucht, seine verletzte Hand zum Mitarbeiten zu bewegen, doch sie hatte sich ihm verweigert. Jetzt war es genug.

„Sie wollen, dass ich weiß werde. Das geht nicht und daher können Sie mir nicht helfen." Leuchtender Stern war sich keineswegs sicher, ob das stimmte, doch er war völlig verunsichert. Er hatte seine Hand ausgestreckt. „Hier - sehen Sie? Diese Hand kann niemals weiß werden. Meine Haut ist dunkel und meine Seele spricht Dakota."

Reverend Dane hatte sich nervös geräuspert. „Robert Lawrences Haut ist auch dunkel. Und seine Seele ist heute nicht weniger die eines Dakota als zu der Zeit, als man ihn noch Kleiner Büffel nannte. Nur weil er Ackerbau betreibt, heißt das noch nicht, dass er seine Identität verloren hat. Du musst dein Volk nicht verleugnen, um hier ein Teil unserer Familie zu werden."

„Robert Lawrence hat mir von der Gemeinschaft erzählt, zu der er gehört. Sie geloben, an den Gott des Weißen Mannes zu glauben. Sie schicken ihre Kinder auf die Schulen der Weißen. Sie gehorchen den Gesetzen der Weißen." Er hatte geschnaubt. „Ich würde lieber sterben, als so zu leben!" Mit diesem Satz hatte er sich umgedreht und war den Hügel hinter dem Sägewerk hinaufgegangen. Koda war ihm gefolgt.

Nach einem ungemütlichen Moment des Schweigens hatte Reverend Dane geseufzt. „Jetzt sehen Sie, womit ich in Renville leben musste."

„Er ist wütend und verwirrt", hatte Dr. Riggs sanft geantwortet. „Aber er hat Potenzial."

„Warum akzeptiert er dann nicht die Tatsache, dass die Welt sich verändert und dass die Dakota sich ebenfalls verändern müssen, wenn sie nicht untergehen wollen?"

„Sie mussten sich schon so sehr anpassen", hatte Dr. Riggs mitfühlend gesagt und Simon eine Hand auf die Schulter gelegt. „Wenn Sie '43 bereits hier gewesen wären ... es war das schönste Land von allen. Und jetzt haben die Dakota nur noch einen schmalen Streifen davon und auch das nur mit der Gnade einer Regierung, die sie als vollkommen vertrauensunwürdig erlebt haben. Es gibt so gut wie kein Wild mehr und das Land füllt sich mit Siedlern, die sich darüber beklagen, dass die Dakota auf dem Land jagen, das sie seit Jahrhunderten für sich alleine hatten. Wir können wohl kaum Dankbarkeit von ihnen erwarten, wenn wir sie die Sprache des Feindes lehren. Ein paar Hektar Land und eine Blockhütte sind kein Ersatz für einen ganzen Lebensstil."

„Was tun wir denn dann hier?", hatte Simon ratlos gefragt.

Dr. Riggs hatte gelächelt. „Wir bringen ihnen das Wort des Lebens, mein Freund. Die Gute Nachricht von unserem Herrn Jesus Christus. Das Einzige, was wirklich Herzen verändern kann und das Leben lebenswert macht ... und zwar für jeden Menschen jeder Rasse."

Reverend Dane hatte nur den Kopf geschüttelt. „Meine Herde wollte nicht hören, was ich darüber zu sagen hatte."

„Dann müssen Sie vielleicht lernen, mehr ohne Worte zu sagen, Simon", hatte Dr. Riggs freundlich geantwortet. Als Simon ihn verwirrt angesehen hatte, hatte er hinzugefügt: „Lieben Sie sie, mein Bruder. Lieben Sie sie einfach nur." Er hatte hinter Leuchtender Stern hergenickt. „Und fangen Sie am besten mit diesem jungen Mann dort an. Wenn Robert und ich nicht vollkommen unsere Menschenkenntnis verloren haben, würde ich sagen, dass Leuchtender Stern jede Mühe wert ist. Doch wir müssen beten, dass Gott ihn von Otter trennt."

*

Reverend Dane hatte keine Gelegenheit mehr, um Dr. Riggs Empfehlung in die Tat umzusetzen. Denn in der Nacht nach ihrer letzten Begegnung nahm Leuchtender Stern Koda und verließ die Missionsstation an Otters Seite. Sie übernachteten in Renville und machten sich dann auf den Weg zum Fort LaCroix, wo sie genug Vorräte fanden, um über den Sommer zu kommen, sowie genug Feuerwasser, um Otter glücklich zu machen.

Sie fanden auch den verwesenden Leichnam von Etienne LaCroix, den sie auf dem Hügel neben dem weißen Kreuz begruben, das die letzte Ruhestätte von Schönes Lied markierte.

12

Der Mensch macht Pläne;
ob sie ausgeführt werden,
bestimmt Gott.
Sprichwörter 16,9

Leuchtender Stern watete durch den knöcheltiefen Schlamm zu dem Tor in dem hohen Lattenzaun, der Fort LaCroix vom Rest der Welt trennte. Fluchend zog er seinen stecken gebliebenen Mokassin aus dem Matsch und lugte durch das Tor.

Otter rief von der Hüttentür her: „Ich dachte, niemand sollte uns sehen!“

Leuchtender Stern schloss das Tor und kam in die Hütte zurück. Otter entkorkte eine neue Flasche Wein und hielt sie seinem Freund hin. „Hier, trink was. Du bist ruhelos wie ein Wolf auf der Jagd.“

Leuchtender Stern griff mit der rechten Hand nach der Flasche, doch sie entglitt ihm und er konnte sie gerade noch mit der linken auffangen. Er nahm einen tiefen Schluck.

„Du wirst stärker“, versuchte Otter seinen Freund zu ermutigen und warf ihm einen Ball zu, den sie aus Papier gemacht hatten.

Doch statt den Ball zu fangen, nahm Leuchtender Stern einen weiteren Zug aus der Flasche. Er fühlte sich beunruhigt und nervös. Obwohl Zerbrochene Pfeife und Schönes Lied tot waren und obwohl Himmelsauge wahrscheinlich nie zurückkehren würde, meinte er ihre Geister hier noch zu spüren. Er kam sich wie ein Eindringling vor.

Da war das Buch, das er neben Zerbrochene Pfeife gefunden hatte. Die Zeichnungen und auch das Gemälde von Himmelsauge an der Wand neben dem Bett stammten offensichtlich von Zerbrochene Pfeifes Hand. Die Worte im Buch waren französisch, aber Leuchtender Stern brauchte keine Worte, um die Sprache der Bilder zu verstehen. Er sah, wie Schönes Lied älter wurde und Himmelsauge aufwuchs. Bei einer Skizze von dem schmollenden Kind Himmelsauge musste Leuchtender

Stern lächeln. Genauso hatte sie in dieser Nacht ausgesehen, als sie sich geweigert hatte, ihn im Feuer zurückzulassen. Sie besaß Temperament und Geist, fand Leuchtender Stern. Das gefiel ihm.

Auch viele andere Dinge um Zerbrochene Pfeifes Bett herum sprachen davon, dass er seiner Tochter hatte nahe sein wollen, als die Krankheit ihn dahingerafft hatte. Leuchtender Stern fragte sich, ob sein Vater ihn wohl auch vermisste. Nicht immer war das Leben mit ihm unglücklich gewesen. Großer Adler hatte ihn mit auf die Jagd genommen und ihm gezeigt, wie man Fallen stellte. Doch dann hatte er angefangen zu trinken.

Leuchtender Stern konnte sich an unzählige Gelegenheiten erinnern, bei denen sich Graue Frau zwischen ihn und seinen Vater gestellt hatte. Mehr als einmal hatte sie die Schläge abbekommen, die für Leuchtender Stern gedacht gewesen waren. Ständig hatte sie gearbeitet – Kochen, Fischen, Kräuter sammeln, Kleidung nähen, Mokassins herstellen ... dabei hatte sie sich nie beklagt. Und sie war geblieben. Obwohl es ihr Tipi war und sie das Recht hatte, ihren Mann vor die Tür zu setzen, blieb sie treu an Großer Adlers Seite. Leuchtender Stern war klar, dass sie das vermutlich ihm zuliebe getan hatte. Das Einzige, was sie je von ihm verlangt hatte, war, dass Leuchtender Stern mit ihr fortging, weg von dem Whiskey, von Roter Donner und von dem ständigen Gefühl der Hoffnungslosigkeit. Er hätte nach ihr suchen sollen, statt die Mission zu verlassen.

Otter war betrunken. Er rülpste laut und fiel dann kichernd um.

Als Otter eingeschlafen war, suchte Leuchtender Stern alle Flaschen mit Feuerwasser zusammen, die er finden konnte. Dann trug er sie hinaus zum Stall und zerschlug sie an der Wand, bis nur noch ein Haufen Scherben übrig war.

*

In den Wochen seit Gens Ankunft in Hazelwood waren sie und Miss Jane gute Freundinnen geworden. Miss Jane fand Schweigen nicht unangenehm. Sie konnte warten, während Gen einen inneren Kampf ausfocht, und wenn sie dann endlich ihre Gefühle in Worte fassen konnte, gab Miss Jane keine platten Sprüche von sich oder zitierte irgendwelche Bibelverse. Bei ihr konnte Gen wirklich sagen, was sie dachte und fühlte. Und so war es nicht verwunderlich, dass Miss Jane auch diejenige war, mit der Gen darüber sprach, dass sie gegen ihren Willen nach New York gezerrt wurde.

„Sie erwarten, dass ich es wunderbar finde, alles hinter mir zu lassen, was mir lieb und teuer ist!", beklagte sie sich. „Ich soll mich einfach anpassen und vor Dankbarkeit auf die Knie fallen!"

„Ellen ist nicht so", sagte Miss Jane knapp. „Ich weiß dein Vertrauen zu schätzen, Gen, aber du solltest nicht unfair sein. Ellen will wirklich nur dein Bestes und es geht ihr nicht gut ..."

„Es tut mir Leid", sagte Gen sofort. „Natürlich ist Ellen nicht so. Es ist der Reverend. Wie kann ein Mann zehn Jahre bei einem Volk leben und dann immer noch so wenig über es wissen? Die Dakota sind ihm egal. Den ganzen Sommer über hat er Dr. Riggs geholfen, die Musik, die Märchen und die Gebräuche der Dakota aufzuschreiben ... aber es geht alles nur in dieses Ethnologie-Buch, das er schreiben will. Nichts davon erreicht sein Herz." Sie schüttelte den Kopf. „Kein Wunder, dass Leuchtender Stern gegangen ist. Er wollte nicht noch eines der Projekte des Reverend sein. Und ich will das auch nicht!"

„Nennst du ihn eigentlich immer nur den Reverend?", fragte Jane.

Gen überlegte einen Moment lang. „Ich glaube schon. Irgendwie bin ich immer ganz erschrocken, wenn Ellen ihn Simon nennt. Das scheint irgendwie unpassend."

„Traurig", murmelte Jane, „dass er für dich keine richtige Person ist." Sie beendete ihre Näharbeit und reichte Gen das Kleid. „Hier, das wird meine Geburtstagsüberraschung für Rosalie. Es fehlen nur noch die Knöpfe."

Gen begann gleich mit dem Annähen. „Na ja, für den Reverend bin ich doch auch keine richtige Person. Ein Halbblut, errettet vom Papismus ... oder vom Heidentum. Jemand, den er im Osten wie eine Jagdtrophäe vorführen kann." Miss Jane nickte nur und Gen sah das als Zustimmung. „Warum sieht er nur meine Dakota-Hälfte? Was ist mit dem französischen Anteil? Meine Vorfahren haben Kathedralen gebaut, als die des Reverend noch nicht mal Schuhe trugen! Aber er sieht nur ein armes kleines Indianermädchen, das seine Hilfe braucht."

Miss Jane sah von ihrer Arbeit auf. „Und wenn es so wäre – solltest du dann wirklich wie Leuchtender Stern reagieren und einfach wegrennen, ohne die Gelegenheit zu nutzen? Sollte es dich davon abhalten, die Welt zu sehen und zu lernen? Sollte es dich davon abhalten, Ellen zu helfen und Meg und Aaron?" Sie stand auf und goss ihnen beiden eine Tasse Kaffee ein. „Ich kenne Reverend Dane nicht so gut wie du. Vielleicht hast du Recht. Aber meine Erfahrung ist, dass Gott gern ungewöhnliche Botschafter benutzt, um seine Nachrichten zu überbringen."

Die beiden tranken schweigend ihren Kaffee, bis Gen fragte: „Wie ist es denn an der Ostküste?"

Miss Jane sah sie kurz an. „Da bin ich wohl nicht die richtige Ansprechpartnerin", sagte sie. „Ich bin schon seit fast einem Vierteljahrhundert hier im Westen!" Sie grinste Gen an. „Das ist länger, als du überhaupt am Leben bist!"

„Aber Sie haben doch sicher mal Ihre Familie besucht", protestierte Gen.

Miss Jane schüttelte den Kopf. „Da gibt es niemanden."

Sie erzählte Gen von New York, doch Gen konnte sich beim besten Willen nicht vorstellen, dass es so hohe Häuser geben konnte, wie sie beschrieb. Und die Vorstellung, dass mehr als zehntausend Menschen auf einem Fleck lebten, war völlig absurd.

13

***Für mich war's gut,
dass ich durchs Leiden musste,
um mich auf deine Weisung zu
besinnen.***
Psalm 119,71

Und nun hatte Gen ihre eigene Liste mit Namen, genau wie Mrs. Riggs. Obwohl sie keine Lehrerin war und nur Lizzie, Belle und Miss Jane ein paar Wochen geholfen hatte, würde sie sich immer fragen, was aus dem Jungen geworden war, den sie Joseph nannten, dessen richtiger Name jedoch Guter fünfter Sohn war, und aus seiner Schwester Barbara, die bei ihrem Volk als Kleine Katze bekannt war. Joseph hatte ein rundliches Gesicht und eine Zahnlücke, durch die die Luft leise zischend entwich, wenn er redete. Barbara war winzig und sehr klug. Beide verließen sie im Juli und Gen hatte keine Ahnung, wo sie waren.

Auch andere würde sie vermissen: Das kleine Mädchen, das mit so verfilzten Haaren zu ihnen gekommen war, dass sie ihr beinahe den Kopf hatten rasieren müssen; der Junge, der so schlimm hinkte, aber dessen strahlendes Lächeln einen ganzen Raum erhellen konnte.

Für die Danes war es ein schwieriger Sommer gewesen. Ellen schien unter ihrer Schwangerschaft sehr zu leiden; sie wurde immer blasser und obwohl sie behauptete, ihr gehe es gut, waren alle besorgt. Der Reverend hatte es eilig, sie nach Hause zu ihren Eltern zu bringen – und zu dem hervorragenden Arzt der Familie.

Während Gen über den bevorstehenden Aufbruch in den Osten nachdachte, kam ein Wagen den Weg herauf. Den ganzen Tag fuhren schon Wagen hin und her, denn man baute für den Arzt an der Unteren Station ein neues Haus und das Sägewerk arbeitete deshalb auf Hochtouren. Doch auf diesem Wagenbock saß jemand, dessen Haltung Gens Aufmerksamkeit auf sich zog.

Es war Leuchtender Stern. Er folgte dem Wagenlenker ins Sägewerk und kam mit einem Stapel Bretter auf der Schulter wieder heraus. Allem Anschein nach war die Kraft in seinen Arm zurückgekehrt.

Miss Jane kam vorbei und setzte sich neben Gen auf die Treppe. „Er sieht gut aus, nicht wahr?"

Gen errötete. „Es freut mich, dass sein Arm anscheinend wieder in Ordnung ist."

„Ich sehe einiges mehr, was an ihm in Ordnung ist", neckte Miss Jane sie. „Aber erzähl bloß niemandem, dass ich das gesagt habe!"

Wieder fühlte Gen, wie ihr Gesicht rot wurde. Miss Jane nickte zu dem Wagen hinüber. „Ist Robert Lawrence mit Leuchtender Stern gekommen? Seit er seine eigene Farm betreibt, haben wir ihn nicht mehr gesehen. Wahrscheinlich arbeitet er auch am Haus von Dr. Wakefield mit. Er ist ein hervorragender Schreiner."

Aaron und Meg traten auf die Veranda, erspähten sofort Leuchtender Stern und rannten zu ihm hinüber. Aaron war in diesem Sommer einige Zentimeter gewachsen und Leuchtender Stern schien das lobend zur Kenntnis zu nehmen. Dann fragte er etwas, woraufhin Meg zu Gen und Miss Jane hinüberdeutete. Leuchtender Stern setzte sich in ihre Richtung in Bewegung. Und als er näher kam, bemerkte Gen ein metallenes Kreuz um seinen Hals.

„Dein Arm", stammelte sie. „Er ist wieder in Ordnung."

Er grinste. „Miss Jane ist eine gute Krankenschwester. Und endlich ist auch der Hand wieder eingefallen, wie man arbeitet."

„Wir haben uns Sorgen um dich gemacht", sagte Miss Jane. „Es ist schön, dich zu sehen. Ist Otter mit dir gegangen?"

Leuchtender Stern nickte.

„Und wohin seid ihr gegangen?"

„Nach Norden."

„Habt ihr Papa gesehen?", stieß Gen hervor.

Leuchtender Stern nickte zögernd.

Miss Jane beobachtete ihn genau. Als er nichts weiter über Etienne LaCroix sagte, entschuldigte sie sich: „Mir ist gerade eingefallen, dass ich Mrs. Dane bei dem neuen Kleid für Meg helfen wollte. Wenn du Otter siehst, Leuchtender Stern, dann richte ihm doch bitte aus, dass ich nach ihm gefragt habe."

Leuchtender Stern nickte nur.

Mit einem besorgten Blick auf Gen machte sich Miss Jane auf den Weg zum Haupthaus.

„Du hast meinen Vater gesehen?", fragte Gen. „Kannst du mir sagen, warum er mich nicht besucht hat? Kommt er bald nach Hazelwood? Geht es ihm gut?" Gen musste sich zwingen, Leuchtender Stern in die Augen zu sehen. Etwas in seinem Ausdruck ließ sie erschrocken die Luft anhalten. „Oh nein – Papa ist schwer krank, das ist es, nicht wahr? Ist Otter bei ihm geblieben? Was ist es, Leuchtender Stern? Sag es mir!"

„Zerbrochene Pfeife ist tot, Himmelsauge."

Ein scharfer Schmerz durchschoss Gen. „Tot? Aber ... aber er kann nicht tot sein! Er ist doch nie krank ... er hat die gesamte Familie meiner Mutter gepflegt, als im Lager die Masern ausbrachen. Auch Mama hat er bis zu ihrem Tod betreut und ist dabei selbst nie krank geworden. Nicht einen Tag!"

Leuchtender Stern legte ihr die Hände auf die Schultern und sah ihr in die Augen. „Als Otter und ich die Mission verlassen haben, sind wir zu ihm gegangen. Wir wollten ihm Nachricht von dir bringen und ihn fragen, ob wir die kalte Zeit bei ihm verbringen könnten. Doch das Tor war geschlossen. Otter kletterte hinüber und ließ mich hinein. Als wir in die Hütte gingen, fanden wir ihn tot in seinem Bett liegen."

Gen schüttelte den Kopf. „Das war jemand anderer." Sie sah ihn bittend an. „Es könnte doch ein anderer gewesen sein, oder?"

Er atmete tief durch. „Es war Zerbrochene Pfeife, Himmelsauge. Bilder von dir und Schönes Lied lagen auf dem Nachttisch und er war in eine weiße Lederdecke gewickelt."

Die weiße Lederdecke, die er erst von der Wand nehmen wollte, wenn es an der Zeit war, ein Hochzeitshemd für Gens

Ehemann daraus zu machen ... er war allein gestorben, ohne Mama ... ohne sie ...

Gen begann zu zittern. Einen Moment lang schien es ihr, als würde sie nicht weinen können. Steif fragte sie: „Habt ihr ihn beerdigt?"

Er nickte. „Neben Schönes Lied. Ich habe ein Kreuz gemacht, so wie das auf ihrem Grab."

Nun begann Gen doch zu weinen. Als Leuchtender Stern die Arme um sie legte und sie an sich zog, ließ sie es geschehen und weinte an seiner breiten Brust, bis sein Hemd ganz feucht war. Er roch nach Leder und Sägemehl und sein maskuliner Duft erinnerte sie ein wenig an ihren Vater. Deshalb schmiegte sie sich auch weiter an ihn, als ihre Tränen längst versiegt waren. Irgendwann setzten sie sich hin und es schien nur natürlich, dass Leuchtender Stern seinen Arm um ihre Schultern legte und sie sich an ihn lehnte.

„Erzähl mir alles", sagte Gen. „Was habt ihr in der Zwischenzeit gemacht?" Ehrlich gesagt war es ihr herzlich egal, was Otter gemacht hatte, aber sie wollte Leuchtender Stern nicht gehen lassen. Er berichtete ihr von den Wochen in Fort La-Croix.

„... und nachdem ich die Flaschen ausgeleert hatte, wurde Otter immer ruheloser. Wir stritten uns oft und schrien uns an ..." Er zögerte. „Deshalb hab ich ihn verlassen. Ich habe Robert Lawrence besucht, und er hat gesagt, dass er mich bei sich in die Lehre nimmt."

Leuchtender Stern berührte sanft Gens Hand. „Das mit deinem Vater tut mir sehr Leid, Himmelsauge. Er war ein guter Mann. Wenn alle Händler so gewesen wären wie er, würde es meinem Volk besser gehen."

Gen nickte und krächzte: „Danke", während ihr neue Tränen über die Wangen liefen.

„Was wirst du jetzt tun?", wollte Leuchtender Stern wissen.

„Der Reverend und Mrs. Dane werden bald nach Osten aufbrechen, nach New York. Sie erwarten wieder ein Kind und sie haben mich gebeten mitzukommen und auf Aaron und Meg aufzupassen. Ich könnte dort eine sehr gute Schule besuchen. Und wenn wir zurückkommen, wollen sie eine neue Missionsstation gründen."

Er nickte und sie standen beide auf. Gen sah Leuchtender Stern an. „Wirst du wieder mit Robert Lawrence zurückgehen?"

„Dr. Riggs hat uns zum Essen eingeladen. Danach brechen wir auf."

Sie standen einen Moment unschlüssig da, dann ging Leuchtender Stern zum Wagen hinüber. Gen folgte ihm.

14

Selig sind die Trauernden, denn sie sollen getröstet werden.

Matthäus 5,4

Die einzige Art, wie Gen mit ihrem Schmerz umgehen konnte, war hektische Betriebsamkeit. Und in den Tagen nach Leuchtender Sterns Besuch gab es auch genug zu tun. Dr. Wakefield untersuchte Ellen und befand, dass sie die Reise nach Osten wagen konnte, vorausgesetzt, dass sie sich nicht bei den Vorbereitungen überanstrengte. Sie sollte sich jeden Nachmittag hinlegen und durfte nichts Schwereres heben als eine Teetasse. Daraufhin erklärte sich Mrs. Riggs zu Ellens persönlicher Krankenschwester.

Reverend Dane überließ Gen das Packen und bereitete mit Dr. Riggs und anderen Missionaren die Vorträge vor, die er in New York halten sollte. Außerdem schrieben sie Briefe an verschiedene Gemeinden und Organisationen, denen sie die Dakota-Mission vorstellen wollten.

Mitten in den Vorbereitungen wurde Miss Jane krank und musste das Bett hüten. Lizzie und Belle übernahmen ihren Unterricht und Gen machte den Haushalt. Ihre vielfältigen Aufgaben dämpften Gens Trauer ein wenig. Sie lernte, dass sie sich selbst einen Gefallen tat, indem sie anderen half. Und langsam begann der Schmerz zu heilen. Sie dachte weniger an die Vergangenheit und immer mehr an die Zukunft, und oft fragte sie sich auch, wie es wohl Leuchtender Stern in Redwood ging.

In der Nacht vor ihrem Aufbruch nach Osten lag Gen im Bett und starrte die Decke an. Der Vollmond schien und sie fragte sich, ob sie in New York wohl auch nachts die Grillen zirpen hören würde. Da sie nicht schlafen konnte, glitt sie aus dem Bett und setzte sich in einen der Schaukelstühle auf der Veranda. Sie dachte an Fort LaCroix und daran, wie ihre Mutter ihr das Brotbacken beigebracht hatte; Papa, der ihr gezeigt hatte, wie man mit einem jungen Pferd arbeitete. Sie erinnerte sich, wie ihre Mutter für Etienne einen Hut mit so feinen Fäden dekoriert hatte, dass man sie kaum noch sehen konnte. Mit diesen bittersüßen Erinnerungen kam Gen auch die Erkenntnis, dass sich in ihr etwas verändert hatte. Die Traurigkeit war noch da, aber sie war nicht länger ein unkontrollierbares Monster, vor dem sie schreiend wegrannte. Sie begann sich auf die Zukunft und das bevorstehende Abenteuer zu freuen. Es würde komisch sein, neben Mädchen in der Schulbank zu sitzen, die noch nie einen Indianer gesehen hatten und nichts von der Büffeljagd wussten; Mädchen, die feine Kleider trugen und ihre blasse Haut vor der Sonne schützten. Doch diese Gedanken jagten ihr keinen Schrecken mehr ein. Die unbekannte Zukunft, die vor ihr lag, war aufregend und herausfordernd.

Irgendwo zu ihrer Linken rief eine Eule. Gen stand auf und sah über das Verandagitter, als ein Kaninchen vor dem Sägewerk entlanghoppelte. Jeden Moment würde die Eule niederstoßen; doch sie irrte sich, denn stattdessen rief sie noch einmal.

„Du vergisst dein Dakota-Wissen, Himmelsauge", sagte eine Stimme neben ihr und Leuchtender Stern trat aus dem Schatten. „Du hättest merken müssen, dass diese Eule keine Flügel hatte!"

Gen gab zurück: „Ich dachte eben, es sei eine dumme Eule! – Was machst du denn hier?"

„Robert sagte mir, dass ihr morgen aufbrechen wollt."

Sie nickte und war froh, dass das blasse Mondlicht über ihre geröteten Wangen hinwegtäuschte. Hatte er gewusst, dass sie an ihn dachte? Plötzlich fiel ihr ein, dass sie nur ihr Nachthemd trug. Schnell wickelte sie sich in die mitgebrachte Decke. Leuchtender Stern ergriff ihre Hand und strich ihr mit der Rechten durch ihr dunkles Haar. Gen hielt den Atem an, als ein Kribbeln ihre Wirbelsäule hinablief und ihren Bauch zum Glühen brachte.

Leuchtender Stern sah sie eindringlich an. „Ich bin froh, dass Otter mich in eurer Scheune zurückgelassen hat." Er schluckte schwer. „Wie lange werdet ihr in New York bleiben?"

„Nicht einmal 12 Monate", sagte Gen schnell. „Die Danes wollen im nächsten Frühjahr zurückkommen." Ihre Stimme zitterte und sie entzog ihm ihre Hand. Abrupt fragte sie: „Bleibst du bei Robert Lawrence?"

Er nickte. „Robert ist ein guter Mann. Bis der warme Mond zurückkehrt ... das ist nicht so lange." Wieder sah er sie an und ließ seine Hand unter ihrem Haar auf ihren Nacken gleiten, den er sanft streichelte. Dann küsste er sie so schnell, dass sie nicht reagieren konnte. Grinsend nahm er sich eine seiner geflochtenen Halsketten ab und gab sie ihr. „Vergiss mich nicht, Himmelsauge."

Er küsste sie noch einmal, hielt dabei ihr Gesicht zärtlich in beiden Händen und sah ihr ununterbrochen in die Augen. Dann sprang er von der Veranda und verschwand im Gebüsch.

Eine Eule rief und Gen hob als Antwort ihre Hand.

*

Die „Straße" bestand aus zwei Räderspuren, die sich durch die Hügel zogen, doch sie erleichterte immerhin den Weg. Gen saß mit Meg und Aaron auf einem Haufen Decken hinter dem Kutschbock und sah zu, wie die Hazelwood-Mission immer kleiner wurde, bis sie ganz aus ihrem Sichtfeld verschwand.

Bald schon erreichten sie die Obere Station, die auf einem Hügel stand und mehr als ein Dutzend Gebäude vorzuweisen hatte. Die Beflaggung ließ sie ein bisschen wie ein Fort aussehen.

Die Reisenden hielten vor Dr. Wakefields beeindruckendem zweistöckigen Haus, wo sie ein Mittagessen erwartete. Dr. Wakefields Frau Sarah war Gens erste Begegnung mit dem Lebensstil des Ostens, denn ihr ganzes Haus war mit Möbeln aus Walnussholz und Mahagoni eingerichtet; überall standen Daguerreotypien, Miniaturen aus Porzellan und edle Vasen.

Als Mrs. Wakefield sich entschuldigte, um nach dem Essen zu sehen, strich Ellen bewundernd über den grünen Bezug des Sofas. „Damast", murmelte sie und sah Gen kopfschüttelnd an.

„Ich hatte ja keine Ahnung, dass es hier im Westen jemanden gibt, der so eingerichtet ist! Wie hat sie das nur geschafft?"

„Ich habe John gesagt, dass man durchaus auch hier draußen komfortabel leben kann", sagte Mrs. Wakefield, die gerade zur Tür hereinkam.

Das indianische Hausmädchen verkündete, dass serviert sei. Das Esszimmer der Wakefields bot den erstaunten Reisenden neue Wunder, zum Beispiel zwei große Vogelkäfige mit jeweils drei Kanarienvögeln darin. Meg war so begeistert von den kleinen gelben Vögeln, dass sie kaum etwas essen konnte.

„Meinst du, Großmutter kauft mir auch einen Kanarienvogel?", fragte sie ihre Mutter.

„Ich denke, Meg", unterbrach der Reverend, „dass du dich vielleicht eher auf die Frage konzentrieren solltest, wie du deiner Großmutter zu Gefallen sein kannst, statt was sie dir alles kaufen soll."

Meg senkte den Kopf und schob sich einen Bissen in den Mund.

Mrs. Wakefield entschuldigte sich für die Einfachheit des Essens. „Wenn wir früher gewusst hätten, dass Sie kommen, hätte ich etwas Üppigeres vorbereitet!"

Sie schien es ernst zu meinen, doch Gen konnte sich beim besten Willen nicht vorstellen, was auf dem Tisch noch fehlen konnte. Es gab verschiedene Brotsorten sowie Corned Beef, Schellfisch, Sardinen und Schweinebraten.

Bei allem Wohlstand schien sich Mrs. Wakefield aufrichtig für die Belange der Dakota zu interessieren. Sie zeigte ungewöhnlich viel Verständnis und Sympathie für die Indianer und ging mit ihrem Hausmädchen sehr freundlich um. Auch für Gen interessierte sie sich sehr und sprach voller Bewunderung von Etienne. Als die Reisenden schließlich in ihren Wagen kletterten und in Richtung Süden aufbrachen, hatte Gen das Gefühl, in einen sanften Wirbelsturm geraten und nun wieder ins wahre Leben mit Holzhütten und primitiven Lebensbedingungen zurückgekehrt zu sein.

„Wenn Sie zurückkommen", sagte Mrs. Wakefield zum Abschied zu ihr, „melden Sie sich bei mir. Ich kenne mehrere Damen, die Sie nur allzu gern einstellen würden." Sie tätschelte Gens Arm und lächelte sie an.

Südlich der Oberen Station fuhren sie ins Tal des Yellow Medicine River und überquerten den Fluss ohne Schwierigkeiten, obwohl er recht viel Wasser führte. Ellen war sehr blass und schien die meiste Zeit im Halbschlaf zu verbringen.

„Robert Lawrence erwähnte einige Dakota-Farmen hier in der Gegend, die uns vielleicht Unterschlupf für die Nacht gewähren würden", sagte der Reverend. „Wir halten uns am besten in Richtung Westen und sehen, ob wir eine dieser Farmen ausfindig machen können."

Als sie eine Farm gefunden hatten, deren Besitzer sie einluden, in ihrem Blockhaus zu übernachten, mussten sie Ellen vom Wagen helfen. Ihre Knie gaben nach und der Reverend trug sie ins Haus. Alle fanden einen Schlafplatz, weil ihre Gastgeber für sie in die Scheune umgezogen waren.

Am nächsten Tag mussten sie den Redwood überqueren. Die Kinder klammerten sich mit angstvoll aufgerissenen Augen an Gen, als die Pferde mitten im Fluss zögerten. Der Reverend brüllte die Tiere an und klatschte ihnen die Zügel auf die Flanken, woraufhin sie mit einem gewaltigen Sprung den Wagen ans andere Ufer rissen.

Die Prärie zwischen der Unteren und der Oberen Station war voller Blumen der verschiedensten Arten. Es gab keinen Baum und keinen Strauch und das wogende Gras, das sie umgab, ließ die Landschaft wie einen riesigen grünen See aussehen. Der Reverend fuhr vorsichtig; dennoch blieben sie einmal in einem Matschloch stecken. Ellen und Meg mussten auf einer Decke im Gras warten, während der Reverend sich den Mantel auszog und mit Aarons und Gens Hilfe den Wagen ablud.

Dann stemmte er sich mit der Schulter gegen eines der Räder und ordnete an: „Aaron, wenn ich Los sage, nimmst du die Pferde am Halfter und ziehst." Gen, die dicht neben ihm stand, konnte noch einen leisen Fluch aus seinem Mund hören.

Mit einem leichten Grinsen auf den Lippen nahm sie ein stabiles Brett und stemmte es unter das Rad. „Ich hebele mit dem Brett und Sie drücken", sagte sie und er nickte.

Alle arbeiteten gut zusammen und schließlich kam das Rad ganz langsam aus dem Loch.

„Hooo!", sagte Aaron zu den Pferden und war stolzgeschwellt, als sein Vater ihn lobte.

Müde belud die schlammverschmierte Gruppe den Wagen erneut und Gen und Aaron beschlossen, dem Wagen vorauszugehen, um weitere Pannen zu vermeiden. In dieser Nacht kampierten sie am offenen Feuer.

„Zwei harte Tagesritte in diese Richtung", sagte Reverend Dane, „und wir sind in Fort Snelling." Er lächelte Ellen an. „Natürlich lassen wir es langsam angehen und brauchen vermutlich etwas länger. Aber bald sind wir auf dem Dampfer und du kannst den Rest des Weges genießen. Die Mission hat einen Stützpunkt in Alton in Illinois. Dort werden wir ein paar Tage pausieren und dann ..." Er redete weiter, doch Meg und Aaron hatten schon ab dem Zeitpunkt nicht mehr zugehört, an dem er von dem Dampfer gesprochen hatte. Keiner der beiden konnte sich ein Boot vorstellen, das für Hunderte von Passagieren groß genug war.

St. Louis bewies, dass alles, was Miss Jane über den Osten erzählt hatte, absolut wahr war. Riesige Gebäude, Menschenmengen, gepflasterte Straßen – es war alles da. Gen kam sich klein und unbedeutend und fehl am Platz vor.

Als die Familie am ersten Abend auf dem Dampfer zu Bett gegangen war, sah Aaron Gen von seinem Schlafplatz aus eindringlich an.

„Geneviève", sagte er.

Gen hob den Kopf. „Ja?"

„Vermisst du deinen Vater sehr?"

Gen musste ein unerwartetes Schluchzen unterdrücken. „Wir haben oft von St. Louis gesprochen. Er wollte mich eines Tages hier zur Schule schicken." Sie musste schwer schlucken. „Ja, Aaron, ich vermisse ihn sehr."

Es war so lange still, dass sie dachte, der Junge wäre eingeschlafen. Doch dann sagte er: „Ich wollte dir was sagen, Gen. Meg und ich haben miteinander geredet und beschlossen, dass wir unseren Papa mit dir teilen würden, wenn dir das hilft."

Gen murmelte eine Antwort und Aaron legte sich wieder neben seine Schwester.

„Und, hat es geholfen? Fühlt sie sich besser?", wisperte Meg.

„Sie sagt, ja", flüsterte Aaron. „Aber jetzt weint sie noch mehr als vorher."

15

Entscheidet euch heute, wem ihr dienen wollt ... Ich und meine Familie aber sind entschlossen, dem Herrn zu dienen.

Josua 24,15

„Mein Freund, ich bin kein Dummkopf. Ich will ein gutes Leben für mich und meine Familie. Wenn es einen besseren Weg gibt als den, den ich kenne, dann muss ich ihn verstehen lernen. Und mir scheint, dass die Dakota, die sesshaft geworden sind, diesen besseren Weg gefunden haben."

Robert Lawrence und Leuchtender Stern saßen vor dem Kamin in Roberts von der Regierung finanziertem Haus. Es war spät geworden, doch Leuchtender Stern war so interessiert gewesen, und Robert war gern bereit, die ganze Nacht durch zu reden, wenn er ihm nur zuhörte.

Robert streckte die Hände aus. „Mein Großvater hat seine Familie versorgt, indem er auf die Jagd ging. Und ich versorge meine, indem ich den Boden bestelle. Wo ist da die Entehrung? Es kommt doch immer noch alles von der Arbeit dieser Hände."

„Doch die Weißen geben dir das Haus und die Geräte."

Robert zuckte die Achseln. „Sie haben gelogen, damit unsere Häuptlinge ihnen das Land geben. Das war falsch und böse. Doch wenn sie bereit sind, mir einen Teil dieses Landes zurückzugeben, werde ich nicht Nein sagen. Wenn ich darauf in Frieden leben und meine Kinder ernähren kann, bin ich zufrieden." Er starrte ins Feuer. „Als ich noch Kleiner Büffel war, habe ich einmal meinen Freund John Nächster Tag besucht. Er ist einmal ein großer Krieger gewesen und wurde von vielen gefürchtet. Doch dann veränderte er sich. Er ging zur Kirche und begann den Boden zu bestellen. Eines Tages hörte ich, wie seine Frau eine Geschichte aus der Bibel vorlas. Sie handelte von Daniel, der in eine Grube mit Löwen geworfen wurde." Er hielt inne und sah Leuchtender Stern an. „Manchmal fühle ich mich wie dieser Daniel. Aber auch ich habe einen Weg gefunden, wie ich nicht verschlungen werde."

Er lehnte sich zurück. „Unsere Dakota-Brüder sind wie diese Löwen. Sie hassen die Weißen, sie verabscheuen die Händler. Sie knurren und drohen. Doch eigentlich sind sie machtlos, wenn die Händler ihr Geld einbehalten. Sie blasen sich auf und wollen Genugtuung, doch sie schlagen nicht zurück. Sie klammern sich stattdessen an die alten Wege und sprechen davon, die Weißen zu vertreiben, aber währenddessen sind sie hungrig und arm und bedauernswert. Mir tun diese Leute Leid. Die Dakota, die Farmen haben, arbeiten hart, aber ihre Familien müssen keinen Hunger leiden. Und sie können einem anderen Mann in die Augen sehen, ohne sich schämen zu müssen."

Leuchtender Stern warf kritisch ein: „Otter sagt, die Weißen bekämpfen sich gegenseitig. Die Soldaten ziehen alle in diesen Krieg. Wie Otter meint, hat der Norden viele Kämpfe verloren und der Süden wird gewinnen."

Robert wedelte abwehrend mit den Händen. „Und wenn es so wäre? Werden die Weißen im Süden dann plötzlich die Dakota lieben und ihnen ihr Land zurückgeben?" Er lachte bitter. „Wem gehörte denn das Land im Süden, bevor die Weißen kamen? Das waren auch Indianer. Und was ist mit ihnen geschehen?" Er schüttelte den Kopf. „Dieser Krieg spielt für uns keine Rolle. Sie werden das Land niemals zurückgeben und wenn der Krieg vorüber ist, werden noch mehr von ihnen herkommen. Daran können wir nichts ändern. Doch es gibt etwas, das ich tun kann. Ich kann die Farm annehmen, die sie mir anbieten, und ich kann davon leben. Ich kann meine Familie lieben, meine Freunde haben und lernen, glücklich zu sein. Sieh dich um – das ist kein schlechter Ort zum Leben! Es gibt eine Mühle, eine Schmiede und einen Schreiner. Wir haben Schulen und Kirchen und Ackergeräte. Dieses Jahr werden noch 90 weitere Häuser gebaut. Eines davon könnte dir gehören."

Leuchtender Stern schüttelte stur den Kopf. „Ich möchte

kein Bauer werden. Ich könnte nach Westen gehen; dort lebt unser Volk auf die alte Weise noch recht gut."

„Dann geh!", sagte Robert ruhig. „Du wirst dort in ein paar Jahren dieselbe Schlacht schlagen. Und dann deine Kinder und Kindeskinder. Wenn du nicht das Land annimmst und deiner Identität als Dakota eine neue Bedeutung gibst, wirst du ständig weiterkämpfen müssen." Er atmete tief durch. „Jeder muss das für sich entscheiden. Mit Gottes Hilfe werde ich das Land bestellen und Farmer werden." Er musste grinsen. „Und wenn mein Jugendschwarm Schnelles Reh mich noch haben will, werde ich auch Kinder bekommen. Ihr nutzloser Ehemann ist letztes Jahr gestorben. Ich habe sie seitdem zweimal gesehen und sie schien nicht unbedingt abgestoßen, wenn ich sie anlächelte." Er stand auf und goss sich noch eine Tasse Kaffee ein. „Du solltest am Sonntag mit mir in die Kirche kommen. Ich weiß doch, dass du dir um die Worte der Missionare Gedanken machst."

Leuchtender Stern nickte. „Ich habe viel über ihren Gott und diesen Menschensohn Jesus nachgedacht. Manchmal ... aber Otter lacht über diesen Gott und meint, wir Dakota hätten einem weißen Gott nichts zu sagen."

Robert überlegte kurz, dann sagte er: „Ist dir eigentlich jemals der Gedanke gekommen, Leuchtender Stern, dass dieser Gott vielleicht *dir* etwas zu sagen hat?" Er stand auf und streckte sich. „Ich muss im Morgengrauen im Sägewerk sein. Kommst du auch mit?"

Leuchtender Stern nickte. Als er sich erhob, sprang auch Koda auf, der friedlich neben dem Feuer geschlafen hatte. Zusammen gingen sie nach draußen, um unter den Sternen zu schlafen.

*

Es dauerte den ganzen Winter von 1861, bis aus Leuchtender Stern *Daniel* Leuchtender Stern geworden war. Er ging mit Robert zur Kirche und hörte den Predigten des jungen Reverend

John Williamson zu. Er stellte Fragen und las ab und zu selbstständig in der Bibel. Er überlegte und beobachtete und arbeitete. Wenn ihm die Aussicht auf ein Leben als Farmer zu bedrohlich erschien, ging er zu Otter und seinen Leuten und hörte am Lagerfeuer ihren Klagen und Plänen zu.

Vor vielen Monden, so erzählten sie, hatte Inkpaduta am Geistersee in Iowa einige Weiße getötet. Er war dafür nie zur Rechenschaft gezogen worden. War das nicht der Beweis dafür, dass die Weißen so sehr mit ihrem eigenen Krieg beschäftigt waren, dass es ihnen gleichgültig war, was im fernen Minnesota geschah?

Sie rekrutierten sogar schon Halbblutindianer für diesen Krieg, so verzweifelt brauchten sie Soldaten. Da würde der Große Vater in Washington wohl kaum Soldaten senden können, um den Staat Minnesota zu verteidigen. Vielleicht war nun endlich ihre Zeit gekommen? Sahen sie während ihrer Jagdausflüge nicht meist nur Frauen und Kinder in den Siedlungen der Weißen?

Otter sagte Leuchtender Stern, dass es Verrat am Volk der Dakota sei, wenn einer von ihnen ein Kurzhaar würde. „Du siehst doch, wie es ist. Sie bekommen mehr Nahrung und Kleidung als wir. Sie bekommen eine Kuh und Ochsen für die Feldarbeit. Sie bekommen einen Herd, Töpfe, Eimer und noch eine ganze Menge mehr. Wir leiden Hunger. Die Kurzhaare aber haben Kaffee und Tee und Salz, Zucker, Seife, Reis, Sirup ... viel mehr als ihre Brüder!"

Als Leuchtender Stern Otters Worte vor Robert Lawrence wiederholte, widersprach dieser nicht. „Otter und seine Freunde könnten auch all diese Dinge haben, wenn sie nur zuhören und sich verändern würden!"

Der Wendepunkt kam für Leuchtender Stern eines Abends, als Robert und er bei einem Kartenspiel zusammensaßen. Koda sprang plötzlich auf und rannte knurrend zur Tür. Plötzlich wurde diese von einigen Dakota in Kriegsbemalung aufgedrückt, die Leuchtender Stern und Robert nach draußen zerrten. Sie holten seine Ochsen aus der Scheune und schlachteten sie vor ihren Augen sinnlos ab. Dann zündeten sie die Scheune an und schlugen Robert zusammen, nicht ohne ihm die Warnung zuzurufen, er solle zu seinem Volk zurückkehren oder sterben.

Leuchtender Stern ließen sie in Ruhe. „Du hast dich noch nicht von uns abgewendet", zischte ihm einer ins Ohr, während er versuchte, sich aus ihrem Griff zu befreien, um Robert zu helfen. Er wurde niedergeschlagen. „Lass dir das eine Warnung sein!" Dann sprangen sie auf ihre Pferde und galoppierten durch die Nacht davon.

Leuchtender Stern half Robert ins Haus und versorgte seine Wunden. Am nächsten Tag ritt er zum Landagenten und berichtete, was geschehen war. Als er aus der Agentur trat, lehnte Otter an der Wand und wartete auf ihn.

Leuchtender Stern funkelte ihn wütend an.

Otter grinste. „War es die Scheune *deines* Kurzhaar-Freundes, die heute die Nacht erleuchtet hat?"

„Waren es *deine* Freunde, die ihre Tapferkeit bewiesen, indem sie unbewaffnete Männer festhalten und das zerstören, was diese mühsam aufgebaut haben?", gab Leuchtender Stern zurück.

„Kleine Krähe sammelt Krieger um sich. Du bist immer noch willkommen", sagte Otter nur.

Leuchtender Sterns Kiefer mahlten aufeinander. „Ich kann nicht. Ich habe eine Scheune zu bauen." Er ließ Otter stehen und ging zum Sägewerk hinüber. Der Agent hatte ihm einen Wagen und Baumaterial zugesagt.

Als er auf Roberts Farm ankam, nahm dieser gerade die Ochsen aus. „Wir haben genug Fleisch, um ein Festmahl für ein ganzes Dorf zu geben!"

Leuchtender Stern sprang vom Wagen und half ihm. Sie räucherten das Fleisch über dem Feuer und schnitten es in schmale Streifen, die sie trockneten. Völlig erschöpft ließen sie sich anschließend in den Staub sinken.

Leuchtender Stern räusperte sich. „Würdest du morgen mit mir zu dem Landagenten gehen?"

„Warum? Er wird diese Sache nicht verfolgen. Wir haben Holz für eine neue Scheune. Das reicht doch."

„Ich brauche jemanden, der mir hilft, die Papiere auszufüllen und mir zu bescheinigen, dass ich ein guter Indianer bin", sagte Leuchtender Stern. „Dann gibt mir der Agent vielleicht auch ein Stück Land, was meinst du?"

16

Eine tüchtige Frau ist das kostbarste Juwel, das einer finden kann.
Sprichwörter 31,10

„Die Prescotts haben gestern Abend noch einen Botenjungen geschickt", log Ellens Mutter beim Frühstück. „Wenn der Schneefall anhält, sollt ihr kommen und den Tag bei ihnen verbringen. Sie fahren euch in die Schule und Harry – Williams älterer Bruder – holt euch anschließend ab und unternimmt etwas mit euch."

Aaron runzelte die Stirn. William Prescott war nett, aber abgesehen von einer Einladung zu einer Party hatte er bisher nicht viel Interesse an den Missionarskindern aus Minnesota gezeigt. Mit einem Blick zum Zimmer seiner Mutter sagte Aaron: „Heute möchte ich eigentlich nichts unternehmen. Nicht wenn es Mutter nicht gut geht."

Mrs. Leighton tätschelte Aarons Hand. „Unsinn. Eure Mutter sagt auch, ihr sollt euch ein bisschen amüsieren. Und heute Abend könnt ihr ihr dann alles erzählen, was ihr erlebt habt. Sie braucht einfach nur ein bisschen Ruhe." Sie sah Meg an, die an einem Brötchen knabberte. „Ihr seid liebe Kinder, aber Kinder machen nun mal auch immer etwas Lärm, und ein schöner, ruhiger Tag wird ihr gut tun. Der Doktor sagt das auch."

Meg und Aaron tauschten besorgte Blicke aus. „Ich wusste nicht, dass der Arzt schon hier war", sagte Meg und sah Gen an.

Gen, die sich bereits mehrmals mit Mrs. Leighton angelegt hatte, weil diese die Kinder gegen alles „abschirmen" wollte, was mit Ellen geschah, zwang sich zu einem kleinen Lächeln. „Euer Papa achtet eben darauf, dass sie jede Zuwendung bekommt, die nur möglich ist. Wisst ihr noch, wie wir alle ganz still sein mussten, als wir damals Leuchtender Stern gesund gepflegt haben?"

Meg nickte.

„Also, mit eurer Mama ist es genauso. Wir möchten alle, dass es ihr besser geht, und manchmal hilft es Leuten schon, wenn sie sich gut ausruhen können."

Aarons braune Augen waren bewölkt. „Also gut. Wenn es Mama hilft, gehen wir."

„Na, so schlimm ist das doch auch nicht!", versuchte seine Großmutter ihn aufzuheitern. „Ihr könntet Schlittenfahren gehen. Bei Harrys Haus gibt es einen tollen Hügel. Vielleicht ist sogar der Teich zugefroren, dann könnt ihr Schlittschuhlaufen!"

Doch ihr gespielter Enthusiasmus beeindruckte Aaron nicht. Er sah Gen an und stand vom Tisch auf. „Wann kommt Harry?"

„Er wird jeden Moment da sein."

„Na dann", sagte Aaron und hielt seiner Schwester eine Hand hin, „beeilen wir uns besser."

Als die Kinder im Schlitten saßen, wandte sich Aaron noch einmal an Gen, umarmte sie und flüsterte: „Sag Mama, dass wir sie lieb haben!" Seine dunklen Augen sagten: *Ich weiß, was hier läuft*. Gen erwiderte seine Umarmung und sagte leise: „*Wakantanka ape ka wastedaka wo* – Hoffe auf Gott und liebe ihn."

Dieser Abschied war nun mittlerweile Stunden her, viele lange Stunden, die Gen damit verbracht hatte, auf das Murmeln und Ellens Stöhnen aus dem Schlafzimmer der Danes zu lauschen. Auf der anderen Seite der Tür kämpften Mrs. Leighton, der Revernd, Dr. Princeton und seine Hebamme und vor allem Ellen um ein neues Leben. Es war bereits Mittag und die Sonne schmolz die Eiszapfen vor dem Fenster hinweg.

Gen erinnerte sich mit einem Lächeln an die letzten Wochen. Trotz ihrer Schwäche hatte Ellen immer ganz genau wissen wollen, wie es Gen auf Miss Bartletts Schule erging. Auch Meg und Aaron hatte sie immer um sich gehabt. Und den Reverend hatte sie dazu ermutigt, seine Vorträge weiter zu halten.

„Meine Güte, Simon, wir wissen doch beide, dass du keine

gute Krankenschwester abgibst. Geh und mach die Arbeit, die Dr. Riggs dir anvertraut hat", hatte Ellen immer wieder ihren Mann aufgemuntert.

Ellen war furchtbar schwach, trotzdem waren am Valentinstag noch alle guter Hoffnung gewesen. Das Baby sollte im April kommen; das waren nur noch acht Wochen. Vielleicht konnte sie es schaffen. Doch ihre Hoffnungen zerschlugen sich kurze Zeit später, als Ellen eines Morgens mit schrecklichen Schmerzen aufwachte und Simon sofort den Arzt holte.

Gen bemerkte plötzlich die unnatürliche Stille auf der anderen Seite der Tür. Die Angst verknotete ihr den Magen. Dann Stimmengewirr, ein schmerzvolles „Nein!" erscholl und Simon Dane riss die Tür auf und stolperte hinaus. Er sah Gen aus blutunterlaufenen Augen an und murmelte etwas Unverständliches. Doch Gen verstand ihn. Sie waren beide tot. Aaron und Meg würden nicht nur kein kleines Geschwisterchen bekommen, sondern sie hatten nun auch keine Mutter mehr.

Der Reverend polterte die Treppe hinunter und Gen konnte ihn durchs Fenster in den verschneiten Garten hinauslaufen sehen - ohne Hut, ohne Mantel.

Gen ließ sich an der Wand hinuntersinken und saß lange Zeit so da. Dann öffnete sich erneut die Tür; diesmal war es Mrs. Leighton. Sie presste ihre Lippen zusammen und versuchte die Tränen zu unterdrücken, während sie eine Hand nach Gen ausstreckte.

Gen sprang auf und drückte die Hände der älteren Frau. „Sie wollen ...", stammelte Mrs. Leighton, „sie wollen wissen, welches Kleid. Ich glaube ... ich glaube, ich kann nicht ..."

„Ich kümmere mich darum", sagte Gen leise. „Am besten nehmen wir das grüne Kleid."

Mrs. Leighton seufzte erleichtert. „Ja, das ist schön."

Gen sah zur Tür. „Meinen Sie, ich kann jetzt hineingehen?"

In diesem Moment kam die Hebamme heraus, eine kräftige Frau, die handfest, aber auch freundlich wirkte. „Wird es gehen, Mrs. Leighton?", fragte sie besorgt. „Ich gehe schnell zur Apotheke und hole Ihnen etwas, damit Sie sich besser fühlen."

„Jemand muss es den Kindern sagen“, sagte Mrs. Leighton gepresst.

„Ich könnte sie auf dem Rückweg abholen“, bot die Hebamme an.

Mrs. Leighton nickte. „Aber sagen Sie ihnen noch nichts. Das sollte ich wohl tun.“

Die Hebamme machte sich auf den Weg und Gen klopfte leise an die Tür zu Ellens Zimmer. Der Doktor ließ sie hinein und Gen konnte Ellen sehen. Sie lag in einem frisch bezogenen Bett, das goldene Haar über ein verziertes Kopfkissen gebreitet. Neben ihr sah Gen ein kleines Bündel, nicht einmal so groß wie einer der Brotlaibe, die sie täglich aus der Bäckerei geliefert bekamen. Der Anblick des winzigen Gesichtchens, das aussah, als würde das Kind nur schlafen, trieb Gen die Tränen in die Augen.

Es war ein Junge mit dunklen Haaren und einer kleinen Stupsnase. Gen strich ihm sanft über den winzigen Kopf und hatte den Wunsch, eine Totenklage anzustimmen, wie sie sie bei den Dakota gehört hatte.

Ihre Augen wanderten von dem Baby zu Ellens wunderschönem Gesicht, das jede Farbe verloren hatte. Gen streichelte das goldene Haar und dachte an Aaron und Meg und an den Reverend, dessen Reaktion heute Morgen sie alle verblüfft hatte.

„Ich lasse mich nicht aussperren“, hatte er gesagt, als der Arzt ihn aus dem Zimmer schieben wollte.

Er hatte Gen angesehen und gesagt: „Bete, Gen! Wenn du Ellen liebst, dann bete, wie du noch nie zuvor gebetet hast!“ Und dann war er hineingegangen und hatte Ellens Hand genommen. Ellen hatte die Augen geöffnet und gefragt: „Ist das Gen da draußen?“

Gen hatte geantwortet: „Ich bin hier, Ellen. Ich bete für dich!“

Ellen hatte daraufhin erleichtert gelächelt und dann war die nächste Wehe gekommen. Sie hatte die letzten Worte nur noch hervorpressen können, die Gen je von ihr hören sollte: „Kümmere dich um meine Kinder! Bitte!“

„Ja, das tue ich, mach dir keine Sorgen", hatte Gen schnell gesagt.

Reverend Dane war den ganzen Tag bei seiner Frau geblieben. Und er hatte laut gebetet. Diese Gebete waren ganz anders gewesen als die, die er sonst sprach. Hier hatte es keine formale Sprache, keine Verstellung gegeben. Seine Worte waren einfach gewesen und waren von Herzen gekommen und Gen hatte bemerkt, dass sie mehr Kraft hatten und sie mehr bewegten als alles, was sie je gehört hatte.

Während der Tag fortgeschritten war und Ellens Zustand sich verschlechtert hatte, hatte Gen hören können, wie der Reverend versuchte, ein Kirchenlied zu singen. Doch mitten im Refrain hatte Ellen vor Schmerzen aufgeschrien und Simon hatte den Arzt angefahren: „Retten Sie meine Frau, Sie Idiot! Hören Sie mich? Lassen Sie nicht zu, dass dieses Kind meiner Frau das Leben kostet!"

Doch der Arzt hatte seinem Befehl nicht nachkommen können. Das Kind war gestorben und wenig später hatte er auch die Mutter an inneren Blutungen verloren. Die Schlacht war vorüber.

Mutter und Kind lagen da wie schlafend. Gen legte ihre Hand auf Ellens Stirn, dann beugte sie sich vor und küsste die kühle Wange ihrer Freundin. „Wenn es einen Himmel gibt, liebe Ellen, dann bist du jetzt dort. Das weiß ich!"

Der Arzt räusperte sich und Gen verstand. Sie hatte etwas zu tun. Vorsichtig nahm sie das kleine Bündel hoch und legte es in die Wiege, für die Ellen einen neuen Bezug genäht hatte. Dann holte sie das grüne Kleid aus dem Schrank. Mit einem traurigen Lächeln stellte sie fest, dass es nun gar keine Bedeutung mehr hatte, dass Ellens Augen zu dem Grün besonders schön strahlten.

*

Der Bestattungsunternehmer kam und legte Mutter und Kind in einen glänzenden Sarg aus Walnussholz mit weißem Satinfutter. Ein endloser Strom von Trauergästen kam ins Haus, um Ellen die letzte Ehre zu erweisen - entfernte Verwandte, Nachbarn, ehemalige Mitschülerinnen ... sogar Miss Bartlett selbst war gekommen.

Gen beobachtete die seltsam anmutenden Bräuche von ferne. An der Vordertür musste eine schwarze Schleife angebracht werden. Alle Porträts und Spiegel wurden mit dunklen Tüchern verhängt. Die Familie würde auf unabsehbare Zeit Schwarz tragen, nur Meg und Aaron sollten weiße Kleidung anziehen, weil dies die angemessene Farbe für Kinder in Trauer war. Und Mrs. Leighton verhüllte obendrein ihr Gesicht mit einem schwarzen Schleier, sobald sie das Haus verließ.

Der Bestattungsunternehmer schnitt Ellen einige Haarlocken ab, die zu so genannten Trauerbroschen verarbeitet wurden, kleine Glasminiaturen, in denen die Haare kunstvoll arrangiert wurden, sodass sie wie winzige Blumensträuße aussahen. Meg und Aaron bekamen jeweils ein schön gerahmtes Foto ihrer Mutter, ebenfalls mit einer Haarlocke verziert.

Den ganzen Tag stand Reverend Dane neben dem offenen Sarg und wiederholte Sätze wie: „Danke, dass Sie gekommen sind!“ - „Wie freundlich von Ihnen“ - „Danke für Ihr Kommen.“ Er machte einen vollkommen abwesenden Eindruck, sogar gegenüber Aaron und Meg.

Als es endlich vorüber war und Ellen und das Kind beerdigt wurden, blieben die schwarzen Tücher trotzdem überall hängen. Die Bediensteten schlichen auf Zehenspitzen herum, und jede Mahlzeit wurde zu einem stummen Wettkampf, wer am ausdauerndsten schweigen konnte.

Gen verbrachte so viel Zeit wie nur möglich mit Aaron und Meg. Sie gingen spazieren, lasen sich gegenseitig aus Büchern vor und sprachen viel über Ellen und das Baby. Sie weinten zusammen. Doch eines Tages im März musste Meg plötzlich über etwas laut lachen. Entsetzt schlug sie sich mit der Hand vor den Mund und sah Gen schulbewusst an.

Gen lächelte. „Es ist schön, dich mal wieder lachen zu sehen.“

Mrs. Leighton, die Gen gegenüber zuerst recht distanziert gewesen war, baute nun eine engere Beziehung zu ihrem Gast auf. „Sie ist französischer Herkunft, wissen Sie?", hörte Gen sie einmal zu ihren Dinnergästen sagen.

Reverend Dane stürzte sich ganz in seine Arbeit. Einmal war er gleich mehrere Wochen auf Vortragsreise und wenn er nicht unterwegs war, schloss er sich in seinem Arbeitszimmer ein oder ging stundenlang allein spazieren. Mit Aaron und Meg sprach er so gut wie nie und wenn er es einmal tat, dann waren seine Worte so formell, dass es beinahe komisch gewesen wäre, wenn es Aaron und Meg nicht so verletzt hätte.

Obwohl Gen und Mrs. Leighton nie über Simons Verhalten sprachen, war Gen froh, dass Mrs. Leighton ebenfalls viel Zeit mit den Kindern verbrachte, so als ob sie die fehlende Zuneigung des Vaters ausgleichen wollte. Beide Frauen hofften, dass Simons Trauer mit der Zeit abklingen würde und er sich wieder wie ein Vater verhielt. Doch einige Wochen nach Ellens Tod zeigte sich an einer Schüssel Haferflocken, dass ihre Bemühungen wenig Früchte trugen.

Meg starrte auf ihr Frühstück hinab und erklärte recht laut, dass sie Haferflocken hasste und sie nicht essen würde. Als alle Tricks und Bestechungsversuche nichts nützten, verließ Mrs. Leighton ihre bisher engelsgleiche Geduld.

„Margaret Marie Dane", sagte sie streng. „Du wirst an diesem Tisch sitzen bleiben, bis du dein Frühstück gegessen hast." Sie klingelte dem Mädchen und ließ den Tisch bis auf Megs Schüssel abräumen. Als Mrs. Leighton beinahe zur Tür hinaus war, segelte eine Schüssel Haferflocken an ihr vorbei, klatschte gegen die Wand und zerbrach in drei Teile, die mit einem dumpfen Platschen auf dem Perserteppich landeten. Warmer Haferpamps verschandelte nun die Seidentapete und tropfte auf den teuren Teppich.

Gen sprang auf und rief ungläubig: „Miss Meg!"

Mrs. Leighton wirbelte herum. Zwei leuchtend rote Flecken auf ihren Wangen ließen erahnen, dass sie ihren Ärger kaum noch unterdrücken konnte. „Geh auf dein Zimmer. Das Mädchen wird dir neuen Haferbrei bringen. Du wirst so lange in deinem Zimmer bleiben, bis du ihn gegessen hast. Und ich rate dir, dass er nirgendwo anders landet als in deinem Magen!"

Meg brach in Tränen aus und schrie: „Du bist nicht meine Mutter! Du kannst mir gar nichts befehlen! Ich bin die ganze Zeit lieb gewesen und jetzt kann ich nicht mehr. Wenn mein Vater herunterkommt, wird er dir sagen, dass ich keine Haferflocken essen muss." Sie schob den Stuhl quietschend zurück. „Meine Mutter hat mich nie gezwungen, so was zu essen, und du kannst das auch nicht!"

Mrs. Leighton krampfte ihre Hände zusammen und ging auf Meg zu. Aaron trat vor seine Schwester. „Meg hat Recht", sagte er mit kaltem Blick. „Sie mag keine Haferflocken, und Mama hat sie nie dazu gezwungen, sie zu essen." Sein Kinn zitterte leicht, aber er schaffte es, sich zu beherrschen. „Wenn Vater nach unten kommt, wird er das bestätigen."

Die Luft im Raum prickelte vor Spannung, während Mrs. Leighton überlegte, was als Nächstes zu tun war. Gen beobachtete die Szene atemlos.

„Ihr geht auf eure Zimmer, während ich die Angelegenheit mit Miss LaCroix bespreche", sagte Mrs. Leighton schließlich angespannt.

Meg und Aaron verließen Hand in Hand den Raum. Sobald sie außer Sicht waren, ließ sich Mrs. Leighton auf einen Stuhl sinken. „Ich schaffe das nicht!", schluchzte sie in ihr Taschentuch. „Es ist einfach zu viel. Ich kann ihnen nicht Mutter und Vater ersetzen. Ich ... ich ..." Sie atmete tief durch und riss sich zusammen. „Ich weiß, dass du tust, was du kannst, Gen. Das tun wir beide. Aber diese Kinder brauchen ihren Vater. Simon ist noch nie besonders warmherzig gewesen, aber ich hätte nie gedacht, dass er die Kinder so allein lassen würde. Es muss etwas geschehen. Sie sind meine Enkel und ich liebe sie, aber ich kann sie nicht großziehen. Das geht einfach nicht."

Gen nickte mitfühlend und behielt ihre Gedanken für sich. Sie hatte ihre Zweifel, ob der Reverend überhaupt in der Lage war, seinen Kindern ein wirklicher Vater zu sein. „Wir überlegen uns etwas", sagte sie und tätschelte Mrs. Leightons Hand. „Ich ... ich werde mit dem Reverend sprechen."

Fast wünschte sie, Mrs. Leighton würde widersprechen und selbst zu Simon gehen wollen. Doch die ältere Frau sagte nur: „Danke."

Gen ging also zögernd die Treppe hinauf und hielt dann inne. Was sollte sie bloß zu ihm sagen, das irgendetwas verändern würde? Sie musste nachdenken. Vielleicht sollte sie auch beten. Vielleicht hatte Gott ja ein Idee. Zwar hatte Gen keine wirkliche Beziehung zu ihm, aber wenn es um Meg und Aaron ging, würde er sicher zuhören. Zumindest konnte sie es versuchen.

Mrs. Leighton kam mit einem Dienstmädchen und einem Tablett mit Toast, Tee und Megs Lieblingsmarmelade aus der Küche. Sie sah Gen entschuldigend an. „Ich verwöhne sie, aber ..."

„Ich denke, ein bisschen Verwöhnen tut ihnen im Moment ganz gut, Mrs. Leighton", sagte Gen schnell. „Ich mache jetzt einen Spaziergang. Wenn ich zurückkomme, ist mir hoffentlich etwas Hilfreiches eingefallen, was ich dem Reverend sagen kann."

Mrs. Leighton nickte. „Gut, tu das, Liebes. Du kennst ihn so viel besser als ich." Sie folgte dem Mädchen die Stufen hinauf und murmelte dabei: „Haferflocken, also wirklich! Wen interessiert es schon, ob sie Haferbrei isst oder nicht!"

17

Ehre deinen Vater und deine Mutter, damit du lange lebst in dem Land, das der Herr, dein Gott, dir gegeben hat.
Exodus 20,12

Wie die meisten anderen Farmer verlor auch Robert Lawrence im Herbst 1861 seine gesamte Maisernte an einen Schädling, der sich „Schnittwurm“ nannte. Der Winter war hart und wegen der Ernteverluste und der gebrochenen Versprechungen der Regierung brach eine Hungersnot unter den Dakota aus. Während dies noch mehr Unruhe und Aggressionen hervorbrachte, stärkte es jedoch gleichzeitig das Band zwischen den ackerbauenden Dakota und den Missionaren.

Auch Leuchtender Stern und Robert Lawrence wurden über der gemeinsamen Arbeit und den kargen Mahlzeiten gute Freunde. Sie errichteten auf Leuchtender Sterns neu zugeteiltem Land eine einfache Hütte, bevor die Schneestürme kamen. Und eines Tages, kurz nach Weihnachten, hatten sie ein intensives Gespräch über Jesus Christus, nach dem Leuchtender Stern sein Herz für seinen Retter öffnete und für sich den neuen Namen Daniel aussuchte. Und langsam begann er zu hoffen, dass er auch in der Löwengrube ein gutes Leben würde führen können.

Otter bemerkte eine Veränderung bei seinem Freund, konnte sie aber nicht richtig beschreiben. Sie gefiel ihm nicht, doch er sagte nichts ... bis zu jener kalten Nacht im Januar, als er an Leuchtender Sterns Tür klopfte und halb betrunken hineintaumelte. Leuchtender Stern teilte seine kargen Vorräte mit Otter und später erzählte er Otter von seinem neuen Pakt mit Jesus.

„Ich habe mich entschieden, Otter. Ich möchte ein besseres Leben haben und dafür muss ich Ackerbau betreiben. Ich will nicht gegen die Weißen kämpfen. Sie haben mich gerettet, als ich verletzt war, und das, obwohl ich sie hasste. Sie bringen

Worte des Lebens aus dem Buch von Gott. Ich gehöre jetzt auch zu diesem Gott und ich will versuchen, ihm zu gefallen", berichtete er.

Otter regte sich furchtbar über Leuchtender Sterns neu gewählten weißen Namen auf. Doch als Leuchtender Stern daraufhin nur lächelte, stürmte er hinaus.

Im Waschbärmond, den die Weißen Februar nannten, machte sich Robert Lawrence endlich daran, Schnelles Reh zu umwerben. Als er wenig später mit seiner Braut und ihren beiden Kindern zurückkehrte, machten sie Zwischenstation bei Dr. Riggs. Als er schließlich von seiner Reise zurückgekehrt war, berichtete Robert Leuchtender Stern, dass es Himmelsauge gut ging und dass sich Graue Frau im Lager von John Nächster Tag aufhielt. „Aber mit Großer Adler steht es noch genauso schlecht wie immer", schloss er seinen Bericht ab.

*

Die Nacht war eigentlich nicht anders verlaufen als andere auch. Großer Adler ging zu dem Händler Myricks, um Whiskey zu holen, verbrachte den Abend mit Kartenspielen, trank sich halb bewusstlos und taumelte dann nach Hause. Graue Frau hatte sich schon beinahe an diesen Ablauf gewöhnt. Und wenn Leuchtender Stern sich nicht so gut mit den Händlern verstanden hätte, wären sie vermutlich längst verhungert.

Ihr Ehemann lag wie ein Stein neben ihr. Graue Frau seufzte und dachte an die Zeit zurück, als sie noch jung verliebt gewesen waren; die Zeit, bevor die Weißen gekommen waren mit all ihren Verträgen und ihrer Gier nach Land. Großer Adler war ein bewunderter und gefürchteter Krieger gewesen. Sie hatten neben den Sprechenden Wassern gelagert, wo es Wild in Hülle und Fülle gab, und abgesehen von gelegentlichen Raubzügen der Chippewa war ihr Leben friedlich und gut gewesen.

Großer Adler begann zu schnarchen und Graue Frau schlüpfte unter dem Büffelfell hervor, zog sich an und ging hinaus. Es war eine sternenklare Nacht und um sie herum standen ein Dutzend Tipis, die von den Feuern von innen erleuchtet wurden.

Ein Hund bellte und Graue Frau zuckte nervös zusammen. Die jungen Männer im Lager waren sehr reizbar, weil es wieder Gerüchte gab, dass die Zahlungen der Regierung sie nicht erreichen sollten. Niemand konnte den neuen Agenten Galbraith leiden. Graue Frau seufzte. Es waren schwere Zeiten. Die Ernte war verloren und sie litten Hunger. Von Leuchtender Stern hatte sie lange nichts gehört; vielleicht war er tot. Hoffnungslosigkeit machte sich in ihr breit und sie kroch wieder in ihr Tipi zurück.

Auch der Morgen begann wie viele andere. Großer Adler erwachte stöhnend und jammernd, klagte über Kopfschmerzen und wollte etwas zu essen haben. Er schimpfte auf seine Frau, auf den Agenten und auf alles andere, was ihm in den Sinn kam. Dann taumelte er zum Fluss hinunter, um seinen Kopf ins eiskalte Wasser zu halten.

Graue Frau saß vor dem Tipi und genoss die Wärme der Sonne, während sie einen abgewetzten Mokassin flickte.

„Wenn ich an dich denke, sehe ich dich stets genau so vor mir – immer beschäftigt."

Graue Frau sah auf und schirmte ihre Augen vor der blendenden Morgensonne ab. Als sie Leuchtender Stern erkannte, sprang sie freudig auf, umarmte ihn fest und streichelte seine Wange.

„Ich fürchtete, du seist tot! Otter ist nicht zurückgekommen, Roter Donner ist tot ... ich dachte ..."

Leuchtender Stern nahm sie in die Arme. „Ich hätte viel früher zu dir kommen oder dir zumindest eine Nachricht schicken sollen. Aber ich wusste nicht, wo du bist, bis Robert Lawrence es mir sagte."

Graue Frau nickte. „Ich bin dreimal umgezogen auf der Suche nach Orten, an denen Großer Adler keinen Alkohol findet." Sie hob die Schultern. „Aber es ist zwecklos."

Sie setzten sich und Leuchtender Stern erzählte ihr, was er seit seiner Verwundung erlebt hatte – von den Missionaren in

Renville, dem Feuer und von Robert Lawrence und seiner eigenen Veränderung. „Ich heiße jetzt Daniel, *Ina*. Daniel Leuchtender Stern. Und ich habe ein Stück Land in der Nähe von Redwood." Er sah auf seine Hände hinab. „Otter nennt mich Kurzhaar."

Graue Frau schien der Verlust von Otters Zuneigung nicht viel auszumachen. „Und hast du eine Frau gefunden?"

Er schüttelte den Kopf. „Wenn du willst, ist ein Platz für dich in meinem Haus frei."

Graue Frau zögerte. „Großer Adler wird nicht mitkommen."

„Ich spreche mit ihm; vielleicht kommt er dann doch."

Das Zusammentreffen zwischen Großer Adler und seinem Sohn war nicht freudig. Als er hörte, dass Leuchtender Stern sich jetzt Daniel nannte, wurde sein Vater wütend. „Ist dein Dakota-Name nicht mehr gut genug für dich? Dein Vorfahre Leuchtender Stern war ein großer Krieger!"

„Der Daniel der Bibel auch."

Großer Adler schnaubte abfällig. „Mein Sohn nimmt also nicht nur Almosen von den Weißen an, sondern auch noch einen Namen und ihren Gott!" Er schubste Leuchtender Stern unsanft fort. „Er ist nicht mehr mein Sohn."

Leuchtender Stern kam auf ihn zu. „Komm mit mir, Vater. In meinem Haus gibt es Platz für dich."

Großer Adler wirbelte herum. „Aber für dich gibt es keinen Platz mehr in *meinem* Haus! Geh! Nimm die alte Frau mit dir und hau ab! Wenn du die Weißen so sehr liebst, dann geh doch zu ihnen!" Er spuckte vor Leuchtender Stern aus. „Für mich bist du tot." Damit stolperte er davon.

„Du kannst ihn nicht verändern", sagte Graue Frau sanft.

Leuchtender Stern sah sie an. „Kommst *du* denn mit mir, *Ina*? Wirst du mich für dich sorgen lassen?"

Sie lächelte. „Ich denke, dass ich noch eine Weile für dich sorgen werde, mein Sohn. Wenn du keine Frau hast, wer kocht dann für dich? Wer flickt deine Mokassins?" Sie deutete auf Leuchtender Sterns Füße, die trotz der Kleidung der Weißen noch in Mokassins steckten.

Er grinste nur und zuckte die Achseln.

Innerhalb kürzester Zeit war Graue Fraus Tipi abgebaut und ihre Habe auf ein Travois hinter ihrem alten Pony geladen. Leuchtender Stern überredete sie dazu, auf seinem Pferd zu reiten, während er das Pony führte. Und so kam es, dass neben Leuchtender Sterns Haus bald ein Tipi stand. Graue Frau war wieder in der Nähe ihrer Freundin Schnelles Reh und Großer Adler, der nicht zuhören und nicht mitkommen wollte, trank weiter viel zu viel, sodass er eines Abends bewusstlos in den Fluss fiel und ertrank.

*

Im Mond, in dem die Gänse brüten, gingen Robert Lawrence und Daniel Leuchtender Stern über Roberts Felder und planten ihre Bestellung. Als sie zum Haus zurückkamen, rannte ein Kind hinter Roberts neuer Scheune hervor und umklammerte Daniels Beine. Lachend hob Daniel die Kleine hoch.

„Wo ist Koda?", wollte sie wissen.

Daniel pfiff kurz und Koda eilte herbei. Er setzte sich vor seinen Herrn und leckte an den nackten Zehen des kleinen Mädchens. Die Kleine kreischte vor Vergnügen und sprang von Daniels Arm, um den Hund zu umarmen. Vor dem Haus wartete Schnelles Reh, die sich selbst mittlerweile den Namen Nancy gegeben hatte, mit dem Essen und lud Daniel ein, sich ebenfalls mit zu Tisch zu setzen.

Erst als er ins Haus trat, bemerkte Daniel, dass noch weitere Gäste anwesend waren. Graue Frau saß mit einem unschuldigen Lächeln am Tisch, neben ihr eine hübsche junge Dakota, die Daniel bereits in der Kirche gesehen hatte.

„Ich habe Rebecca zum Essen eingeladen", erklärte Graue Frau überflüssigerweise. „Sie möchte lernen, wie man traditionelle Perlenstickereien anfertigt und wir werden nach dem Essen ein wenig zusammen handarbeiten." Sie zupfte an Leuchtender Sterns Halskette. „Nimm die doch mal ab und zeig ihr, wie du sie gemacht hast."

Daniel nahm seine Halskette ab und reichte sie dem Mädchen, das sanft errötete.

Nach dem Essen gingen Daniel und Robert nach draußen und spannten die Pferde an, um mit ihnen zum Schmied zu fahren. Plötzlich brach Robert in Gelächter aus. „*Sie möchte lernen, wie man traditionelle Perlenstickereien anfertigt*! Ha! *Daniel, zeig ihr deine Halskette*!" Er schüttelte sich vor Lachen, bis sie beim Schmied angekommen waren.

Daniel grinste achselzuckend. „Du weißt doch, wie Mütter sind. Oder hat man dich unter einem Stein gefunden?"

„Ich hatte eine Mutter. Aber zum Glück durfte ich mir meine Frau selbst aussuchen."

Daniel nickte. „Das werde ich auch tun!"

18

Hab Erbarmen, Herr,
ich weiß nicht mehr weiter!
Meine Augen sind müde vom
Weinen, ich bin völlig am Ende.
Psalm 31,10

Gen ging langsam zum Friedhof. Der Frühlingsregen hatte die letzten Schneereste weggespült und das Kopfsteinpflaster rein gewaschen. Aus einer Nebenstraße konnte sie das rhythmische Marschieren eines Trupps Soldaten hören. Sie hielt an und sah ihnen zu, wie sie um die Ecke bogen. Sie war unter Kriegern aufgewachsen, doch die meisten Weißen, die sie bisher kennen gelernt hatte, waren friedfertige Missionare gewesen. Es war ein richtiger Schock gewesen, als sie bemerkte, dass der Krieg die Weißen in ihrem Verhalten noch viel mehr bestimmte als die Dakota. Hier im Osten war der Krieg ein ständiges Gesprächsthema. Selbst bei Ellens Beerdigung hatten die meisten Männer blaue Uniformen getragen. Immer mehr Truppen bewegten sich durch die Straßen. Gen seufzte.

Als die vertraute Friedhofsmauer in Sicht kam, beschloss sie, Ellens Grab einen Besuch abzustatten. Ihre Mutter hatte ihr einmal erzählt, dass der Geist eines Verstorbenen über seinem Grab bleibt, bis er nicht länger gebraucht wird. Und es konnte wirklich nicht schaden, in Bezug auf den Reverend Ellens Hilfe zu bekommen.

Als sie in die Nähe des Grabes kam, hörte sie jemanden bitterlich weinen. Einen Mann. Sie überlegte, umzukehren und ihn in seiner Trauer allein zu lassen. Doch dann erkannte sie den Rücken des Reverend vor Ellens noch immer frischem Grab.

Er schluchzte: „Kannst du mir vergeben, Ellen? Ich ... ich wusste nicht, wie sehr ... ich wusste einfach nicht ... Gott im Himmel, sag ihr, dass ich sie so sehr geliebt habe!" Seine Schultern bebten und er kniete sich vor den schlichten Grabstein.

Mit den Fingern fuhr er die Buchstaben darauf nach und lehnte dann erschöpft seinen Kopf dagegen.

Gen schluckte schwer und kam dann näher. Das musste wohl die Gelegenheit sein, um mit ihm zu sprechen. Hoffentlich half Gott ihr irgendwie, denn sie hatte keine Ahnung, was sie sagen sollte! Als sie Ellens Grab erreicht hatte, ließ sie sich neben dem Reverend auf dem Boden nieder und legte ihm eine Hand auf die Schulter.

„Geh weg!", stieß er bitter hervor. „Wer auch immer du bist, geh weg und lass mich in Frieden."

Gen schluckte wieder. „Aber ... Reverend ... Sie haben doch gar keinen Frieden. Und ich gehe nicht weg. Nicht ehe wir miteinander geredet haben."

Eine Ewigkeit schien zu vergehen, bevor er sagte: „Ich bin ohne sie völlig nutzlos." Er lachte verzweifelt. „Mir war nicht klar, wie sehr ich sie brauche - bis es zu spät war." Er unterdrückte ein Schluchzen und murmelte: „Eigentlich sollten wir unsere Lieben gerne Gott übergeben. Warum bin ich nur so irdisch gesonnen? Und so schwach?"

Gen sah ihn verwundert an. „Ich glaube nicht, dass das Schwäche ist, Reverend. Ich würde es einfach Menschlichkeit nennen." Sie machte eine Pause und biss sich auf die Lippen. „Mein Vater war der stärkste Mensch, den ich kannte. Als meine Mutter starb, verbarg er seinen Schmerz vor mir, um mich nicht zu belasten. Und ich machte es ebenso. Dadurch wurde es für uns beide nur schlimmer. Doch in der Nacht, als er mich endlich in die Arme nahm und wir gemeinsam weinten, wurde es besser. Wir kamen uns näher und brauchten uns noch viel mehr."

Der Reverend sah Gen an und in seinen Augen stand ein solcher Schmerz, dass Gen ihn am liebsten in die Arme genommen hätte. Doch sie konzentrierte sich auf Meg und Aaron. „Ihre Kinder brauchen Sie, Reverend Dane."

Er schüttelte den Kopf. „Ich kann ihnen nichts geben. Ich habe mich selbst ja kaum unter Kontrolle."

„Teilen Sie Ihre Trauer mit ihnen!"

„Aber es wird ihnen Angst einjagen, wenn sie denken, dass ihr Vater die Kontrolle über sich verloren hat!"

Gen schüttelte den Kopf. „Nein. Es jagt ihnen Angst ein, dass sie denken, sie wären ihrem Vater vollkommen egal. Sie haben schon ihre Mutter verloren, und ihr Vater tut nun so, als würde es sie gar nicht geben. Was könnte ein Kind denn noch mehr verängstigen?"

Er sah zu Boden und hob ein Blatt auf. „Ich habe einmal über Blätter gepredigt. Es war eine meine besseren Predigten. Es ging darum, dass diese prächtigen Farben erst durch den Sterbeprozess der Blätter entstehen und dass das geistliche Leben vervollkommnet wird, indem wir immer mehr uns selbst sterben. Ich hatte auch einige gute Beispiele dafür, wie der Opfertod einiger Menschen Schönheit im Leben anderer hervorbrachte. Die Predigt war recht dramatisch." Er machte eine Pause. „Und völlig bedeutungslos. Ich hatte keine Ahnung, von was ich da redete. Kein Wunder, dass die Dakota mich hassten! Selbst Wilde merken, wenn sie leeren Worten zuhören."

„Dann tun Sie etwas, um Ihren Worten Leben zu verleihen! Finden Sie einen Weg, wie Ellens Tod mehr bedeuten kann als nur Trauer und Schmerz!"

Er schüttelte traurig den Kopf. „Ich wüsste nicht, wie ich das anfangen sollte."

„Beginnen Sie bei Aaron und Meg", sagte Gen schnell. *„Lieben* Sie sie einfach, Reverend!"

Ein Hoffnungsfunke glomm in seinen Augen auf. „Meinst du, sie können mir vergeben?"

„Sie werden sich Ihnen in die Arme werfen und Sie mit ihrer Freude überwältigen."

Er seufzte. „Meg hat Ellens Augen, findest du nicht auch?"

„Ja, das stimmt."

Er atmete tief durch. „Das macht es ... nicht einfacher."

Gen nickte. „Ich weiß. Mein Vater hat das auch gesagt nach dem Tod meiner Mutter. Jedes Mal, wenn er mich ansah, hat er an sie denken müssen. Aber nach einer Weile, so sagte er häufig, hatte er dadurch das Gefühl, sie doch nicht ganz verloren zu haben."

Der Reverend seufzte erneut. „Als du deinen Vater weinen sahst – hast du ihn denn da nicht verachtet? Weil er schwach war?"

Gen schüttelte den Kopf. „Es hat uns näher zusammengebracht. Ich konnte sehen, dass auch er litt und da habe ich ihn noch mehr geliebt."

Er sah sie mit neuem Verständnis an. „Als dein Vater starb ... oh bitte, es tut mir Leid, dass ich so gefühllos war. Ich habe Jahre meines Lebens damit verschwendet, Menschen dienen zu wollen, ohne mich für sie zu interessieren. Dr. Riggs hat versucht, mir das begreiflich zu machen. Aber ich habe es nicht verstanden." Er schüttelte traurig den Kopf. „Ich habe nicht begriffen, dass der Hirte seine Schafe lieben muss, sonst ist sein Dienst wertlos. Ich bin ein tönendes Erz und eine klingende Schelle gewesen. Und als Ehemann war ich in vieler Hinsicht ein ebensolcher Versager. Und nun lasse ich auch noch Ellens und meine Kinder im Stich!" Er seufzte. „Ich muss das ändern; das bin ich Ellen schuldig!"

Er wischte sich das Gesicht mit einem Tuch ab und stand auf. Dann bot er Ellen eine Hand, zog sie hoch und zusammen verließen sie den Friedhof. Sie waren beinahe am Haus der Leightons angekommen, als der Reverend fragte: „Was hat dich eigentlich dazu bewegt, mir nachzugehen? Oder war diese Begegnung ein himmlischer Zufall?"

„Haferbrei", antwortete Gen. „Es gab heute früh einen Eklat, weil Meg ihren Haferbrei nicht essen wollte."

Er sah sie verständnislos an. „Meg hasst Haferbrei. Ellen hat sie nie gezwungen, welchen zu essen."

„Genau das hat Meg auch gesagt – bevor sie mit der Schüssel nach ihrer Großmutter warf ..."

Der Reverend hielt erstaunt an. „Das hat sie getan?"

Gen nickte. „Und dann hat sie geschrien, dass ihr Vater sie verteidigen würde." Sie berichtete ihm kurz von den Ereignissen am Morgen.

Als sie ins Haus gingen, wandte der Reverend sich noch einmal an Gen. „Danke, dass du so offen mit mir gesprochen hast. Es wird nicht einfach sein, lebenslange Gewohnheiten zu verändern ..."

Gen lächelte. „Meg und Aaron werden Ihnen dabei helfen. Wahrscheinlich ist es einfacher, als Sie denken."

19

Ich will dich unterweisen
und dir den Weg zeigen,
den du gehen sollst.
Psalm 32,8

„Es funktioniert nicht“, sagte Reverend Riggs eines Morgens.

Meg und Aaron waren gerade zur Schule aufgebrochen und nachdem sie sich höflich von ihm verabschiedet hatten, war der Reverend wieder in den Frühstücksraum zurückgekommen. Er fuhr sich mit der Hand durch das schüttere Haar und seufzte. „Sie glauben nicht an meine Veränderung. Und ich kann es ihnen nicht verdenken. Ich bin ungeschickt und steif mit ihnen.“ Er sah Gen und Mrs. Leighton an. „Ich liebe sie, aber ich weiß nicht, wie ich es ihnen zeigen soll. Wir haben uns einander so sehr entfremdet ... ich weiß nicht, wie diese Barrieren jemals abgebaut werden können.“

Mrs. Leighton tätschelte seine Schulter. „Gib euch Zeit, Simon. Es gibt kein Kind, das Liebe auf die Dauer widerstehen kann. Liebe sie einfach und mit der Zeit wirst du besser darin werden.“

Reverend Dane machte also weiter mit seinen ungeschliffenen Liebesbeweisen. Eines Samstagsmorgens kam er die Treppe hinunter und erblickte Meg und Aaron, die sich im Garten über etwas beugten. Er ging zur Hintertür und rief: „Was gibt es denn da Interessantes zu sehen?“

Aaron sah ihn mit seinem üblichen misstrauischen Blick an, der besagte: *Wann hört er endlich auf, so seltsam freundlich zu tun?*

„Nichts, Vater“, sagte er. „Wir sehen nur einer Spinne zu.“

„Was ist es denn für eine Sorte Spinne?“

„Keine Ahnung“, sagte Aaron.

„Auf jeden Fall eine sehr große“, meinte Meg und lächelte ihren Vater an. Sie deutete auf eine dicke, schwarz-orangefarbene Spinne, die zwischen zwei Rosenbüschen in ihrem Netz hing.

„Das ist eine *argiope aurantia*", sagte der Reverend und hockte sich zu seinen Kindern. „Eine orange Gartenspinne."

Meg verlor die Balance und fiel gegen ihren Vater. Der geriet ebenfalls aus dem Gleichgewicht und beide fielen rückwärts in eine Schlammpfütze.

Meg riss entsetzt die Augen auf und sprang hoch. „Es ... es tut mir Leid, Vater!", stieß sie hervor. „Ich ... ich ..."

Der Reverend lächelte nur und wischte sich den Schmutz vom Hosenboden. „Ist mit dir alles in Ordnung, Meg? Hast du dir wehgetan?"

Meg schüttelte den Kopf.

„Sieh mal, da ist noch eine!", sagte der Reverend und deutete auf eine weitere Spinne. Er setzte sich einfach auf den Gartenweg und bedeutete Aaron, sich neben ihn zu setzen. „Komm her, ich will dir etwas sagen. Dir auch, Meg." Die Kinder setzten sich mit artig gefalteten Händen zu ihm.

Der Reverend zögerte. Das hier war nicht gut. Sie saßen da wie Hofdiener, die auf die Befehle ihres Herrn warteten. Aber egal, er würde weitermachen.

„Als ich in deinem Alter war, Aaron", begann er, „gab es in meiner Schule einen Jungen namens William. Ich hasste ihn. Er machte sich immer über meine Brille lustig oder über meinen langen Hals oder meine großen Ohren. Doch ich kannte sein Geheimnis: Er hatte schreckliche Angst vor Spinnen! Eines Tages entdeckte ich eine große Spinne so wie diese hier am Zaun des Schulhofs." Er lächelte. „Ich ließ sie an meiner Hand hochkrabbeln und nahm sie mit ins Klassenzimmer."

Meg schauderte.

„Und du hast sie in Williams Pult getan!", vermutete Aaron. Dann schien er seine vorlaute Bemerkung zu bereuen und fügte ein schüchternes: „Stimmt's?" hinzu.

Der Reverend nickte. „Genau!"

„Und was passierte dann?", wollte Meg wissen.

„Als William sein Pult öffnete, um das Geografiebuch herauszuholen, sah er die Spinne. Er schrie laut auf und rannte aus dem Zimmer. Ich rettete die Spinne und warf sie aus dem

Fenster und da wusste der Lehrer natürlich sofort Bescheid." Der Reverend grinste. „Ziemlich dumm von mir."

„Bist du bestraft worden?", fragte Aaron atemlos.

Simon nickte. „Ich erhielt die schlimmste Tracht Prügel meines Lebens. Und zu Hause verhaute mich mein Vater auch noch mal. Ich musste ohne Abendessen zu Bett gehen und bekam eine Woche Hausarrest."

Aaron grinste. „Und, war es das wert?"

Der Reverend nickte. „Ja, das war es." Er stieß Aaron spielerisch an. „Aber nimm das bloß nicht als Ausrede, um jemandem eine Spinne ins Pult zu setzen!"

Aaron wehrte seinen Vater ab und sie fingen eine kleine Kabbelei an. Danach galoppierte er mit Meg auf dem Rücken durch den Garten.

Mit der Zeit fiel es Simon immer leichter, dem Charme seiner Tochter und der Zuneigung seines Sohnes zu erliegen. Er sah Ellen in ihnen beiden und obwohl es auch Schmerz brachte, erfreute es ihn letztlich. Eine Saat war gesät worden und mit der Zeit konnte selbst die tönende Schelle und das klingende Erz des Reverend Dane zu einer liebevollen Vaterschaft umgewandelt werden. Und irgendwann vielleicht auch zu einem wahren Hirtendienst. Noch sprach er extrem formell mit Erwachsenen und fremden Menschen gegenüber war er sehr zurückhaltend. Auch die Bediensteten sprach er noch immer von oben herab an. Doch in seinen Augen lag eine neue Lebendigkeit und seine Begrüßungen und Fragen waren von einer neuen Wärme erfüllt. Die Erwärmung des Reverend Simon Dane war in vollem Gange.

Hazelwood, 1. Mai 1862

Lieber Bruder,

ich muss dir leider mitteilen, dass unsere lieben Dakota-Freunde es sehr schwer haben. Die Ernte ist beinahe ganz vernichtet und wenn es nicht die Agentur gäbe und alle miteinander teilten, wäre die Hungersnot noch viel größer. Dank sei Gott, der seine Arbeiter auch in größter Not nicht im Stich lässt!

Die Feindseligkeiten zwischen den sesshaften Indianern und den anderen sind schlimmer geworden. Eine Gruppe der Blanket-Dakota haben Robert und Leuchtender Stern überfallen. Die Briganten töteten die Ochsen von Robert und brannten seine Scheune nieder, aber Gott sei Dank wurde niemand verletzt. Dieses Ereignis scheint jedoch ein Wendepunkt für Leuchtender Stern gewesen zu sein. Er half Robert dabei, eine neue Scheune zu bauen, und dann überraschte er uns alle damit, dass er sich ein Stück Land neben dem von Robert zuteilen ließ. Seine Mutter Graue Frau lebt nun dort mit ihm und wir sind dankbar, dass er sich zu unserem guten Gott bekehrt und den Namen Daniel angenommen hat.

Die Unruhe unter den Blanket-Indianern wächst. Der neue Regierungsagent Thomas Galbraith ist ein Teil des Problems. Er tut wenig, um das Vertrauen der Dakota zu stärken.

Während der Bürgerkrieg weitergeht, spüren sogar wir hier im Westen immer deutlicher seine Auswirkungen. Auch die Dakota haben bemerkt, dass unsere Männer alle in den Kampf nach Süden gezogen sind und dass die Farmen ungeschützt sind. Da ist es umso schlimmer, dass es Gerüchte gibt, nach denen die jährlichen Pachtzahlungen auch diesmal ausgesetzt werden sollen. Sollte dies tatsächlich geschehen, könnte es tragische Folgen haben.

Du hast uns mit deinen Vorträgen im Osten sehr geholfen,

denn wir haben hier viele Tausende hungriger Dakota, die Hilfe brauchen. Eure Spenden und Lebensmittelsendungen sind eine wunderbare Analogie für das Brot des Lebens, das Jesus gibt.

Wir freuen uns über jeden kleinen Sieg. Eine kleine Gemeinde wird dich bei deiner Rückkehr in Cloudman's Village erwarten und auch ein Haus wird dann für euch bereitstehen. Die Leute wollen als Nächstes eine Kapelle errichten.

Miss Jane fragt nach Miss LaCroix, deren Hilfe als Lehrerin hier sehr willkommen wäre. Ich möchte dich aber bitten, ihre Hingabe an Christus zu überprüfen, denn wie du weißt, ist sonst ihr Nutzen in unserer Arbeit sehr begrenzt.

Deine Briefe erwärmen unsere Herzen und wir freuen uns auf eure Rückkehr. Wir sind froh, dass der Herr auch Ellens Verlust in deinem Leben zum Segen werden ließ.

Was deine Sorge angeht, die Rückreise allein mit den Kindern und Miss LaCroix anzutreten: Ich habe arrangiert, dass ihr mit einer Gruppe von unserer Organisation reisen könnt. Reverend Samuel Whitney wird sich bald mit dir in Verbindung setzen. Er ist ein lieber Bruder im Herrn und wird dir ein weiser Begleiter sein. Seine Frau Nina ist mit dir zur Schule gegangen und wird sich gern um Miss LaCroix kümmern.

Ich werde in Alton zu euch stoßen, wo ich Geschäfte zu erledigen habe. Ich freue mich schon, dich zu sehen.

Mit dir im Dienst der Ewigkeit

Stephen Riggs

„Es gibt Neuigkeiten aus Minnesota!", sagte Simon beim Frühstück und las Dr. Riggs Brief laut vor. Die Kommentare zu den Unruhen ließ er allerdings weg.

Am anderen Ende des Tisches tupfte sich Mrs. Leighton mit einem Spitzentaschentuch die Tränen ab. „Ihr müsst mir versprechen, eurer alten Großmutter zu schreiben", schniefte sie an Aaron und Meg gerichtet.

Meg runzelte die Stirn. „Ich kann aber noch nicht so gut schreiben, Großmama."

„Das ist schon in Ordnung", meinte Aaron. „Du sagst mir einfach, was du Großmama mitteilen willst, und ich schreibe es auf. Und Gen kann es korrigieren." Er sah zu Gen. „Stimmt doch, oder, Gen? Gen?!"

Gen schrak zusammen. „Oh, ja natürlich, Aaron." Sie lächelte Mrs. Leighton an. „Ich werde darauf achten." *Worauf auch immer*. „Lass uns später darüber reden, Aaron. Iss jetzt dein Frühstück."

„Habe ich doch schon", sagte er ungeduldig.

Gen sah auf seinen leeren Teller. „Umso besser. Dann macht euch jetzt bitte fertig für die Kirche."

„Aber wir sind doch schon fertig", sagte Meg und schaute verwirrt drein. „Du hast uns doch geholfen!"

„Aber eure Bibeln habt ihr noch nicht geholt", sagte Simon. „Ich möchte gern ein paar Verse mit euch lesen, bevor wir aufbrechen."

Aaron begann zu protestieren, aber etwas in den Augen seines Vaters ließ ihn innehalten. Er stand auf und ging mit Meg nach oben.

Simon runzelte die Stirn. Er hatte nicht erwartet, dass Dr. Riggs Bericht über Leuchtender Sterns Wandlung Gen derartig stark irritieren würde. Vielleicht war sie auch einfach nur aufgeregt, dass sie nach Monaten nun endlich wieder nach Hause fahren würden. Er stellte seine Tasse ab und sagte sanft: „Du hast noch gar nichts gegessen, Geneviève. Fühlst du dich denn nicht wohl?"

Gen errötete heftig. „Doch, doch. Ich bin nur ... aufgeregt. Wegen dem Brief. Endlich geht es nach Hause!" Sie atmete tief durch und sah Mrs. Leighton entschuldigend an. „Bitte denken Sie nicht, ich sei undankbar, Mrs. Leighton. Sie waren sehr nett zu mir. Es ist nur ..."

Mrs. Leighton winkte ab. „Mach dir keine Gedanken, Geneviève. Die Bindung an die Heimat ist nun einmal die stärkste der Welt. Ich verstehe vollkommen, glaub mir." Sie tätschelte

Gens Hand. „Du wirst mir fehlen." Ihr Kinn zitterte, als ihr Blick zu Ellens leerem Platz wanderte. „Ihr alle werdet mir fehlen. Aber ich hoffe und erwarte, dass ihr bald wieder kommt. Vielleicht, wenn Aaron und Meg auf die höhere Schule kommen. Hast du diesbezüglich schon Erkundigungen eingezogen, Simon?"

Simon lächelte seine Schwiegermutter voller Wärme an. „Ja, und es sieht gut aus. Ich möchte dir für deine Großzügigkeit danken, Mutter."

Aaron und Meg kamen mit ihren Bibeln zurück.

„Ich ... ich muss mir noch das Haar aufstecken", murmelte Gen plötzlich und eilte hinaus. Sie rannte auf ihr Zimmer und sah sich im Spiegel an. *Himmelsauge ...* Nachdenklich zog sie Leuchtender Sterns Kette unter ihrem Blusenkragen hervor und betastete das Metallkreuz daran. *Daniel Leuchtender Stern.* Sie flüsterte den Namen mehrmals und beschloss, dass er gut klang. Gen war klar, dass Simon nicht den kompletten Brief vorgelesen hatte. Sie fragte sich, ob noch mehr über Leuchtender Stern darin gestanden hatte, ob er vielleicht etwas für sie Entscheidendes ausgelassen hatte. Außer einem sehr formellen Beileidsschreiben an den Reverend nach Ellens Tod hatte Gen nichts von Leuchtender Stern gehört. Natürlich wäre es unpassend gewesen, wenn er ihr direkt geschrieben hätte; das hatte ihm Robert Lawrence sicher gesagt. Trotzdem ... Gen wünschte, sie hätte mehr erfahren.

Sie hatte öfter an Leuchtender Stern gedacht, als sie zugeben wollte. Sie sah ihn deutlich vor sich mit seinem langen, glänzenden Haar, dem leicht geschwungenen Mund und den freundlich strahlenden Augen. Er bewegte sich leichtfüßig und elegant und bei aller Kraft war er sanftmütig. Wenn es stimmte, dass er jetzt Ackerbau betreiben wollte, dann hatte er den Zorn des Kriegers in sich besiegt.

„Gen?" Aaron klopfte an der Tür. „Wir wollen aufbrechen."

Gen stand auf, stopfte die Halskette wieder zurück in ihren Kragen, nahm ihre Bibel und eilte die Treppe hinunter. Sie hatte bei Miss Bartlett gelernt, wie man damenhaft Tee eingoss und einen Tisch deckte, doch als sie die Stufen hinunterrannte, war ihr klar, dass sie im Grunde nirgendwo anders hingehörte als in die Prärie.

Er hat eine Farm. Er hat ein Haus. Ob er wohl auch eine Frau hat?

20

Setzt euch darum mit Herz und Hand dafür ein, dem Herrn, eurem Gott, zu gehorchen!

1 Chronik 22,19

„Wir hatten gehofft, dass sich mit der neuen Regierung die Dinge bessern würden, aber seit Präsident Lincolns Wahl hat sich die Lage eher verschlechtert."

Der Missionar Amos Hendricks saß mit Simon an Deck des Dampfschiffs *Annabelle*, das in St. Louis Passagiere für die Reise nach Norden aufnahm. Er schüttelte traurig den Kopf. „Wie Sie ja von Dr. Riggs gehört haben, war die Ernte letzten Herbst beinahe gleich null. Und noch immer weigert sich dieser Galbraith, die Vorratsschuppen zu öffnen und Lebensmittel auszugeben, bis die Zahlungen im Juli eintreffen." Er zuckte die Achseln. „Der Kongress scheint die Dringlichkeit der Lage nicht zu verstehen. Wahrscheinlich liegt es an diesem elenden Krieg."

Simon sagte: „Aber irgendjemanden in Washington muss man doch davon überzeugen können, wie verzweifelt die Lage ist!"

Amos hob erneut die Schultern. „Sie wissen es, aber es scheint sie nicht zu interessieren. Tausende haben mittlerweile keine andere Möglichkeit mehr als zu betteln oder zu stehlen. Und das Wissen, dass fast alle Männer in den Süden in den Krieg gezogen sind, hat die Idee angestachelt, einfach die Lagerhäuser aufzubrechen."

Gen kam mit Aaron und Meg auf sie zu. Amos sprang auf, verbeugte sich und bedeutete Gen dann, seinen Stuhl zu nehmen.

„Danke, Mr. Hendricks", sagte sie, „aber Meg und Aaron haben noch ein paar Aufgaben zu erledigen." Sie sah Simon fragend an. „Gibt es Grund zur Hoffnung, dass wir heute endlich ablegen?"

Er schüttelte den Kopf. „Vielleicht morgen."

Sie seufzte und Simon versuchte sie aufzuheitern: „Wir könnten heute Abend einen Spaziergang durch den Hafen machen."

„Vielleicht", sagte Gen halbherzig und machte sich mit den Kindern auf den Weg zurück zu ihrer Kajüte.

Amos nahm das Gespräch wieder auf: „Dieser Daniel Leuchtender Stern ..."

Bei der Erwähnung dieses Namens hielt Gen abrupt inne. Sie tat so, als hätte sie etwas fallen lassen, doch für Simon war es offensichtlich, was sie eigentlich bezweckte. Es überraschte ihn, wie sehr ihr Interesse an Leuchtender Stern ihn störte; daher zwang er sich, auf Hendricks Worte zu lauschen.

„... und einige andere bilden eine wirklich verlässliche Gruppe von Freunden unter den Dakota. Ich bin sicher, dass sie es uns wissen lassen würden, wenn ein konkreter Angriff geplant wäre. Im größten Notfall könnten wir die Frauen und Kinder immer noch nach Fort Ridgely schicken. Ich würde mir keine allzu großen Sorgen machen, Reverend Dane."

*

Als sie endlich in Alton, Illinois, ankamen, waren sie zu Gast bei der Dakota-Mission, die in einem großen Backsteinhaus am Mississippi beherbergt war.

Gen saß auf der Veranda und fächelte sich Luft zu, als Nina sich neben sie setzte. „Limonade?", fragte sie und drückte Gen einfach ein Glas in die Hand. Ihr eigenes hielt sie sich zur Kühlung an die Stirn. „Ich weiß, er sieht so aus wie Simon Dane", sagte sie zusammenhangslos, „aber verhält sich eindeutig ganz anders. Wer ist er bloß?"

Gen runzelte verwirrt die Stirn. „Ich fürchte, ich verstehe nicht, was Sie meinen."

„Natürlich!", sagte Nina ungeduldig. „Dieser Reverend Dane, der Meg Geschichten vorliest und mit Aaron Fangen spielt, hat eindeutig nichts mit dem Simon gemeinsam, den ich aus der Schulzeit kenne."

Gen hob die Augenbrauen. „Sie kannten ihn?“

Nina nickte. „Das dachte ich jedenfalls. Er war ein Langweiler. Nicht besonders herausragend intelligent, streitsüchtig und übertrieben religiös. Niemand konnte ihn leiden und niemand konnte verstehen, warum ausgerechnet Ellen Leighton ihn heiratete. Es haben wohl nie zwei Menschen weniger zusammengepasst als diese beiden. Was ist mit ihm passiert?“

Gen schüttelte den Kopf. Nina Whitney musste wohl eine der irritierendsten Personen der Welt sein. Sie hatte blondes Haar, das immer perfekt lag, und eine melodiöse Stimme, die alle Männer begeisterte. Ihre kleinen, dunklen Augen sprühten vor Energie und nahmen alles wahr, was um sie herum geschah. Sie beobachtete Menschen sehr genau und hatte die beunruhigende Fähigkeit, auch unterschwellige Stimmungen wahrzunehmen. Wenn sie Wert auf Geschwätz und Klatsch gelegt hätte, wäre Nina Whitney der Mittelpunkt jeder Party gewesen. Doch sie war irritierend taktvoll. Nichts entmutigte sie. Nichts machte ihr große Sorgen. Als sie in St. Louis festsaßen, zitierte sie Bibelverse, in denen es darum ging, dass Gott alle Umstände zu unserem Besten benutzt. Als sie endlich in Alton ankamen und Dr. Riggs noch nicht da war, hatte sie das einfach hingenommen und noch mehr Bibelverse zitiert. Als Dr. Riggs dann endlich mit zwei Wochen Verspätung in Alton eingetroffen war, hatte sie ihn so begrüßt, als käme er gerade richtig. Sie war so unverwüstlich fröhlich, dass Gen sie am liebsten gewürgt hätte.

Beklagte sie sich jemals über die drückende Hitze, die sie dazu trieb, im Garten zu schlafen? Machte es ihr etwas aus, von Moskitos in Kolibri-Größe umschwirrt zu werden? Beschwerte sie sich, als das Dampfschiff wochenlang nicht weiterkam, weil aufgrund der Dürre der Wasserspiegel im Fluss zu tief gesunken war und die Gefahr bestand, auf Sandbänke aufzulaufen? Nein, nicht Nina! Gen lebte jetzt seit zwei Jahren bei Missionaren und ihr war klar, dass sie ihre Religion sehr ernst nahmen. Aber als Nina Gen erzählte, dass sie darum betete, dass Gott die Sandbänke beiseite schaffte, hätte Gen beinahe laut gelacht. Das war dann doch eher lächerlich – und sie nannte Simon „übertrieben religiös"?

Gen lächelte höflich und ignorierte Ninas Frage. Sie fischte den kostbaren Eiswürfel aus ihrer Limonade und kühlte sich damit den Nacken.

„Habe ich etwas Amüsantes gesagt?", fragte Nina.

Gen schüttelte den Kopf. „Nicht direkt. Es kommt mir nur seltsam vor, dass Sie – eine Frau, die Gott darum bittet, Sandbänke zu verschieben –, jemand anderen übertrieben religiös nennen."

Nina sagte so lange nichts, dass Gen sich bereits der Hoffnung hingab, sie zum Schweigen gebracht zu haben. Doch dann sagte Nina leise: „Was ich damit sagen wollte, war, dass er früher etwas ... Künstliches an sich hatte. Er war steif, beinahe unmenschlich. Jetzt ist er ganz anders. Es ist, als wäre sein ganzes Wissen auf einmal von seinem Kopf in sein Herz gerutscht, wo es endlich etwas Gutes bewirken kann." Sie schüttelte den Kopf. „Ich hätte nie gedacht, dass ich Simon Dane jemals als einen guten Mann und Vater betrachten würde." Sie sah Gen von der Seite an. „Eigentlich wundert es mich, dass er Ihnen noch keinen Antrag gemacht hat, Miss LaCroix."

„Einen Antrag?", fragte Gen verständnislos.

„Nun, einen Heiratsantrag natürlich. Sie sind doch jetzt schon wie eine Mutter für Aaron und Meg!" Auf Gens entsetzten Blick hin sagte Nina: „Nun seien Sie doch nicht so naiv! Ich habe genau gesehen, wie Simon Sie anschaut. Gerade letzte Woche hat Amos einen Siedler mit seiner Haushälterin verheiratet. Die Ehefrau war kurz zuvor gestorben und die vier Kinder brauchten eine Mutter."

Gen schauderte. „Das ... das ist ja schrecklich. Wieso hat die Haushälterin zugestimmt?"

„Gott befähigt uns dazu, das Richtige zu tun, auch wenn wir manchmal denken, wir könnten es nicht", lächelte Nina. „Die Wege des Herrn sind unergründlich. Darauf können wir uns verlassen!"

„Nun", gab Gen zurück, „wenn Gott solche Dinge von seinen Nachfolgern verlangt, dann bin ich froh, dass ich ihm bisher nicht zu nahe gekommen bin!"

„Wie meinen Sie das?", fragte Nina schnell. „Kennen ... kennen Sie Jesus denn nicht persönlich?"

Gen trank ihre Limonade aus und stellte das Glas ab. Dann sah sie Nina mit zornblitzenden Augen an. „Was ist denn das für eine Frage? Mein Vater hat mir schon als kleines Kind die Bibel vorgelesen – auf Englisch und Französisch! Und seit ich bei der Mission bin, kann ich den Katechismus in drei Sprachen aufsagen." Sie stand auf. „Ich führe ein anständiges Leben. Die Kinder sind zufrieden, der Reverend hat auch keine Beschwerden. Was habe ich getan, das Sie denken lässt, ich sei keine richtige Christin?"

Nina blinzelte verwirrt. Dann legte sie Gen die Hand auf den Arm. „Bitte, Miss LaCroix, seien Sie mir nicht böse. Ich halte Sie ganz sicher für einen guten Menschen. Das sieht jeder. Es ist nur so ... es ist nicht wichtig, ob Sie die ganze Bibel auswendig können ... das Wissen muss von hier", sie tippte sich gegen die Stirn, „nach hier kommen!" Jetzt wanderte ihre Hand zu ihrem Herzen.

Meg und Aaron kamen mit ihrem Spielreifen auf das Haus zu. Aaron war es gelungen, den Reifen durch die halbe Stadt hindurch am Laufen zu halten, und jetzt riefen die Kinder Gen zu, sie solle zuschauen. Gen war froh, einen Vorwand zur Flucht zu haben, und ging zu ihnen hinüber. Als der Reifen schließlich doch umfiel und die Kinder ins Haus liefen, um etwas zu trinken, machte Gen einen Spaziergang. Das Gespräch mit Nina hatte sie mehr irritiert, als sie zugeben wollte. Diese ganze Sache mit der persönlichen Beziehung zu Gott ließ sie nicht los. Ob das wirklich der Grund für Simons Veränderung war? Und obwohl ihr Ninas fröhliche Zuversicht in Gott manchmal auf die Nerven ging, musste Gen zugeben, dass sie die Frau insgeheim beneidete. Sie musste an Miss Jane denken und an Dr. Riggs. Sie redeten nicht so viel davon wie Nina, aber Gen hatte oft gehört, wie sie Gott bei alltäglichen Angelegenheiten um Rat und Hilfe baten.

Auf jeden Fall hatte Simon sich verändert, und zumeist zum Guten. Einiges machte ihr aber auch beinahe Angst. Zum Beispiel hatte er sie gebeten, ihn beim Vornamen zu nennen. Er hatte auch begonnen, sie Gen zu rufen, manchmal sogar Geneviève, mit einem seltsamen kleinen Lächeln auf den Lippen. Gen kam zu dem Schluss, dass Simons Erwärmung seinen Kindern gegenüber zwar wunderbar war, dass er sich für sie selbst aber lieber nicht zu sehr erwärmen sollte.

Sie fragte sich auch, was sie tun sollte, wenn Leuchtender Stern nun zu so einer Art von Religiosität übergewechselt war, wie Nina Whitney sie lebte. Eigentlich konnte sie sich den jungen Dakota nicht dabei vorstellen, wie er Gott seine Alltagssorgen vortrug. Trotzdem ... irgendwie wünschte sich Gen auch, glauben zu können, dass Gott Sandbänke verschob und Gebete erhörte. Wenn sie sicher sein könnte, dass es Gott interessierte, würde sie ihn nur zu gern bitten, Daniel Leuchtender Stern mit der Landwirtschaft so beschäftigt zu halten, dass er keine Zeit hatte, sich eine Frau zu suchen, bis Gen wieder in Minnesota war ...

21

Lass dich nicht von gewissenlosen Menschen verführen, die zu dir sagen: „Komm doch mit uns! Wir legen uns auf die Lauer! Wenn Leute vorbeikommen, schlagen wir sie tot [...].“ Mein Sohn, lass dich ja nicht ein mit diesen Verbrechern, die nur Raub und Mord im Sinn haben!
Sprichwörter 1,11;15-16

Es war der erfolgloseste Jagdausflug seit Jahren gewesen. Fünf Tage lang waren Otter und vier andere halb verhungerte Krieger durch die Wälder gestreift und hatten keinerlei Wild gefunden. Das Pemmikan war zu Ende und sie waren nun schwach vor Hunger. Vor ihnen lag der Hof von Robinson Jones. Die Weißen rodeten immer mehr Wald, vertrieben dadurch das Wild und beschwerten sich, wenn die Dakota das Reservat verließen.

Als die fünf Dakota an Jones' Zaun entlangschlichen, erhob sich eine Henne unter lautem Gegacker von ihrem Gelege. Otter hob grinsend die Eier auf.

„Nimm sie nicht“, protestierte Brauner Flügel. „Sie gehören diesem weißen Mann. Wenn er uns sieht, gibt es Ärger.“

Otter warf wütend die Eier auf den Boden. „Feigling! Sieh dich nur an! Sieh uns alle an - halb verhungert, und trotzdem trauen wir uns nicht mal, ein Ei von den Weißen zu nehmen!“

„Wen nennst du hier einen Feigling?“, gab Brauner Flügel zurück. „Ich bin kein Feigling!“ Er stieg über den Zaun. „Und um das zu beweisen, werde ich jetzt in dieses Haus hineingehen und den weißen Mann erschießen.“ Er sah Otter schmaläugig an. „Bist du mutig genug, um mit mir zu gehen?“

Otter richtete sich hoch auf. „Ich komme mit. Dann werden

wir ja sehen, wer hier der Feigling ist." Er sah hinter sich auf ihre beiden Begleiter.

„Wir gehen auch mit", sagten Der aufbricht und Fremder Geist.

Als die jungen Krieger in den kleinen Laden gingen, den Robinson Jones betrieb, verhielten sie sich besonders laut und aggressiv, um Jones und das Mädchen an der Kasse einzuschüchtern. Doch Jones war nicht so leicht zu verängstigen. Er schnappte sich ein Gewehr und sagte zu dem Mädchen, dass er schnell zu den Nachbarn gehen wollte, denen seine Frau gerade einen Besuch abstattete.

Die Dakota gingen zurück nach draußen und Otter zog Brauner Flügel auf: „Ich denke, du wolltest diesen weißen Mann töten?"

Brauner Flügel zischte: „Folge mir und sieh, was ich tun werde!"

Sie überquerten die Straße und folgten Jones zu seinen Nachbarn. Dort schlugen sie den weißen Männern ein Wettschießen vor. Otter stellte einen Holzklotz auf einen Baumstumpf und sie feuerten abwechselnd darauf. Die Dakota luden ihre Waffen nach jedem Durchgang neu, die Weißen nicht. So kam es, dass sie leichte Opfer waren, als die Dakota ihre Ankündigung wahr machten und auf sie zu schießen begannen. Innerhalb weniger Sekunden hatten sie drei weiße Männer und eine Frau getötet. Dann stürmten sie davon. Das Mädchen in Jones' Laden hatte die Schüsse gehört und war zur Tür geeilt. Einer der jungen Dakota hielt gerade lange genug inne, um auch sie zu töten, und rannte dann hinter seinen Freunden her.

Als ihnen klar wurde, was sie getan hatten, bekamen sie Angst. Sie hatten Weiße umgebracht; schlimmer noch, weiße Frauen! Alle würden sich gegen sie erheben und die Höchststrafe war ihnen sicher. Also stahlen sie einige Pferde und flohen zu ihrem Lager am Rice Creek.

Mit welchen Konsequenzen sie auch gerechnet hatten, die jungen Dakota hatten mit Sicherheit nicht geahnt, welche Folgen ihre Tat haben würde. Nicht ein Haus, ein Laden oder eine

Farm in Minnesota würde unberührt bleiben. Fast 300 Frauen und Kinder würden als Geiseln genommen werden, Hunderte oder gar Tausende würden sterben und beinahe 40.000 Siedler würden ihr Land verlassen.

Dies passierte am 17. August 1862. Und bereits am Tag nach Heiligabend desselben Jahres würden 38 Dakota-Krieger in der größten Massenexekution der amerikanischen Geschichte sterben. Unter den Gehängten war ein Unschuldiger, der sein Leben riskiert hatte, um seine weißen Freunde zu retten. Der Missionar, der als Übersetzer fungierte, schrieb später in seinen Memoiren, dass der Tod dieses Mannes ein „unglücklicher Irrtum" gewesen sei.

*

17. August, und noch immer keine Mitteilung. Reverend Dane wurde seit Ende Juni erwartet und bisher war er nicht eingetroffen. Daniel zog einen weiteren Nagel zwischen seinen Zähnen hervor und hämmerte ihn mit drei Schlägen in die Wand.

„Und du sagst, du bist handwerklich nicht geschickt!", meinte Robert Lawrence vom Kutschbock aus. Er stieg ab und betrachtete die Fortschritte an der neuen Kirche.

Der junge Reverend John Williamson kam um die Ecke. „Schön, dich zu sehen, Robert", sagte er und schüttelte ihm die Hand. „Wir werden bald unseren ersten Gottesdienst feiern. Ich hoffe, du kannst kommen!"

Robert nickte und Williamson fügte hinzu: „Ah, gestern bin ich Reverend Dane begegnet. Er war mit Dr. Riggs an der Oberen Station. Anscheinend wollen sie bei Cloudman's Village eine neue Arbeit beginnen. Ich glaube, du kennst ihn."

Daniel verschluckte sich beinahe an den restlichen Nägeln. „Sind sie immer noch dort?"

Williamson schüttelte den Kopf. „Sie wollten heute Morgen gleich nach dem Frühstück aufbrechen, und ..."

Doch er sprach nur noch mit Daniels Rücken.

*

„Wie nett von Ihnen, Daniel“, sagte Mrs. Wakefield. „Reverend Dane wird sich geehrt fühlen, wenn er erfährt, dass Sie extra gekommen sind, um ihn zu begrüßen. Leider sind sie heute Morgen ganz früh aufgebrochen.“

Daniel starrte sie nur verständnislos an.

„Dr. Wakefield und ich haben uns gestern lange mit dem Reverend unterhalten. Er hat sich wirklich sehr verändert, und ich möchte sagen, nur zum Besseren.“

Daniel murmelte etwas Höfliches und endlich erlöste ihn Mrs. Wakefield aus seiner Spannung, indem sie sagte: „Miss LaCroix war auch bei ihm. Sie war sehr interessiert daran, was hier in ihrer Abwesenheit geschehen ist. Auch nach Ihnen hat sie gefragt.“ Sie räusperte sich. „Eine sehr fürsorgliche junge Dame, finden Sie nicht auch?“

Sie hatte nach ihm gefragt! „Ja, Madam, das finde ich auch.“ Daniel setzte sich seinen Hut wieder auf und widerstand nur mühsam dem Drang, sofort auf sein Pferd zu springen und loszugaloppieren.

Mrs. Wakefield lachte leise in sich hinein. „Ich würde Sie ja gerne zum Abendessen einladen, Daniel, aber mir scheint, Sie haben anderes im Sinn. Nun reiten Sie schon los, junger Mann. Nicht, dass es nachher heißt, Mrs. Wakefield habe einer jungen Liebe im Weg gestanden. Wenn Sie die ganze Nacht durchreiten, können Sie sie vielleicht einholen.“

Daniel grinste sie dankbar an, dann war er in drei Sprüngen die Treppe hinunter und auf dem Pferd. Ohne sich umzudrehen, winkte er Mrs. Wakefield zu und ritt eilends nach Hause. Dort angekommen, rollte er seine Schlafdecke zusammen, während Graue Frau ihm Proviant in die Satteltaschen packte. Anschließend steckte er sein Gewehr in den Halter und ritt los.

Graue Frau winkte ihm glücklich hinterher. Vielleicht würde sie nun endlich eine Schwiegertochter und Enkelkinder bekommen!

Während sein Pferd locker dahintrabte, plante Daniel den

nächsten Tag. Er würde natürlich nicht so dreist sein, sich im Gottesdienst neben Himmelsauge zu setzen. Nein, er würde bis kurz vor Beginn draußen warten und sich dann unauffällig ganz nach hinten setzen, wo er sie beobachten konnte. Dann könnte er sich erst wieder ein bisschen an ihre Gegenwart gewöhnen, bevor er mit ihr sprach. Er war nervös, und vielleicht würde das helfen. Wie sie sich wohl in diesem Jahr verändert hatte? Trug sie noch seine Halskette? Würde sie sich überhaupt für seine kleine Blockhütte interessieren, für die Anfänge seiner Farm? Bevor er sicher war, dass Gott eine gemeinsame Zukunft für sie im Sinn hatte, musste er sehr zurückhaltend sein.

Aber sie hatte nach ihm gefragt ...!

Die Dämmerung brach herein, bevor er den Redwood überquert hatte. Er machte eine Pause, um das Pferd zu tränken und sich die Beine zu vertreten. Dabei musste er an seine Farm und Reverend Danes neue Missionsstation denken. Hoffentlich hatte Williamson Recht und der Reverend hatte sich wirklich verändert. Denn sonst würde er nie ein guter Missionar werden. Daniel fragte sich, ob er inzwischen gelernt hatte, die Dakota als gleichwertige Menschen zu sehen.

Immer wieder kehrten seine Gedanken zu Himmelsauge zurück. Sollte er ihr erzählen, dass er jede Nacht den Mond angeschaut und sich gefragt hatte, ob sie jetzt auch hinaufsah und an ihn dachte? Ob sie überhaupt an ihn gedacht hatte? Er hatte ihr schreiben wollen, doch Miss Jane hatte den Kopf geschüttelt. „Das ist nicht schicklich, Daniel. Ihr seid nicht verlobt. Reverend Dane wäre entsetzt und es würde ein schlechtes Licht auf Geneviève werfen."

Daniel ritt weiter. Einmal hielt sein Pferd abrupt inne und starrte nach links. Daniel blieb stehen und lauschte angestrengt in die Dunkelheit. Ganz weit entfernt, beinahe nicht mehr wahrzunehmen, erklang das regelmäßige Pochen einer Trommel. Daniel hörte eine Weile hin und kam dann zu dem Schluss, dass es aus der Richtung von Rote Stimmes Lager am Rice Creek kommen könnte.

Eine dunkle Vorahnung krampfte ihm den Magen zusammen. Rote Stimme beherbergte die gewalttätigsten Mitglieder des Stammes; auch Otter lebte nun dort. Wahrscheinlich hatten sie nur ein Whiskeyfass ergattert und feierten dies, doch Daniel musste sichergehen, dass nicht mehr dahinter steckte. Er ritt in die Richtung des Geräuschs. Bald wurde das Trommeln lauter und er hörte Kriegsschreie.

Auch die Krieger, die Roberts Scheune niedergebrannt hatten, waren aus Rote Stimmes Lager gewesen. Daniel wurde klar, dass sie ihn als Spion betrachten und umbringen könnten. Daher zog er sich den Hut und das Hemd aus und versteckte die Sachen hinter einem Baum. Er band sein Pferd an und ging mit dem Gewehr in der Hand auf das Camp zu. Aus einiger Entfernung konnte er schon sehen, dass Rote Stimme und seine Krieger auf bemalten Pferden durch das Lager ritten und Kampflieder sangen.

Niemand beachtete Daniel, der durch das Lager schlich, bis er auf ein Tipi mit Weißer Flügels Zeichen stieß. Weißer Flügel schrie kurz auf, als er sich hineinduckte, doch dann begann sie ihm sofort alles zu erzählen: Wie sie sich von Graue Frau getrennt hatte und was für ein Fehler das gewesen sei; dass die jungen Krieger eigentlich nur Eier hatten stehlen wollten und am Ende weiße Frauen und ihre Kinder getötet hatten.

„Ich habe gehört, wie sie zurückkamen. Sie haben gerufen: ‚Es ist Krieg mit den Weißen und wir haben ihn begonnen!‘ Was ist nur aus unserem Volk geworden, wenn sich Krieger damit brüsten, Frauen und Kinder umgebracht zu haben, Leuchtender Stern?“, klagte sie.

„Wo wollen sie jetzt hin?“, fragte Daniel.

„Zu Shakopees Lager“, sagte Weißer Flügel. „Sie wissen, dass sie nicht allein kämpfen können. Alle müssen gemeinsam in den Krieg ziehen, wenn sie Erfolg haben wollen.“

Daniel schüttelte den Kopf. „Sie werden keinen Erfolg haben!“ Ein Hoffnungsschimmer trat in seine Augen. „Vielleicht wenden sie sich an Kleine Krähe. Er wird ihnen sagen, dass sie Narren sind.“ Er legte eine Hand auf Weißer Flügels

Arm. „Wir müssen unsere Freunde warnen! Die Missionare können noch fliehen, wenn sie sich beeilen."

Weißer Flügel nickte. „Ein paar der vernünftigeren Männer sind schon losgeritten, um sie zu warnen, und einer ist sogar zum Fort geritten, um die Soldaten zu alarmieren."

Daniel eilte zurück zu seinem Pferd und ritt zu Shakopees Lager. Was er dort sah, erfüllte ihn mit großer Sorge. Noch mehr Kriegsbemalung und Kampfparolen. Doch Daniel schnappte auch den Namen *Taoyateduta* auf - wie er gehofft hatte, wollten sie zum großen Häuptling Kleine Krähe reiten. Wenn überhaupt jemand die aufgebrachten Krieger beruhigen konnte, dann Kleine Krähe, der schon zweimal in der Hauptstadt des Weißen Vaters gewesen war, die Macht der Weißen kannte und Verhandlungen schätzte. Kleine Krähe war ein begnadeter Redner, und er hatte sich erst kürzlich die Haare geschnitten und begann sich wie ein Weißer zu kleiden. Ab und zu war er sogar in Dr. Williamsons Gottesdienst erschienen.

Kleine Krähes Blockhaus stand auf den Hügeln oberhalb der Unteren Station. Es war zwar zweistöckig, reichte aber trotzdem nicht für die vier Ehefrauen und sieben Kinder des Häuptlings aus. Daher standen noch verschiedene Tipis in der Nähe, und in einem von diesen fanden nun die Gespräche zwischen Kleine Krähe und den beiden anderen Häuptlingen statt.

Die Emotionen schlugen hoch, als die Krieger Kleine Krähes Lager erreichten. Rote Stimme sprach zuerst, danach Shakopee, der die anderen daran erinnerte, was der nun verhasste Händler Andrew Myrick gesagt hatte. Als sich die Juli-Zahlungen verzögerten, hatte er ein Treffen aller Händler einberufen, auf dem beschlossen wurde, den Indianern keinen Kredit mehr zu gewähren, bis sie bezahlen konnten. Als ein Übersetzer besorgt angemerkt hatte, dass dies zu einer Hungersnot führen könnte, hatte Myrick nur geschnappt: „Soweit es mich betrifft, sollen sie Gras fressen, wenn sie Hunger haben!" Als Shakopee dies zitierte, war die Luft erfüllt von ärgerlichen Ausrufen und Gewehrschüssen.

Nach Shakopees Rede sprachen auch Wabasha, Grauer

Adler und Wandernder Regen. Mit jeder Tirade schien der Hass greifbarer in der Luft zu liegen. Die jüngeren Krieger ritten herum und verlangten nach weißem Blut. Wieder waren keine Zahlungen eingetroffen. Vielleicht lag es am Krieg; sie würden noch verhungern, bis der Weiße Vater an sie dachte.

„Die Zeit ist reif!", riefen sie. Sie mussten die Weißen töten und sich alles zurückholen, was sie ihnen weggenommen hatten. Der weiße Mann musste vertrieben werden. Es war ein guter Tag zum Sterben.

Die Stimmung heizte sich immer mehr auf, bis sich zum Schluss Kleine Krähe erhob, der meistrespektierte aller Häuptlinge. Kleine Krähe war ein exzellenter Redner und sehr auf Wirkung bedacht. Er hatte sich das Gesicht zum Zeichen der Trauer schwarz bemalt. Wie er der Menge berichtete, wollte er nicht kämpfen. Doch die Stimme der Vernunft brachte die anderen nur noch mehr auf; einige bezeichneten ihn sogar als Feigling.

Kleine Krähe packte den Kopfschmuck des Verleumders und warf ihn in den Staub.

„Siehst du die Skalps meiner Feinde dort an meinem Tipi?", gab er zurück. „Und erinnerst du dich noch, als ich dir Rückendeckung gegeben hab, als du vor unseren Feinden flohst?" Die Menge beruhigte sich, als Kleine Krähe fortfuhr: „Ihr könnt vielleicht einen, zwei oder zehn weiße Männer töten - doch dann werden zehn mal zehn von ihnen kommen, um euch zu töten. Mehr weiße Männer mit Gewehren werden schneller hier sein, als ihr zählen könnt!"

Jemand erinnerte den Häuptling daran, dass die meisten weißen Männer im Krieg waren. Kleine Krähe lachte nur. „Ja, noch bekämpfen sie sich gegenseitig. Doch wenn ihr sie angreift, werden sie sich gemeinsam gegen euch wenden und euch vernichten wie die Heuschrecken den Wald! Ihr seid wie Kinder, wie Narren. Ihr werdet sterben wie die Kaninchen, wenn die Wolfsrudel sie im Winter jagen."

Einen kurzen Augenblick lang hatte Daniel den Eindruck, dass Kleine Krähe sie umgestimmt hatte. Doch dann beendete der Häuptling zu Daniels Schrecken seine Rede mit den Worten: „*Ta-o-ya-te-du-ta* ist kein Feigling! Er wird mit euch sterben!"

Kampfschreie erfüllten die Luft: „Tötet die Weißen! Tötet die Weißen!"

Daniel ging leise zu seinem Pferd und stieg auf. Als er davonreiten wollte, packte ihn jemand am Bein. „Wo willst du hin?", rief Otter, nach Alkohol stinkend, und zerrte Daniel beinahe aus dem Sattel.

Daniel beugte sich zu ihm hinunter. „Ich muss die Kleidung des weißen Mannes loswerden, wenn ich mich euch anschließen will. Und ich muss mein Pferd für die Schlacht bemalen." Flüsternd fügte er hinzu: „Ich habe alles vorbereitet und erwarte dich beim gespaltenen Baum!" Die Erwähnung dieses Baumes überzeugte Otter. Es war ein sehr alter Baum und beinahe ein heiliger Ort für die Dakota.

Otter ließ Daniel los. „Dann geh. Ich erwarte dich."

Daniel raste nach Hause, während seine Gedanken um Kleine Krähes Lager, die Station, Fort Ridgely, die Dakota-Farmer und Hazelwood kreisten ... und natürlich um Himmelsauge. Wenn die Soldaten nicht schnell handelten, würde das in einem Massaker enden.

Graue Fraus Freundin Weißer Flügel hatte gesagt, dass bereits Boten zur Oberen Station und nach Fort Ridgely aufgebrochen waren. Daniel fragte sich, ob die Weißen ihnen wohl glauben würden. Eigentlich konnte sich niemand vorstellen, dass sich die Dakota gegen die Weißen auflehnen würden. Auch Daniel selbst hatte es nicht glauben wollen. Doch nun hatte er Angst.

Er wusste nicht, wie weit die Dakota gehen würden, doch er wusste, dass er zuerst seine Mutter und Robert Lawrence warnen musste – und dann nach Norden zu Himmelsauge. Er trieb sein Pferd scharf an und lehnte sich nach vorn. Schneller, nur schneller!

22

Herr, zeige mir den richtigen Weg, leite mich auf gerader Bahn, damit meine Feinde schweigen müssen!
Psalm 27,11

Daniel brachte sein Pferd unsanft aus dem Renngalopp zum Stehen, als ein Planwagen mit Siedlern vor James Andersons Handelsposten hielt. Eine blasse, ängstlich aussehende Frau streckte ihren Kopf heraus.

„Es gibt Ärger bei der Station!“, schrie Daniel. „Fahren Sie zurück über den Fluss, und zwar so schnell wie möglich!“

Die Augen der Frau weiteten sich. Sie sah den Fahrer unsicher an. „Jeremiah?“

Der bärtige Mann gab zurück: „Wir können nicht zurückfahren! Ich habe meinen Antrag für das Land noch nicht unterschrieben!“

Anderson kam hinaus. „Du erschreckst die Leute, Leuchtender Stern!“ Er spuckte einen Mund voll Kautabak aus. Mit einem Nicken zu der Frau im Planwagen meinte er: „Die Blanket-Indianer proben immer mal wieder den Aufstand und drohen ein bisschen. Aber es kommt nie zu wirklichen Ausschreitungen.“

Daniel wäre am liebsten vom Pferd gesprungen und hätte den Händler am Kragen gepackt. „Sehen Sie doch!“ Er deutete in Richtung der Station, wo eine Rauchwolke in den Himmel aufstieg.

Anderson runzelte die Stirn. Die Frau wurde noch blasser und umklammerte die Schulter ihres Mannes.

„New Ulm“, stammelte der junge Farmer. „Wir fahren nach New Ulm.“

„Zu weit“, meinte Daniel kurz angebunden. Sein Pferd tänzelte nervös. „Fahren Sie nach Fort Ridgely und erzählen Sie denen, was los ist. Warnen Sie alle, denen Sie begegnen!“ Er galoppierte in Richtung Heimat davon.

„Wenn es so gefährlich ist, warum reitet *er* dann nicht zum Fort?", fragte der junge Farmer Anderson.

Der schüttelte den Kopf. „Wer weiß?"

Jeremiah zögerte. „Meinen Sie, wir sollten wirklich nach Fort Ridgely fahren? Wie weit ist es denn?"

Anderson kratzte sich den Bart. „Vielleicht 14 oder 15 Meilen."

„So weit, Jeremiah!", jammerte die Frau. „Wir sind doch gerade erst angekommen. So schlimm kann es doch nicht sein, oder?"

Anderson sah wieder zum Himmel. Da war tatsächlich eine Menge Rauch zu sehen. „Ich weiß nicht, was ich davon halten soll. Aber eins sage ich Ihnen: Ich lasse meinen Laden nicht zurück, damit er von einem Haufen marodierender Rothäute zerstört wird!" Er schloss die Fensterläden. „Ich habe einen Keller, in dem wir uns verstecken können, falls was passiert. Niemand weiß etwas davon. Der Zugang ist unter einem Wagen in der Scheune." Er sah den jungen Jeremiah an. „Wenn Sie und die Missus wollen, passen wir wohl alle drei da rein. Obwohl ich nicht glaube, dass das nötig sein wird."

Jeremiah sah seine Frau an, die schon aus dem Wagen stieg. Er nickte zu Anderson. „Scheint so, als würden wir bleiben."

Anderson nahm an, dass sie genug Zeit haben würden, um in die Scheune zu gehen, falls es tatsächlich Probleme geben würde. Leider erwies sich das als Irrtum.

*

Daniel sprang schon vom Pferd, bevor es ganz zum Stehen gekommen war. Er eilte in sein kleines Haus, dann zu Graue Fraus Tipi. Sie war fort. Daniel spähte den Hügel hinunter und sah eine dünne Rauchsäule aus Robert Lawrences Kamin aufsteigen. Vermutlich war Graue Frau dort.

Das Pferd zitterte vor Erschöpfung. Schaumflocken bedeckten seine Schultern und Flanken und der Schweiß lief ihm die Beine hinunter. Daniel atmete tief durch. Er musste das Pferd tränken und abwaschen, sonst würde er bald zu Fuß gehen. Er führte das Tier eine halbe Ewigkeit herum, bis es nicht mehr so keuchte und aufhörte zu zittern. Dann ließ er es etwas Wasser trinken und wusch dem Tier anschließend Hals, Brust und Flanken ab. Wieder führte er es einige Minuten herum, bis er ihm noch einmal Wasser gab. Dann eilte er ins Haus.

Er durchwühlte sein Zimmer und fand schließlich, was er suchte: Seine ehemalige Kriegskleidung, Munition, etwas Pemmikan als Proviant. Er warf alles in eine Satteltasche und eilte zur Tür. Dann sah er sich noch einmal um und betrachtete sein kleines Zuhause mit den groben Möbeln. Vielleicht würden die Dakota ihren Zorn an den Gebäuden der Station oder der Händler auslassen und die abgelegeneren Farmen verschonen. Vielleicht würden auch Soldaten kommen und den Aufstand niederschlagen, bevor er richtig ausbrach. Er hoffte es von ganzem Herzen.

*

„Was soll das heißen, sie brennen die Station nieder?" Nancy Lawrence fasste sich an den Hals. „Robert ist dort!" Sie sah Daniel mit vor Angst aufgerissenen Augen an. „Er wollte den Hengst beschlagen lassen." Nancy fasste nach Graue Fraus Hand, als die kleine Clara hereinkam.

„Was ist denn?", wollte das Mädchen wissen und sah den Erwachsenen forschend in die besorgten Gesichter.

„Clara", sagte Graue Frau ablenkend, „ich glaube, deine Lieblingshenne hat irgendwo in der Scheune Eier gelegt und brütet dort. Geh doch mal nachsehen, ob du sie findest!" Clara trottete gehorsam davon und Graue Frau sah ihren Sohn an.

„Ist es schlimm?"

Er nickte. „Sehr schlimm. Wahrscheinlich seid ihr hier nicht sicher. Die Blankets sind sehr wütend auf die Farmer. Ich weiß nicht, was sie anstellen werden, aber wir müssen unsere Freunde warnen."

„Du solltest nicht wie ein Weißer aussehen, wenn du losreitest", schlug Nancy vor. „Robert hat noch einige Dinge aus seinem alten Leben aufgehoben. Farbe für die Kriegsbemalung zum Beispiel."

Graue Frau half Daniel dabei, die Bemalung aufzulegen – zwei blaue Blitze auf jeder Wange und einen an seinem Rücken. Weiße Punkte auf der Brust. Nancy verwendete in der Zwischenzeit die restliche weiße Farbe, um Daniels Braunem zwei Halbmonde auf die Hinterbacken zu malen.

Als sie damit fertig waren, Daniel von einem Farmer zu einem Krieger zu verwandeln, gingen sie ins Haus, wo Nancy ihm noch mehr Proviant zusteckte. „Wir haben nur noch die Stute im Stall. Sie ist hochtragend. Meinst du, sie kann ein Travois ziehen?", fragte Nancy Daniel unsicher.

Daniel grinste. „Natürlich! Sie ist ein Indianerpony und harte Arbeit gewohnt!" Er ging zur Scheune und kam mit einer kleinen Stute zurück, die tatsächlich beinahe so breit wie hoch war. Sie blieb gehorsam stehen, während Graue Frau das Travois auf ihrem Widerrist befestigte. Clara kam mit einem halben Dutzend Eier zurück. Nancy gab ihr einen Korb in die Hand und bat sie, Heu aus dem Stall zu holen, um die Eier zu schützen. „Zu dumm, dass die Henne sich nicht fangen lässt, sonst könnten wir sie heute Abend am Feuer braten."

Schließlich war das Travois fertig beladen. „Geht nach Norden", riet Daniel ihnen. „Aber zieht zuerst eine Weile in Richtung Westen, damit ihr nicht in die Nähe der Kämpfe geratet. Bleibt unter euch; nähert euch möglichst keinen Siedlungen. Wenn euch jemand fragt, was ihr vorhabt, dann tut so, als hättet ihr keine Ahnung von den Unruhen. Ihr wollt Verwandte in Stehender Büffels Lager am Lac Qui Parle besuchen." Er lächelte seine Mutter an. „Das ist nicht einmal gelogen. Ich komme nämlich bald dorthin." Er band Koda eine Leine um den Hals und gab sie Clara. „Hier, Koda passt auf euch auf."

Graue Frau legte ihre Hände auf seine Schultern und betete laut für ihn. „Gott, mach Leuchtender Stern stark und sein Pferd schnell. Leite uns zu Stehender Büffels Camp. Und bitte beschütze meinen Sohn vor allen, die ihm schaden wollen. Er will deinen Kindern helfen. Bitte sei du mit ihm." Dann drehte sie sich abrupt um, nahm das Pony am Führstrick und ging los.

Daniel stieg auf sein Pferd. Als er den ersten Hügel erklommen hatte, hielt er inne und sah noch einmal über die Felder, die Robert Lawrence und er zusammen bestellt hatten. Der Mais stand hoch und war bereit zur Ernte. In der Ferne zogen vier kleine Gestalten und ein Pony in Richtung Norden, zu einem Ort, wo sie hoffentlich in Sicherheit sein würden.

*

Daniel näherte sich vorsichtig der Unteren Station. Überall knallten Schüsse; zwei Gebäude standen bereits in Flammen. Einige Dakota schleppten Waren aus dem Lagerhaus und brachen die Kisten auf.

Es sah so aus, als ob sie jeden Weißen getötet hatten. Zwei Leichen lagen vor Forbes Laden. Daniel sprang vom Pferd und band es an einen Baum. In diesem Moment kam Otter aus der Tür, ein Fass auf den Schultern. Otter stolperte über eine der Leichen und das Fass fiel auf den Boden, wo es krachend zerbrach. Mehl ergoss sich über die Straße.

Daniel stieß einen Kriegsruf aus und schoss wild in die Luft, um Otters Aufmerksamkeit zu erregen.

„Bruder!", rief Otter und eilte auf ihn zu. „Ich habe am gespaltenen Baum auf dich gewartet. Wo warst du?"

„Sie haben das Lagerhaus aufgebrochen!", lenkte Daniel ab und rannte in diese Richtung los. Auch Otter stürmte zum Lagerhaus und Daniel schaffte es, ihn vorbeilaufen zu lassen. Sobald Otter im Lagerhaus verschwunden war, drehte er um. Schnell eilte er zurück und drehte mit zitternden Händen die beiden Toten auf der Straße um. Zu seiner Erleichterung kannte er keinen von beiden.

Er ging in den Laden und schrie Roberts Namen. Ein Dakota kam aus dem Hinterzimmer und grinste Daniel an. Er hatte eine Flasche mit Kerosin gefunden und legte nun eine Lunte, während er hinausging. Dann nahm er Streichhölzer, zündete die Spur an und jauchzte begeistert, als sich die Flammen sofort die Treppe hinauffraßen.

„Einer von denen ist oben", sagte er stolz. „Ich habe ihn angeschossen, aber tot ist er noch nicht." Er ergriff Daniels Arm. „Aber er wird es bald sein! Komm, raus hier!"

Daniel riss sich los, sprang über die Flammen hinweg und rannte die Treppe hinauf. „Robert! Robert Lawrence!"

„Hier", antwortete eine schwache Stimme. „Hier auf dem Bett."

Daniel stürmte in das Zimmer, aus dem der Schrei gekommen war. Robert hatte einen Bauchschuss abbekommen und lag schwer blutend auf dem Bett.

„Wir müssen dich hier rausbringen", sagte Daniel. „Jemand hat unten Feuer gelegt."

„Geh", keuchte Robert. „Rette dich, ich werde sowieso sterben!"

Daniel sah sich die Wunde genauer an. „Nein, so schlimm ist es nicht. Es blutet stark, aber es war nur ein Streifschuss. Ich bringe dich hier raus." Er rannte zum Fenster und sah hinaus. Die Straße wimmelte vor Indianern zu Fuß und zu Pferd. Ein weißer Mann rannte aus dem Hintereingang des Warenhauses, verfolgt von einem berittenen Dakota, der ihm von hinten eine Axt in den Schädel trieb. Daniel zuckte zusammen und wandte sich vom Fenster ab.

Er hob Robert vom Bett und wuchtete ihn sich auf die Schultern. Dann stolperte er die Treppe hinunter, mitten durch die Flammen, und zur Tür hinaus, wo er mit Otter zusammenprallte.

Bevor Otter etwas sagen konnte, funkelte Daniel ihn wütend an. „Dieser Mann ist mein Freund. Wenn ihr ihn getötet hättet, bevor ich hier ankam, wäre das eine Sache, aber er lebt noch und ich werde mich um ihn kümmern!" Er hielt nicht an, sondern ging zügig weiter und zu seinem Erstaunen hielt ihn niemand an. Er setzte Robert auf seinen Hengst, der vor der Schmiede angebunden war, und führte ihn zu seinem eigenen Pferd. Unterwegs kamen sie an der Leiche des Händlers Myrick vorbei. Der Mann, der gesagt hatte, die hungrigen Indianer sollten Gras fressen, hatte den Mund voll blutverschmierter Grasbüschel.

„He, das ist mein Pferd!", sagte ein magerer Dakota und wedelte mit seinem Tomahawk vor Daniels Nase herum.

Daniel schob die Axt beiseite und deutete auf Robert, der zusammengesunken auf seinem Pferd hing. „Das dort ist Kleiner Büffel. Er ist verletzt und ich bringe ihn zu seiner Frau. Das Pferd gehört ihm, nicht dir." Er drückte dem dürren Mann seinen Gewehrlauf in den Magen.

Einen Moment lang starrten sie sich an. Dann warf der dünne Krieger noch einen letzten sehnsüchtigen Blick auf Roberts Hengst und hob dann die Hände.

Mit wild klopfendem Herzen stieg Daniel auf sein Pferd und beugte sich zu Robert hinüber. „Kannst du reiten? Ich habe Nancy, die Mädchen und Graue Frau nach Norden geschickt. Sie können noch nicht weit sein. Ich werde versuchen, sie einzuholen."

Er nahm Roberts Grunzen als Zustimmung und ritt los. Erleichterung machte sich in ihm breit, als sie den ersten Hügel hinter sich gelassen hatten und außer Sicht waren. Er ritt südwestlich und hoffte, bald auf die Spur des Travois zu stoßen. Als sie weit genug von der Station weg waren, hielt er an, wickelte sein Halstuch um Roberts blutenden Bauch und band ihn am Sattelhorn fest. Er konnte nur hoffen, dass das reichen würde.

Einen Moment lang lehnte er sich gegen den Hals seines Pferdes und versuchte sich zu beruhigen. Die Verwüstung auf der Station war schlimmer gewesen, als er gedacht hatte. Anscheinend hatten die Aufständischen jeden ermordet, der nicht nach Dakota aussah. Außer Robert waren auch noch andere sesshafte Indianer angeschossen oder getötet worden.

Irgendwo hatte er auch Schreie gehört: „Greift das Fort an!" Wenn sie wirklich Fort Ridgely angriffen, würden sie ebenso über die Siedlungen im Süden herfallen. Vermutlich waren die Häuptlinge der Lager in der Nähe der Oberen Station bereits benachrichtigt worden. John Nächster Tag und Kleiner Bär würden versuchen, die Missionare in Hazelwood zu beschützen. Aber was war mit den Danes in Cloudman's Village? Wer würde sie warnen? Wer konnte sie beschützen?

Roberts Kopf sank tiefer, bis er beinahe auf dem Hals seines Pferdes lag. Er rutschte zur Seite und Daniel musste neben ihm reiten und ihn aufrecht halten.

Zeig mir den Weg, Herr, betete er. *Hilf mir, Nancy zu finden. Zeig mir den Weg!*

Wieder und wieder betete er diese Worte, bis er plötzlich Koda bellen hörte. Er musste sich zusammennehmen, um die Pferde nicht zum Galopp zu treiben. Endlich hatte er die Frauen eingeholt und hob Robert vorsichtig vom Pferd.

Nancy beugte sich über ihren bewusstlosen Mann und weinte leise. Sie untersuchte die Wunde, dann schickte sie Clara zum Fluss und riss Streifen aus ihrem Unterrock heraus, während Daniel und Graue Frau das Travois entluden, um Platz für Robert zu machen.

„Der Hengst wird das Travois nicht ziehen", sagte Daniel und nickte zu der Stute. „Sie wird es machen müssen."

Graue Frau ging schweigend zu dem nervösen Pferd und ergriff sein Zaumzeug. Der Hengst schnaubte und warf den Kopf hoch, doch Graue Frau ließ ihn nicht los. Sie redete leise auf Dakota auf ihn ein, bis er sich beruhigte. Dann streichelte sie ihm die Stirn, zupfte an seinem Schopf und gab ihm schließlich einen Kuss auf die Nüstern. Dann sah sie ihren Sohn an. „Jetzt wird es gehen. Wir können das ganze Gepäck und den Proviant in Bündel schnüren und sie über seinen Sattel legen."

Zu Daniels Erstaunen ließ der Hengst sich dies gefallen und sah Graue Frau dabei nur geduldig an. Graue Frau lächelte zu Daniel: „Du weißt eben auch nicht alles über deine alte Mutter!" Sie blickte auf Robert und runzelte die Stirn. „Wir brauchen Alkohol, um die Wunde zu reinigen. Und Nähmaterial. Du musst noch einmal zur Station zurück."

„Zurück?!" Daniel starrte sie ungläubig an.

Graue Frau nickte. „Du musst zurückreiten und das holen, was wir für Robert brauchen, es sei denn, du findest es anderswo auf einer Farm. Oder du treibst irgendwo einen Arzt auf."

„In der Station sind alle tot, *Ina*. Ich habe keine Ahnung, wo ein Arzt sein könnte. Sie nehmen Frauen und Kinder als Geiseln. Ihr müsst schnellstens hier verschwinden und ich muss nach Norden reiten und die anderen warnen."

„Das wirst du auch. Nachdem du die Sachen für Robert besorgt hast." Graue Frau blieb ganz ruhig. „Warte, bis es dunkel ist. Dein Pferd hat sich bis dahin ausgeruht. Du kannst zu deiner Farm zurückreiten und mir die Sachen holen, die ich brauche." Sie nahm die Zügel des Hengstes und ging los. Der stolze Hengst folgte ihr mit brav gesenktem Kopf wie ein Packesel.

Clara hatte Koda an das Travois gebunden und hockte neben Robert, dessen Lippen sie mit einem nassen Lappen befeuchtete. Nancy ergriff den Führstrick der kleinen Stute und ging hinter Graue Frau her.

Daniel sah seufzend nach Norden. Schließlich stieg er aufs Pferd und ritt neben Graue Frau her. „Haltet euch in Richtung Norden, Ina. Wenn Gott mich beschützt, bin ich zurück, bevor der Mond aufgeht." Ohne auf eine Antwort zu warten, galoppierte er an und machte sich auf den Weg zu James Andersons Handelsposten. Er fand Whiskey, Nadel und Faden ... und drei Leichen unten in Andersons „geheimem" Keller, die bis zur Unkenntlichkeit verbrannt waren.

23

Wenn dein Feind hungrig ist,
dann gib ihm zu essen,
und wenn er Durst hat,
dann gib ihm zu trinken.
Sprichwörter 25,21

„Aber Sie können doch den Gottesdienst nicht versäumen!", beharrte Gen. Sie packte einen Laib Brot in den Korb auf dem Küchentisch. „Alle Gemeindemitglieder der Gegend werden da sein, um Ihren neuen Anfang zu feiern. Sie wären so enttäuscht, wenn sie Sie nicht sehen! Die neue und verbesserte Version des Reverend Simon Dane! Es wird ein denkwürdiger Sonntag werden." Sie lächelte ihn strahlend an. „Bitte, Simon, Sie müssen hingehen! Und wenn Amos mit den neuen Liederbüchern hier ist, kommen wir alle nach. Es tut mir sehr Leid, den Gottesdienst zu verpassen, aber so können wenigstens alle Ihnen in Ruhe gratulieren. Es gibt so viel Grund zur Dankbarkeit, Simon! Denken Sie nur - Sie haben gerade erst mit der Arbeit angefangen und schon brauchen wir eine Schule!" Gen war ganz begeistert. „Amos ist der zuverlässigste unserer Freunde. Er kommt ganz bestimmt bald und dann kommen wir alle nach Hazelwood nach."

Obwohl ihre Argumente vernünftig waren, sagte Gen doch nicht den wahren Grund, warum sie noch zurückbleiben wollte, während Simon dem Gottesdienst in Hazelwood beiwohnte. Als Amos Hendricks aufgebrochen war, um die neuen Gesangbücher an der Unteren Station abzuholen, hatte er angekündigt, dass er auf dem Rückweg bei Daniel Leuchtender Stern vorbeireiten wollte, um ihn zu überreden, beim Bau der neuen Schule mitzuhelfen. Gen konnte nicht genau sagen warum, aber ihr gefiel die Aussicht auf ein Wiedersehen mit Daniel ohne Simons Anwesenheit viel besser, als wenn er da wäre.

Simon griff nach dem Korb. „Also gut", gab er nach. „Du hast vermutlich Recht. Die Riggs haben sich so viel Mühe mit dieser Feier gegeben. Und es ist ja nur ein Tag, bis ihr nachkommt." Er ging nach draußen, um das Pferd anzuspannen. „Aber du musst mir versprechen, dass ihr gleich morgen losfahrt, auch wenn Amos nicht kommt."

„Natürlich", sagte Miss Jane brüsk. Als Simon draußen war, schnaubte sie: „Männer! Warum müssen sie immer so stur sein? Als ob nicht schon Hunderte von Frauen wunderbar allein klargekommen sind, während ihre Männer Gold suchten oder sonst was getan haben! Man könnte annehmen, alle Frauen wären hilflose Blümchen!"

Als Simon abgefahren war, organisierte Miss Jane eine kleine Expedition für Meg, Aaron und sich. „Wir werden sehen, ob wir ein paar verspätete Beeren finden." Gen lud sie nicht ein mitzukommen. „Wir kommen früh genug zurück, um das Abendessen für Mr. Hendricks vorzubereiten ... und für Leuchtender Stern! Du hast doch sicher nichts dagegen, die beiden Herren eine Weile allein zu unterhalten, nicht wahr, Gen?" Sie zwinkerte ihr zu.

Es war ein perfekter Plan – bis auf eines. Amos Hendricks erreichte Daniels im Entstehen begriffene Farm und stellte stirnrunzelnd fest, dass dort alles verwaist war. Auch bei Robert Lawrence war keine Menschenseele zu finden. Und während Gen und Miss Jane bei Einbruch der Dunkelheit auf das Heranrollen eines Wagens lauschten, lag Amos Hendricks bereits tot an der Straße zur Unteren Station. Neben ihm flatterten die Seiten der neuen Liederbücher im Wind, die seine Mörder achtlos vom Wagen geworfen hatten, bevor sie ihn stahlen, um weiterhin jeden Weißen umzubringen, der ihren Weg kreuzte.

*

Miss Jane spürte eine Hand auf ihrer Schulter und fuhr erschrocken zusammen.

„Pssst, seien Sie still, ich bin ein Freund!"

Mit klopfendem Herzen lag Miss Jane schweigend in der Dunkelheit. Der Eindringling stand so nah an ihrem Bett, dass sie seinen Atem auf ihrem Gesicht spürte. „Es gibt großen Ärger. Morgen kommen Krieger, die alle Weißen wahllos umbringen. Fliehen Sie sofort, bevor es zu spät ist. Und sagen Sie niemandem, dass ich hier war, sonst sterbe ich auch."

Eine schattenhafte Figur kletterte aus dem Fenster. Miss Jane sprang auf und sah nur noch etwas Weißes davongaloppieren. Das Kriegzeichen auf dem Hinterteil des Schimmels sagte Miss Jane, wer ihr rettender Engel gewesen war. Dieser Warnung sollten sie besser sofort nachkommen. Miss Jane ging in das Zimmer, in dem Gen und Meg schliefen. Sie weckte Gen und lotste sie in die Küche, wo sie ihr erzählte, was vorgefallen war.

„Wir können nicht länger auf Amos warten, sondern müssen sofort zur Mission aufbrechen. Dr. Riggs wird wissen, was zu tun ist."

Gen stimmte zu und weckte die Kinder. Sie zogen sich in aller Eile an, packten etwas Proviant ein, spannten das Pferd an und fuhren los.

„Was ist mit Vater?", sorgte sich Meg, während in der Morgendämmerung die neue Kapelle hinter ihnen immer kleiner wurde.

„Er wartet in Hazelwood auf uns", sagte Gen. „Mach dir keine Sorgen, wir sind bald wieder alle zusammen. Es ist ja nicht weit."

Gen beobachtete misstrauisch die Felder und Bäume um sie herum. Wenn sie sich nur so zuversichtlich gefühlt hätte, wie sie klang!

*

Miss Jane und Gen hörten den Gesang, bevor sie die Krieger sahen und sahen einander besorgt an. In diesem Moment brach das Singen ab, laute Kampfschreie erklangen und mehrere berittene Dakota kamen den Hügel hinter ihnen hinabgestürmt. Aaron und Meg, die hinten im Wagen saßen, sprangen auf und klammerten sich verschreckt aneinander.

Einer der Krieger ergriff die Zügel des Kutschpferdes und brachte es zum Stehen, ein anderer riss Gen den Hut vom Kopf. Er setzte ihn sich auf und ritt singend um den Wagen herum. Ein Dritter eilte mit einer gezogenen Waffe in der Hand herbei.

Miss Jane erhob sich zu ihrer eindrucksvollen gesamten Größe und rief: „Was um alles in der Welt soll denn das werden? Ich habe dich erkannt, Otter!"

Der Lärm hörte abrupt auf und Otter blinzelte sie überrascht an.

„Was soll dieser Unsinn?", verlangte Miss Jane zu wissen.

Gen stand ebenfalls auf. „Du bist doch Leuchtender Sterns Freund", sagte sie schnell. „Du hast ihn zu uns nach Renville gebracht, als er todkrank war. Willst du uns einschüchtern?"

Die Krieger sahen sich unsicher an. Gen tippte Aaron an. „Komm hier hoch zu uns", flüsterte sie. „Sei tapfer, komm, schnell!"

Aaron und Meg krabbelten auf den Kutschbock. Einer der Krieger kam näher und sah Meg an. „Ich habe heute noch keinen Skalp ergattert", drohte er.

Gen verbarg ihre zitternden Hände, indem sie Megs Schultern umfasste. „Ach, meinst du, es bringt dir Ehre, ein wehrloses Kind umzubringen?" Ihre blauen Augen blitzten vor Zorn. *Oh Gott, hilf uns!*, dachte sie gleichzeitig voller Panik.

„Sie hat deinem Freund Leuchtender Stern das Leben gerettet", erinnerte Miss Jane Otter noch einmal. „Willst du es ihr auf diese Weise lohnen? Was soll das für eine Art von Tapferkeit sein?"

Ein dürrer Krieger meldete sich zu Wort. „Die Weißen hungern uns aus. Lieber schnell und ehrenhaft sterben, als langsam zu verrecken."

„Wenn ihr Hunger habt, dann können wir euch helfen", sagte Miss Jane schnell. „Bringt uns zurück zum Haus, dort haben wir eine Menge Vorräte."

Gen sagte: „Wir kochen für euch. Aber ihr solltet nicht so mit euren Freunden umgehen."

Miss Jane sah Otter eindringlich an. „Du kennst mich, Otter. Bin ich je unfreundlich zu dir gewesen? Ich habe immer versucht, dir zu helfen. Deinem Volk zu helfen. Erinnere dich!“

Gen bemerkte, dass auch Miss Janes Hände zitterten. Sie übernahm die Zügel und setzte sich hin. „Also los, lasst uns zurückfahren“, sagte sie. „Die Sonne ist warm; eure Pferde haben sicher Durst. Sie können aus unserem Brunnen trinken, während wir euch etwas zu Essen machen.“

Die Erwähnung des Essens schien die Krieger nicht unberührt zu lassen. Einer rieb sich sogar den Bauch und flüsterte etwas in Otters Ohr. Otter nickte. „Wir gehen. Wenn wir mögen, was ihr uns auftischt, werden wir euch nicht töten.“ Er zerrte das Pferd herum und sie fuhren zurück zum Haus.

*

Am nächsten Morgen durchwühlten die Krieger das Haus und packten sämtliche Nahrungsmittel, Decken und alles andere, was sie brauchen konnten, auf den Wagen. Otter wuchtete sich Gens kleine Truhe auf die Schultern und trug sie hinaus. Als sie sah, wie er mit seinem Gewehr auf das Schloss zielte, rannte sie zu ihm hin und zog die Halskette mit dem Schlüssel aus ihrem Kragen. „Mach es nicht kaputt!“, bat sie. „Hier ist der Schlüssel.“

Otter ergriff den Schlüssel und bemerkte dabei die andere Kette an Gens Hals. Er zog sie heraus und grinste Gen mit halb verrotteten Zähnen an. „Und ich dachte, Leuchtender Stern hätte mich wegen dem Gott des Weißen Mannes im Stich gelassen!“ Er hob Gens Kinn an und strich ihr mit seinem dreckigen Finger über die Wange. „Als ich ihn das letzte Mal gesehen habe, war er an unserem Überfall auf die Untere Station beteiligt. Er trug Kriegsbemalung.“ Er flüsterte Gen ins Ohr: „Und er schien nicht mehr so viel Wert auf die Sitten und Gebräuche der Weißen zu legen!“

Gen drehte abrupt den Kopf weg.

Otter öffnete die Truhe und musterte enttäuscht ihren Inhalt. Dennoch hievte er sie anschließend auf den Wagen. Er gab Aaron die Zügel seines Ponys und befahl ihm, hinten im Wagen Platz zu nehmen.

„Wenn du das Pony loslässt, erschieße ich dich", drohte er.

Nachdem er alle auf den Wagen gescheucht hatte, stieg er auf den Bock und trieb die Pferde an. Unter viel Geschrei und Kampfrufen brach die Gruppe in Richtung Rice Creek auf.

Sie fuhren nach Süden und luden alles auf den Wagen, was sie auf den bereits von anderen Kriegern geplünderten Farmen unterwegs noch fanden. Als sie die Obere Station erreichten, hatten Meg und Miss Jane kaum noch Platz zum Sitzen. Otter hatte verlangt, dass Gen neben ihm auf dem Kutschbock saß. Aaron kauerte ganz hinten auf der Ladekante und klammerte sich an die Zügel von Otters Pony wie an das liebe Leben.

Als Gen die Überreste der Oberen Station erblickte, musste sie sich abwenden. „Sieh nicht hin, Meg", sagte sie. „Aaron, mach die Augen zu!"

Sie fuhren an Mrs. Wakefields wunderschönem Haus vorbei. Die Tür stand offen, die Fenster auch, die kostbaren Spitzenvorhänge wehten im Wind. Gen fragte sich, was wohl aus der gutherzigen Frau und ihrem Dakota-Dienstmädchen geworden war.

In dieser Nacht heckten Miss Jane und Gen einen Überlebensplan aus. „Otter scheint uns wirklich die Heilung von Leuchtender Stern zugute zu halten", stellte Miss Jane fest. „Wir müssen ihm das immer in Erinnerung halten. Vielleicht ist deine Halskette noch unsere Rettung!"

Gen nickte. „Ich werde die beste Squaw sein, der Otter je begegnet ist."

Miss Jane umarmte sie. „Ich auch. Wir dürfen ihnen keinen Grund zur Unzufriedenheit geben. Keine Klagen, keine Bitten."

„Werden wir sterben?", flüsterte Aaron ängstlich.

Gen schüttelte den Kopf. „Wenn sie uns hätten töten wollen, wäre es längst um uns geschehen." Sie tätschelte dem Jungen ermutigend die Schulter.

Meg jammerte: „Können wir nach Hause fahren? Ich will hier weg. Die Indianer sind nicht nett."

Miss Jane nahm die Kleine in die Arme. „Weine nicht, meine Kleine. Wir müssen jetzt ganz brav sein. Wir müssen uns leise verhalten, schön für Otter kochen und Holz sammeln und was sie sonst noch so von uns verlangen. Wenn wir ihnen nützlich sind, werden sie uns nichts tun." Sie sprach nicht aus, was sie dachte: *Zumindest hoffe ich das ...*

24

Segnet, die euch verfolgen; segnet sie und verflucht sie nicht.
Römer 12,14

„Ich muss zurück nach Hause. Irgendetwas muss passiert sein, sonst wären sie längst hier." Völlig aufgewühlt lief Reverend Dane in Hazelwood im Haupthaus auf und ab, das schüttere Haar wirr, der Kragen schief. „Gen hat versprochen, dass sie spätestens heute früh aufbrechen. Sie müssten seit Stunden hier sein!"

Dr. Riggs versuchte ihn zu beruhigen. „Vielleicht ist Amos so spät angekommen, dass sie beschlossen haben, erst morgen zu fahren."

„Aber wenn die Gerüchte stimmen und es im Süden einen Aufruhr gab ..." Simon fuhr sich fahrig durch die Haare.

„Dann wüssten wir das doch. Unsere Dakota-Freunde würden uns warnen." Dr. Riggs legte Simon eine Hand auf die Schulter. „Ich verstehe deine Besorgnis, Simon. Aber Gott ist da. Und es bringt nichts, den Boden durchzulaufen. Komm herein und iss zu Abend. Wenn sie dann immer noch nicht hier sind, machen wir uns gemeinsam auf den Weg."

Sie hatten sich gerade zu Tisch gesetzt, als jemand polternd auf die Veranda stürmte. Bevor Mrs. Riggs zur Tür gehen konnte, flog diese auch schon auf und Leuchtender Stern taumelte herein.

Er trug kein Hemd und Kriegsbemalung. „Die Blanket-Dakota haben die Untere Station zerstört. Sie töten alle Weißen." Er hielt inne und überblickte die am Tisch Sitzenden. „Wo ist Himmelsauge?", fragte er Simon. „Und die Kinder?"

„Sie sind in der neuen Missionsstation bei Cloudman's", presste Simon hervor. „Sicher ... sicher sind die Dakota nicht so weit gekommen, oder? Nicht in nur einem Tag ..."

Dr. Riggs erhob sich. „Wir sollten hinreiten und nach ihnen sehen."

Zwei weitere Reiter kamen heran. „Das sind John Nächster Tag und Kleiner Bär“, sagte Dr. Riggs. „Sie werden wissen, wie es steht.“ Alle eilten mit ihm nach draußen.

„Ich bin den ganzen Tag unterwegs gewesen“, berichtete John erschöpft. „Alle weißen Männer in der Unteren Station sind tot. Die Frauen und Kinder hat Kleine Krähe als Geiseln genommen. Ein Trupp Soldaten aus Fort Rigdely ist in der Nähe der Station in einen Hinterhalt geraten und aufgerieben worden. Die Blankets werden hierher kommen; Sie müssen alle sofort fliehen!“

„Ich gehe nirgendwohin ohne meine Kinder!“, rief Simon. An Daniel gewandt flehte er: „Wir müssen sie finden!“

Nächster Tag legte seine Hand auf Simons Schulter. „Du kannst nicht gehen, mein Bruder“, sagte er. „Wenn sie deine weiße Haut sehen, töten sie dich.“ Er deutete auf Daniel. „Leuchtender Stern kann sich unter ihnen bewegen. Lass ihn gehen.“

„Mir ist egal, was mit mir passiert!“, brüllte Simon. „Ich kann doch meine Kinder nicht ...“ Er brach abrupt ab. „Ich kann nicht zulassen, dass Geneviève etwas zustößt. Sie ist alles, was ich habe!“

Kleiner Bär meldete sich zu Wort. „Reverend Dane, Sie müssen auf Nächster Tag hören! Es gibt Freunde unter den Dakota, aber sie dürfen sich nicht offenbaren, indem sie mit einem Weißen reisen. Leuchtender Stern kann gehen. Sie müssen bleiben. Sie helfen Ihren Kindern nicht, indem Sie sich dumm verhalten.“

Daniel kniete sich vor Simon hin und sagte: „Ich werde nicht ruhen, bis ich Ihre Kinder gefunden habe, das schwöre ich.“ Dann fügte er hinzu: „Beten Sie für mich!“ Und damit war er fort, bevor Simon noch etwas sagen konnte.

Es kamen immer mehr Dakota an, die ihre Kinder abholten und dann wieder verschwanden. Ein Lehrer von einer benachbarten Siedlung kam zu Fuß und erzählte: „Eine Gruppe Dakota hat mir Pferd und Wagen weggenommen.“ Er wischte sich mit einer zitternden Hand über die Stirn. „Ich frage mich nur, warum sie mich nicht getötet haben.“

Ein Dutzend der benachbarten Dakota kamen mit Gewehren und Ackergeräten bewaffnet angeritten. „Wir beschützen euch, während ihr packt, aber ihr müsst schnell hier weg“, sagten sie.

Sie versammelten sich auf der Veranda und Dr. Riggs betete mit ihnen. Dann sangen sie das Kirchenlied „Gott ist die Zuflucht seiner Heiligen.“

Mit Tränen in den Augen packte Mary Riggs ein paar Sachen zusammen und bereitete sich darauf vor, ihr Lebenswerk zu verlassen.

John Nächster Tag brach zur Oberen Station auf, wo er die Nachtwache für 62 weiße Flüchtlinge übernehmen wollte, die sich dort aus dem gesamten Umkreis zusammengefunden hatten.

Um Mitternacht sagte Kleiner Bär: „Wir müssen uns umziehen und Dakota-Kleidung tragen, sonst sind wir alle in Gefahr.“ Er wandte sich an Dr. Riggs. „Bitte, Sie müssen jetzt sofort losgehen. Die Krieger werden uns töten und Ihre Frauen als Geiseln nehmen.“

Die Riggs, Simon, Lizzie, Belle und einige andere Mitarbeiter der Mission machten sich auf den Weg durch den Minnesota River und schlugen ihr Lager auf einer Sandbank auf.

Dr. Riggs saß kopfschüttelnd auf einem Baumstamm. „Ich kann es kaum fassen, dass dies wirklich geschieht!“ Er sah Simon mitfühlend an. „Die Häuptlinge werden die Krieger bald zur Räson bringen. Es kann nicht so schlimm sein, wie es jetzt den Eindruck macht. Auf keinen Fall werden sie zulassen, dass sich das wiederholt, was in der Unteren Station geschehen ist. Gleich morgen früh breche ich zur Oberen Station auf und sehe nach dem Rechten.“ Er lächelte. „Nun, morgen früh wird Leuchtender Stern vermutlich mit Miss LaCroix, Miss Jane und den Kindern hier auftauchen und wir werden alle nach Hause gehen und über unsere Nacht auf der Sandbank lachen!“

„Glauben Sie das wirklich?“, fragte Simon.

Dr. Riggs lächelte nur.

Am Morgen rüttelte Dr. Riggs Simon an der Schulter. „Bitte

halte du hier alles unter Kontrolle, während ich zur Station gehe und nachsehe, was dort los ist."

Während der qualvollen Wartezeit drängten sich alle erschöpft und verängstigt aneinander. Simon betete mit ihnen, aber ihm selbst kamen seine Worte hohl vor. Schließlich kehrte Reverend Riggs zurück und berichtete vom Chaos auf der Station. Die Dakota waren so sehr damit beschäftigt gewesen, die Gebäude der Station zu zerstören, dass es John Nächster Tag und seinen Schützlingen gelungen war, unbemerkt davonzukommen.

Dr. Riggs atmete tief durch. „Wir müssen für sie beten. Und ich denke, wir sollten so bald wie möglich weiterziehen. Andrew Jäger, der Junge, der für Dr. Wakefield gearbeitet hat, und einige andere junge Leute konnten zwei Gespanne von der Station mitnehmen. Sie haben etwas Proviant und das Vieh des Doktors dabei. Wenn wir ihnen ein Stück entgegengehen, wird Andrew uns mit dem Wagen abholen."

Die kleine Gruppe Flüchtlinge nahm ihre Bündel und watete durch den Fluss ans andere Ufer. Und es dauerte nicht lange, da tauchte auch schon Andrew Jäger mit dem Wagen auf.

„Wir brauchen noch einen Wagen", sagte Dr. Riggs stirnrunzelnd. „Die Frauen und Kinder können zu Fuß nicht schnell genug gehen."

„Ich kümmere mich darum", sagte Simon. Ohne eine Antwort abzuwarten, durchquerte er wieder den Fluss und kletterte am anderen Ufer mit klopfendem Herzen heraus. Hinter jedem Busch schien ein Dakota zu lauern. Doch alles blieb still und er erreichte die verlassene Mission ohne Probleme. Als er vor der Schule um die Ecke bog, kam gerade ein einsamer Indianer mit Rory am Halfter aus dem Stall.

„Halt!", rief Simon. „Das ist mein Pferd und ich brauche es!"

Der Dakota sah überrascht auf.

Simon bemerkte zu seiner Erleichterung, dass er nicht bewaffnet war. Er richtete sich so hoch auf wie möglich und wiederholte laut: „Das ist mein Pferd und ich will es sofort zurückhaben!“ Er riss dem Dakota die Zügel aus der Hand und fragte sich gleichzeitig, ob er sich dazu bringen konnte, dem Mann ins Gesicht zu schlagen, wenn dieser ihn angriff. Doch der Indianer sah ihn nur völlig verblüfft an. Dann zuckte er die Achseln und ging fluchend in Richtung Sägewerk davon.

Am ganzen Körper zitternd, spannte Simon Rory vor einen leichten Wagen und fuhr schnell mit ihm davon. Er fühlte sich heldenhaft. Das Gefühl gefiel ihm!

Sie setzten die Kinder in den neuen Wagen und fuhren den ganzen Tag in Richtung Osten. Sie hielten sich so weit wie möglich vom Fluss fern. Dabei beobachteten sie ängstlich die vereinzelt aufsteigenden Rauchwolken und lauschten dem Gewehrknallen. Noch schien niemand ihre Flucht bemerkt zu haben.

*

Alles war in Bewegung. Gruppen von Gefangenen wurden von Camp zu Camp geschleppt und manchmal tagelang gefesselt allein gelassen, während die Krieger plündernd und brandschatzend durch die Gegend zogen und mit Lebensmitteln und neuen Geiseln zurückkamen. Jede Nacht verbrachten Gen, Miss Jane und die Kinder in einem anderen Tipi oder Haus und lauschten in der Dunkelheit den Siegesfeiern und Gesängen ihrer Entführer. Immer wieder wurden andere entführte Frauen von den Dakota in ihren Tipis „besucht“, und Gen, Jane und die Kinder drängten sich dicht aneinander, wenn sie ihre Schreie hörten.

Eines Nachts hatte man sie auf den Dachboden eines verlassenen Farmhauses geschickt. Die Augusthitze war beinahe unerträglich und der Geruch der ungewaschenen Körper tat ein Übriges. Um sich abzulenken, versuchte Gen ein Gespräch mit den anderen Frauen anzufangen, die mit ihnen in der Dunkelheit kauerten.

„Ich bin Geneviève LaCroix aus Cloudman's Village“, sagte sie. „Hier bei mir sind Miss Jane Williamson von der Hazelwood-Mission sowie die beiden Kinder von einem der Missionare. Wer ist noch hier?“

Gen schätzte, dass ungefähr 20 Frauenstimmen ihren Namen und Herkunftsort nannten.

„Was wird nur aus uns?“, klagte eine der Frauen leise.

Eine Frau mit starkem deutschen Akzent beklagte den Verlust ihrer guten Federbetten.

„Und Ihre Familie?“, wollte Miss Jane wissen. „Was ist mit Ihrer Familie?“

„Ach“, sagte die Frau, „sie sind alle tot. Sie haben meinen Mann umgebracht.“ Und dann jammerte sie weiter über ihre verlorenen Federbetten.

Eine andere schrie sinnloses Zeug und beendete ihren Ausbruch mit einem verzweifelten: „Nach Hause, nach Hause, nach Hause!“ Gen stolperte auf die Stimme zu und wollte die Frau tröstend in die Arme nehmen, doch als sie sie berührte, schrie sie noch lauter und schlug wild um sich. Gen tastete sich zurück zu Miss Jane. „Die Ärmste. Sie scheint den Verstand verloren zu haben“, weinte sie.

Meg umklammerte Gens Rock. „Geh nicht noch mal weg! Bitte nicht!“ Gen tröstete sie und wieder einmal durchlebten sie eine schreckliche Nacht, begleitet von den Kriegsrufen der Dakota.

Am Morgen kam Otter zu ihnen. Er hatte den Wagen ausgeräumt und lud sie zu einer Fahrt ein. Anscheinend machte es ihm Spaß, seine Geiseln der Öffentlichkeit vorzuführen.

„Ich bringe euch zu Kleine Krähe“, sagte Otter. „Wir werden bald die Stadt New Ulm angreifen und dann Fort Ridgely. Wenn wir das Fort zerstört haben, werden die Dakota wieder das ganze Tal beherrschen.“

Doch die Krieger schafften es nicht, New Ulm einzunehmen. Otter kam wütend und betrunken zurück. Er schlug Gen ins Gesicht, als sie nicht schnell genug reagierte.

Meg begann zu weinen und Miss Jane versuchte sie schnell zu beruhigen. „Sie ist nur müde, Otter. Du musst doch auch erschöpft sein. Hier“, sagte sie und deutete auf ein Deckenlager.

„Ruh dich doch ein wenig aus, während wir uns um das Essen kümmern." Sie bewegte sich auf die Tür zu und zog Aaron und Meg mit sich hinaus.

Otter ließ sich auf die Decken fallen und glotzte Gen an. Als sie sich ebenfalls in Richtung Tür bewegte, zischte Otter: „Komm her, Halbblut!"

Gen erstarrte. Doch gerade als Otter aufstand, um sich ihr zu nähern, entstand draußen ein Tumult. Otter fluchte und ging an Gen vorbei nach draußen.

Als Miss Jane mit den Kindern zurückkam, starrte Aaron lange in Gens blau geschlagenes Gesicht. „Wenn er dich noch einmal anrührt, bringe ich ihn um!", murmelte er.

„Nein, Aaron", beschwichtigte Gen. „So lange wir in Otters Gewalt sind, müssen wir uns ruhig verhalten. Wir müssen ihm vorgaukeln, dass wir ihm vertrauen. Wenn wir uns gut verhalten, tut er uns nichts. Wir müssen ihm dienen, nicht mal böse Blicke dürfen wir ihm zuwerfen. Wenn er dir von einer Gräueltat erzählt, die er begangen hat, musst du ihn beglückwünschen und neidisch tun."

Aaron sah sie entsetzt an. „Du willst, dass ich *lüge?*"

„Ich will, dass du *lebst*!", sagte Gen und sah Miss Jane bittend an.

„Wir wollen beten, dass du nicht lügen musst, Aaron", sagte sie diplomatisch. „Aber dies sind schreckliche Zeiten und ich glaube nicht, dass Gott etwas dagegen hat, wenn wir ... so tun, als würden wir Otters Taten gutheißen ... damit ... Meg so unversehrt und unschuldig bleibt, wie sie jetzt ist." Miss Jane sah Aaron bedeutungsvoll an. „Weißt du, wovon ich rede, Aaron?"

Der Junge nickte widerstrebend.

Das Leben nahm eine fast surreale Monotonie an. Täglich wurden Wagenladungen voll Nahrungsmittel und Kleidung aus den Raubzügen der Dakota herangekarrt und zwischen den Tipis aufgestapelt. Täglich kamen neue verschreckte Frauen und Kinder dazu, bis ein ganzes Dorf voller Weißer unter den Dakota lebte. Niemand musste Hunger leiden. Die Geiseln waren damit beschäftigt, ihren Entführern Essen zu kochen, Kleidung zu flicken und sonstige Arbeiten zu verrichten.

Miss Jane, Gen, Meg und Aaron taten ihr Bestes, um Otter von ihrer Nützlichkeit zu überzeugen. Gen trocknete Pemmikan für ihn. Miss Jane und Meg bastelten Schleifen für die Mähne seines Pferdes. Aaron striegelte das Pferd, bis es glänzte, und bemalte dann seine Flanken und Kruppe mit bunten Kreisen. Otter war angetan. Einmal lächelte er Aaron sogar an.

Aaron sah Gen an, während Otter auf seinem geschmückten Pferd davonritt. „Bei jedem Kreis habe ich gebetet, dass er für die Kugel eines Soldaten eine gute Zielscheibe abgibt!"

Fort Ridgely wurde angegriffen, doch die Soldaten konnten Kleine Krähe und seine 400 Krieger mit nur 100 Mann abwehren. Nach dem Kampf murmelte Otter: „Wenn die Dakota nur ein paar von diesen großen Gewehren hätten, könnten sie das ganze Land regieren!"

Als auch der zweite Versuch fehlschlug, das Fort zu stürmen, wandten die Dakota ihre Aufmerksamkeit wieder New Ulm zu. Während des zweiten Angriffs breitete sich ein Gerücht unter den Gefangenen aus. Angeblich würden die Dakota sie alle als Rache töten, falls es ihnen wieder nicht gelang, die Stadt einzunehmen.

Aaron nahm sich ein Messer und sagte zu Gen: „Wenn sie dir etwas tun, töte ich zuerst Meg und dann mich selbst. Ich schwöre es!" Dann begann er zu weinen. Als Gen ihn trösten wollte, stieß er sie weg. „Hör auf! Ich bin kein Baby mehr!"

Er rannte nach draußen in den Regen, den er überhaupt nicht beachtete.

25

Habt keine Angst:
Ihr seid Gott mehr wert als ein ganzer Schwarm von Spatzen.
Lukas 12,7

Während Otter Gen und die Kinder in Kleine Krähes Lager festhielt, befanden sich Simon und die anderen Flüchtlinge aus Hazelwood 30 Meilen weiter nördlich. Sie schleppten sich über die Prärie auf die vermeintliche Sicherheit von Fort Ridgely zu. Sie hatten noch 30 Meilen in südöstlicher Richtung vor sich. Selbst wenn sie es schafften, heil an der Unteren Station vorbeizukommen, lagen immer noch 12 Meilen durch feindliches Gebiet vor ihnen.

Niemand in der Gruppe kannte sich dort aus. Die Wagen krachten immer wieder in vom Gras verborgene Löcher. Nachts trauten sie sich nicht, ein Feuer anzuzünden, um keine Aufmerksamkeit zu erregen. Sobald die Dunkelheit hereinbrach, setzten sie sich eng zusammen und warteten auf das Tageslicht. Schlafen konnte niemand so recht, obwohl sie Wachen eingeteilt hatten.

Am zweiten Tag begann es zu regnen. Die Wagen mussten mehrmals entladen und mit vereinten Kräften aus Schlammlöchern gezogen werden. Die Vorräte gingen zur Neige und sie knabberten an rohen Getreidekörnern und angeschimmeltem Brot herum. Dann stießen sie auf einen verlassenen Hof, dessen Tomatenpflanzen voller Früchte hingen. Sie ernteten die Tomaten und gruben mit bloßen Händen Kartoffeln aus dem Boden. Vor Freude über ihren Fund weinten einige sogar.

Von den rund 40 Flüchtlingen waren nur 10 Männer in einem einigermaßen wehrhaften Zustand. Niemand sprach über ihr trauriges Waffenarsenal, das aus zwei altertümlichen Gewehren und einer Pistole bestand.

Am nächsten Morgen hatten sie gerade einen kleinen Bachlauf überquert und befanden sich auf der Höhe von Rote Stimmes Camp, als Jonas Wright zu Dr. Riggs aufschloss.

„Könnten Sie damit jemanden töten?“, fragte er Dr. Riggs und deutete auf das Gewehr, das Riggs eher als Wanderstab benutzte.

Dr. Riggs sah die Waffe an und schüttelte den Kopf. „Ich glaube nicht, dass ich mich dazu überwinden könnte, den Abzug zu betätigen.“

„Das werden Sie aber tun müssen“, sagte der Mann und nickte zum Horizont, wo soeben zwei berittene Dakota aufgetaucht waren. Alle schienen gleichzeitig die Indianer zu sehen. Die Frauen und Kinder stiegen angstvoll flüsternd auf die Wagen, während die Männer einen Verteidigungsring um sie bildeten.

„Haltet nicht an“, sagte Dr. Riggs. „Wir müssen einfach weitergehen und so tun, als würde uns das alles nichts angehen.“ Er sah zu Simon, der eines der Gespanne am Zügel hielt. „Fahr weiter“, sagte er zu ihm und fügte leise hinzu: „Und bete!“

Nach einigen angespannten Momenten verschwanden die Dakota außer Sicht und kamen nicht zurück.

Einen Tag später waren die Flüchtlinge immer noch meilenweit vom Fort entfernt, als Artilleriefeuer an ihre Ohren drang. Die Männer tauschten besorgte Blicke aus. Griffen die Dakota etwa Fort Ridgely an? Oder hatten sie es gar schon eingenommen?

Simon ließ sich zurückfallen und ging neben Dr. Riggs her. „Kann das Fort einem massiven Angriff standhalten? Wenn die nördlichen Stämme sich zusammengeschlossen haben, muss die Zahl der Krieger doch in die Hunderte gehen!“

Dr. Riggs nickte. „Ja, und als ich das letzte Mal in Ridgely war, sagte mir der Quartiermeister, dass sie nur noch weniger als hundert Mann wären.“ Er sah sich um. „Nun, wir werden ihnen noch zwölf kampffähige Männer stellen!“

„... und drei Dutzend weitere hungrige Münder“, murmelte Simon.

„Das Fort ist immer noch unsere einzige Hoffnung“, sagte Dr. Riggs nüchtern.

Als die Dunkelheit hereinbrach und der Kampfeslärm verebbte, begannen sie zu hoffen, dass das Fort vielleicht doch noch sicher war. Aber dann erstiegen sie einen Hügel und sahen einen Feuerschein, der nur von brennenden Gebäuden kommen konnte.

Beflügelt von seinem vorangegangenen Erfolg mit Rory, schlug Simon vor, dass er sich im Schutz der Dunkelheit ans Fort heranschleichen könnte. Es schien Stunden zu dauern, bis er endlich in die Nähe des Forts kam. Als eine der Wachen auf ihn feuerte, schwenkte er ein Taschentuch und hoffte, dass man es im Mondlicht sehen konnte.

Endlich stand er einem säuerlich dreinblickenden Offizier gegenüber, den die Aussicht auf noch mehr Flüchtlinge nicht gerade erfreute. „Die Krankenstation platzt aus allen Nähten, und in den Baracken sind bereits über 200 Leute. Ich weiß nicht, wo wir Sie alle noch hinstecken sollen." Er spuckte etwas Kautabak aus und kratzte sich am Kinn. „Aber vermutlich bleibt mir nichts anderes übrig, als Sie aufzunehmen. Wenn nicht bald Verstärkung kommt, sind wir so oder so geliefert." Er wandte sich zum Gehen. „Ich sage den Wachen, dass sie nicht auf Ihre Gruppe schießen sollen." Damit eilte er davon und ließ Simon einfach stehen.

Simon starrte ihm hinterher und begriff, dass er soeben erfahren hatte, dass sie alle vermutlich binnen der nächsten 24 Stunden tot sein würden. Vorräte gab es wohl auch keine mehr. Seufzend machte sich Simon wieder auf den Weg zu den anderen.

„Wenn wir nicht zum Fort gehen, sind wir Idioten", brüllte einer der Männer, als Simon seine Bedenken äußerte. „Also, ich gehe!" Drei seiner Freunde schlossen sich ihm an.

Simon schnappte sich eine alte Pistole aus dem Wagen, spannte den Abzug und sagte ruhig: „Ich bin ein Mann Gottes und möchte das nicht tun, aber wenn Sie sich einen Schritt von dieser Gruppe entfernen, werde ich Sie erschießen." Er sah die vier Männer entschlossen an. „Sie dürfen die Frauen und Kinder nicht im Stich lassen. Wir sind nur 12 Männer und müssen zumindest bis zum Morgen zusammenbleiben. Wir brauchen jeden Mann, um uns über den Fluss zu bringen. Wenn wir etwas weiter von der Gefahr entfernt sind, können Sie tun und lassen, was Sie wollen."

Dr. Riggs starrte Simon sprachlos an. Simon hielt die Pistole weiter auf einen der Männer gerichtet und schließlich räusperte der sich. „Nun, was machen schon ein paar Stunden mehr oder weniger aus, Jakob?", sagte er. „Lass sie uns noch über den Fluss bringen."

Die Spannung ließ nach, als die vier Männer dabei halfen, die Wagen wieder in Gang zu bringen. Im Morgengrauen zog die kleine Gruppe am belagerten Fort Ridgely vorbei und in Richtung des Dorfes St. Peter, das noch einmal 30 Meilen östlich von ihnen lag. Die vier Männer verließen die Gruppe wie besprochen. Simon sah ihnen nach, als sie in einem kleinen Wäldchen verschwanden. Kurz darauf hörten sie Schüsse. Alle sahen sich unsicher an und gingen dann weiter. Endlich gelangten sie zu dem Weg nach St. Peter. Im Süden konnten sie Rauch von brennenden Häusern aufsteigen sehen. Am Nachmittag stießen sie auf die Leiche eines Mannes, den sie nach kurzer Diskussion zu beerdigen beschlossen. Simon und zwei andere Männer banden sich Tücher um die Nasen und gruben ein Loch, in das sie den Mann legten, nachdem sie in seinen Taschen vergeblich nach einer Identifikationsmöglichkeit gesucht hatten.

Am späten Nachmittag kamen sie an einem verlassenen Haus vorbei. Der Tisch war zum Essen gedeckt und auf der Leine hing noch Wäsche. Simon betete für die Bewohner, fragte sich, ob sie sich wohl hatten retten können, ob sie Kinder hatten ... Im Keller fanden sie Sahne und Butter, im Garten wuchsen Mais und Kartoffeln. Mit dankbaren Tränen in den Augen aßen sie sich satt.

Endlich kamen sie nach St. Peter, wo ein Hotelbetreiber Dr. Riggs erkannte und um ihr Kommen ziemlich viel Aufhebens machte.

„Man hat erzählt, Sie seien tot, Dr. Riggs!", rief er erstaunt.

„Sie alle!“ Er winkte die Gruppe in sein Hotel und bot ihnen eine kostenlose Unterkunft an, so lange sie sie brauchten.

Später an diesem Abend trafen sich Simon und Dr. Riggs im Speisesaal des Hotels. „Sie verstehen sicher, dass ich zurück muss“, sagte Simon und kämpfte gegen die aufsteigenden Tränen an.

„Leuchtender Stern wird tun, was er kann“, sagte Dr. Riggs. „Verliere nicht die Hoffnung, Simon!“

Simon räusperte sich. „Danke für alles. Deine Geduld in all den Jahren, als ich nichts als ein stolzer Narr war ...“

Der Hotelbesitzer Mr. Shaw brachte ein Telegramm für Dr. Riggs. Als dieser es las, füllten sich seine Augen mit Tränen. Er reichte es an Simon weiter. „Wenn alles verloren ist, schenkt Gott uns besondere Gnade. Lies das, Simon. Sieh selbst, wie wir von unseren Mitarbeitern geliebt werden, die uns für tot halten.“

Simon las: „ ... wenn die Leichen gefunden werden, sollen sie um jeden Preis hergebracht werden.“ *Ja,* dachte er, *genau das würde ich auch wollen ...*

*

Daniel Leuchtender Stern ließ sich von seinem Pferd gleiten und kauerte sich am Fluss nieder. Er hatte bezüglich der Missionare von Cloudman's Village viele Gerüchte gehört: Mal hieß es, sie seien über den Fluss entkommen. Oder sie seien alle getötet worden, als sie am Hawk Creek kampiert hatten. Sie befänden sich mit einer Gruppe von anderen Geiseln in Gefangenschaft von Häuptling Mankato. Sie seien nach Norden an den Lac Qui Parle geflohen, wo Stehender Büffels Leute sie aufgenommen hätten. Keines dieser Gerüchte hatte sich als wahr herausgestellt.

Noch immer durchkämmten Tausende von Dakota auf dem Kriegspfad das Land, mordeten Siedler, verwüsteten Farmen und kämpften gegen Soldatentrupps aus Fort Ridgely. Sie hatten Hunderte von Geiseln genommen und zogen ständig von

Camp zu Camp. Daniel hatte sich selbst und Gott gelobt, dass er Meg, Aaron, Gen und Miss Jane mit seinem Leben verteidigen würde, doch dazu musste er sie erst einmal finden. Er suchte jetzt schon seit fast zwei Wochen ohne Erfolg nach ihnen.

Daniel starrte auf sein Spiegelbild im Wasser, das von Tränen der Wut und der Verzweiflung gezeichnet war. Er spritzte sich etwas Wasser ins Gesicht und schwang sich dann wieder auf sein Pferd, um Richtung Norden zu reiten. Eines der neuesten Gerüchte besagte, dass alle acht Dakota-Stämme aus dem Gebiet der Unteren Station im Norden in der Nähe von Hazelwood zusammen kampierten. Wenn das tatsächlich stimmte und dort alle friedlichen Indianer versammelt waren, konnte Daniel vielleicht etwas über den Verbleib von Gen, Miss Jane und den Kindern erfahren.

Irgendjemand musste doch wissen, was mit ihnen geschehen war! Es gab zwar einige Halbblutindianer mit blauen Augen wie Gen, aber nicht viele Dakota hatten je eine so große Frau gesehen wie Miss Jane. Ihren Anblick würde man ebenso wenig vergessen wie den von Megs flammend roten Haaren.

Wenn du wirklich weißt, wenn ein Sperling vom Himmel fällt, dann weißt du auch, wo sie sind, sagte Daniel und breitete seine Arme zum Himmel aus. „Zeig mir, wo sie sind, Herr!"

*

Eines der Gerüchte, die Daniel ausgeschnappt hatte, war richtig. Nachdem sie weder Fort Ridgely noch New Ulm hatten einnehmen können, waren die Krieger nach Norden gezogen und hatten in der Nähe von Hazelwood ihr Lager aufgeschlagen. Kleine Krähe wusste, dass bald Soldaten kommen würden. Und er wusste auch, dass seine Armee keine war. Doch er hatte sein Wort gegeben und würde es halten.

Gen würde die Narben von ihrem Weg nach Norden für den Rest ihres Lebens behalten. Zuerst hatte Otter sie von der Straße fern gehalten und sie wie Vieh durchs Gebüsch getrieben. Meg hatte die Arme um Gens Taille gelegt und Gen hatte sie mit ihrem Körper geschützt. Die Dornen hatten ihnen die Haut zerkratzt und zerrissen. Am Abend waren sie alle blutüberströmt und völlig erschöpft.

Eine freundliche alte Frau holte sie in ihr Tipi. Als Otter protestierte, schnitt sie ihm kühn das Wort ab. Zu Gen sagte sie: „Ich bin Gute Mutter. Mein Sohn ist ein Farmer und ich werde tun, was ich kann, um euch zu helfen. Wir ziehen nach Norden; dort sind die friedlichen Dakota zusammengekommen. Ihr werdet gut versorgt, keine Angst." Sie brachte neue Mokassins für Aaron und Meg und verband ihre Wunden.

„Dieser Otter ist ein schlechter Mann", schimpfte sie kopfschüttelnd. „Ihr habt Glück, dass ihr noch am Leben seid."

Am nächsten Morgen durften sie bei Gute Mutter bleiben und mit ihrem Treck weiterziehen. So weit Gen sehen konnte zog sich die Schlange von Kutschen, Ochsenkarren, Planwagen und Gigs voller Nahrungsmittel und Möbel die Straße entlang. Krieger in den unmöglichsten Verkleidungen ritten herum - einer hatte sich einen weißen Seidenschal als eine Art Turban um den Kopf gebunden, ein anderer trug eine goldene Uhr um den Fußknöchel. Dakota-Frauen hatten seidene Ballkleider angezogen und das Verrückteste waren die amerikanischen Flaggen, die von vielen Wagen wehten.

Der Lärm war ohrenbetäubend. Kinder weinten, Mulis schrien, Hunde bellten und die ganze Zeit ritten die Krieger an den Wagenreihen auf und ab, brüllten Befehle und sangen Kriegslieder.

Gen und die Kinder trotteten durch das beinahe mannshohe Präriegras. Mehr als einmal trat Gen beinahe auf eine schlafende Schlange.

Als sie zur Mittagszeit Pause machten, bemerkte Gute Mutter, dass Gen humpelte. Sie hatte eine riesige Blase an einer Seite des Fußes und Gute Mutter nötigte Otter, Gen und die Kinder auf einen der Wagen zu setzen. Otter schüttelte sein Gewehr. „Wenn sie nicht mithalten können, erschieße ich sie eben!"

Gute Mutter drohte ihm mit der Faust. „Die Soldaten kommen. Was meinst du, was sie tun werden, wenn sie die Frauen und Kinder tot vorfinden? Wie viele Dakota-Frauen und Kinder werden sie wohl aus Rache töten?"

Otter dachte kurz nach und schubste Gen dann auf einen Wagen. „Los, ihr da!", schrie er dann Meg und Aaron an. „Hoch mit euch!" Er lachte grausam, als Meg bei dem Versuch, den Wagen zu erklimmen, stolperte und hinfiel. Miss Jane hob sie auf den Wagen und half auch Aaron hinauf. Otter piekste sie mit seinem Speer. „Du läufst", befahl er. „Du bist so stark wie ein Büffel."

Um die Obere Station zu erreichen, mussten sie eine steile Anhöhe erklimmen. Sie waren seit Stunden marschiert, ohne einen Schluck Wasser zu bekommen. Miss Jane stolperte mit rotem Gesicht hinter dem Wagen her. Als sie einmal stürzte, zog Otter sie lachend hoch. „Die weiße Frau hat sich das Gesicht schmutzig gemacht!"

„Lass sie in Ruhe!", schrie Aaron und sprang vom Wagen. Er legte sich Miss Janes Arm um die Schultern und stützte sie. „Ich helfe Ihnen, Miss Jane!"

Otter starrte Aaron an. „Du bist ein tapferer Junge, Aaron Dane. Aber pass auf, dass dein Mut dich nicht eines Tages das Leben kostet." Damit ritt er davon.

Der Anblick der zerstörten Station brach ihnen fast das Herz. Dr. Wakefields schönes Haus war bis auf die Grundmauern abgebrannt. Schränke, Geschirr, Spiegel und sonstige Einrichtungsgegenstände lagen auf dem Grundstück herum.

Es hieß, dass Häuptling Rotes Eisen aus dem Norden die rebellierenden Dakota zur Vernunft gebracht und mit Kleine Krähe geredet hätte. Er hatte sich nicht an den Kampfhandlungen beteiligt und wollte verhindern, dass sein Stamm die Rache der Weißen zu spüren bekam.

Gute Mutter bestand darauf, dass Otter ihr die Verantwortung für seine Geiseln übertrug und sie bei den friedlichen Indianern bleiben ließ. Otter zierte sich eine Weile, gab dann aber nach und ritt davon.

„Was passiert jetzt, Gute Mutter?“, wollte Miss Jane wissen und nickte zum anderen Flussufer, wo Otter und die anderen Krieger miteinander palaverten, während die Frauen die Tipis aufbauten.

Gute Mutter zuckte die Achseln. „Nicht alle Dakota stimmen dem zu, was passiert ist.“ Sie bedeutete ihnen, sich zu setzen.

Als alle es bequem hatten, begann Gute Mutter leise zu sprechen: „Nicht alle Dakota stimmen zu, aber wir wissen nicht, was wir tun sollen. Geheime Botschafter sind zu Colonel Sibley gesandt worden. Er kommt mit Soldaten, um den Kampf zu beenden. Die Botschafter haben ihm gesagt, dass er sich beeilen muss und dass die friedlichen Indianer auf ihn warten.“ Sie lächelte. „Zuerst wusste ich nicht, dass so viele andere Dakota wie ich den Weißen helfen wollten. Ich habe es einfach getan und mit niemandem darüber gesprochen. Als ich gemerkt habe, dass auch viele andere so dachten, wurde ich mutiger. Wir werden jetzt alle Geiseln hier behalten und auf sie aufpassen. Unsere führenden Männer werden die Krieger überzeugen, uns auch die anderen Geiseln in anderen Trecks zu überlassen. Die weiße Regierung wird es hoffentlich zu schätzen wissen, dass wir euch gut behandelt haben.“ Sie sah die anderen hoffnungsvoll an. „Vielleicht geben sie uns sogar unsere Farmen zurück, was meint ihr?“

Miss Jane nickte. „Unsere Regierung ist fair. Ich bin ganz sicher, dass sie die von euch belohnen werden, die sich nicht an dem Blutvergießen beteiligt haben.“ Sie tätschelte Gute Mutters faltige Hand. „Ich werde mich für euch einsetzen, und viele andere werden das auch tun.“

Vom anderen Flussufer ertönte lauter Gesang und Schüsse knallten. Gute Mutter seufzte kopfschüttelnd. „Die Soldaten müssen sich beeilen. Wir wollen euch beschützen, aber wir können keine Wunder tun.“ Sie stand auf. „Jetzt müsst ihr schlafen. Bewegt euch am besten so wenig wie möglich, damit ihr nicht auffallt.“

*

Gen saß am Feuer und schaute zum Mond hinauf. Als Miss Jane aus dem Tipi trat, schrak sie zusammen.

„Ich konnte auch nicht schlafen", sagte Miss Jane. „Es ist so heiß."

Gen seufzte. „Wie lange halten sie uns jetzt schon gefangen? Ich habe jedes Zeitgefühl verloren!"

„Ich bin nicht sicher", meinte Miss Jane. „Es erscheint mir wie eine Ewigkeit! Ich hätte nie gedacht, dass so etwas passieren würde."

Gen schloss die Augen. „Ich will einfach nur, dass es endlich vorbei ist", flüsterte sie. „Ich fühle mich schon wie diese arme Frau neulich, die immer nur noch ‚nach Hause, nach Hause' sagte. Nur dass ich noch nicht einmal weiß, wo zu Hause eigentlich ist."

Miss Jane legte ihre zerkratzte Hand auf Gens. „Jetzt haben wir so lange durchgehalten und Aaron und Meg brauchen uns. Wir dürfen nicht aufgeben."

Gen umklammerte ihre Knie mit den Armen und weinte leise. Nach einer Weile hob sie den Kopf und wischte sich die Tränen ab. „Zuerst hatte ich schreckliche Angst, dass sie uns töten würden. Doch so langsam wünschte ich fast, sie hätten es getan!" Sie begann wieder zu weinen. „Ich glaube einfach nicht, dass ich noch sehr lange tapfer sein kann. Aber ich will auch nicht, dass Aaron und Meg mich so sehen." Wieder wischte sie sich über das Gesicht. „Sagen Sie mir doch, wo Gott in alledem ist! Wie können Sie noch an einen liebevollen Gott glauben, wenn Sie um sich her vergewaltigte Frauen und gequälte Kinder sehen? Schläft dieser Gott etwa? Hat er keine Macht? Ist ihm alles egal? Das ergibt doch alles keinen Sinn!"

„Liebe Gen", sagte Miss Jane leise, „mach nicht Gott für Dinge verantwortlich, die Menschen verkehrt machen. Es gibt immer eine andere Möglichkeit, einen richtigen Weg. Ich verstehe auch nicht alles, was passiert, Gen, aber ich weiß, dass Gott alles sieht und alles weiß. Er liebt mich und irgendwie wird er auch das hier zu unserem Besten dienen lassen."

„Sie klingen genau wie Nina Whitney“, sagte Gen. „Es hat mich immer aufgeregt, wenn sie solche Dinge gesagt hat.“

„Und wenn ich es sage?“, fragte Miss Jane nach.

„Dann macht es mich nur traurig.“

„Warum?“

„Weil ich es nicht glauben kann. Ich würde gern, aber es geht nicht“, seufzte Gen.

„Glauben kommt von Gott, Gen.“

„Und warum hilft er mir dann nicht, an ihn zu glauben, wenn ich es doch gern könnte?“

„Bitte ihn darum, dass er sich dir zeigt. Dann wirst du ja sehen, was passiert.“

Gen hob den Kopf. „Und wenn ich ihn bitte, wird er mir dann alle meine Fragen beantworten?“

Miss Jane sah sie kopfschüttelnd an. „Vermutlich nicht. Meine hat er mir jedenfalls noch nicht alle beantwortet. Aber da kommt wieder der Glaube ins Spiel. Glaube füllt sozusagen die Lücke zwischen dem, was man versteht, und dem, was man nicht versteht.“

Gen lächelte traurig. „Genau das hat Ellen mir auch einmal gesagt. Anscheinend stecke ich mitten in dieser Lücke ... aber ich habe einfach nicht den nötigen Glauben.“ Sie sah Miss Jane aus tränenverhangenen Augen an.

Miss Jane legte ihren Arm um Gens Schulter. „Lieber Vater im Himmel“, begann sie zu beten. „Du siehst uns jetzt in diesem Augenblick und kennst all unsere Gedanken und Fragen. Wir danken dir, dass du uns Gute Mutter geschickt hast. Danke auch, dass Meg und Aaron wohlauf sind. Danke, dass wir keinen Hunger leiden müssen. Und danke, Vater, dass du uns bisher bewahrt hast ...“ Miss Janes Stimme schwankte ein wenig. „ ... vor ... schlimmen Dingen.“ Sie hielt einen Moment inne. „Und nun, Herr, möchte ich dich bitten, dich meiner Freundin Geneviève LaCroix zu offenbaren, die den Katechismus in drei Sprachen auswendig kann ... aber die dich nicht persönlich kennt. Hilf ihr heute und morgen, Herr, dich in allem um sie herum zu erkennen. Hilf ihr zu verstehen, welche Bedeutung das Kreuz hat, das Leuchtender Stern ihr geschenkt hat. Bitte, Jesus, begegne du ihr und zeig ihr deine erlösende Liebe. Und dein Friede, der alle Vernunft übersteigt, möge Geneviève von jetzt an begleiten. Amen!"

Gen weinte sich lange an Miss Janes Schulter aus, bevor sie sich schließlich wieder fasste. „Danke", sagte sie, stand auf und ging ins Tipi. Miss Jane blieb allein am Feuer zurück und betete.

26

Ich selbst will jetzt nach meinen Schafen sehen und mich um sie kümmern. Ich hole sie zurück von allen Orten, wohin sie an jenem unheilvollen Tag vertrieben wurden.
Hesekiel 43,11-12

Am nächsten Morgen kamen Krieger ins Lager geritten, brüllten und schossen wild um sich. Gen spähte aus Gute Mutters Tipi und erblickte Otter, der mit frischer Kriegsbemalung und einem neuen Adlerfeder-Kopfschmuck besonders bedrohlich aussah.

Die Krieger verlangten, dass die Camps zusammengelegt wurden. Nach stundenlangem Hin und Her zogen sie schließlich wieder ab, jedoch nicht ohne wüste Drohungen auszustoßen. Gen schauderte, als Gute Mutter ihnen erzählte, die Krieger hätten angedroht, alle Geiseln zu töten. Was, wenn sie die friedlichen Indianer einfach überrollten?

Sobald die Krieger fort waren, wurden Boten ausgeschickt, um Hilfe von den sesshaften Dakota im Norden zu holen. Und tatsächlich kamen innerhalb weniger Stunden einige hundert Kampfwillige zusammen, bewaffnet mit Gewehren und Ackergeräten. Sie würden das Lager gegen die Krieger verteidigen.

In der allgemeinen Verwirrung begannen zwei verwaiste Kinder vor dem Tipi nebenan zu weinen. Miss Jane sah hinüber und rief: „Lieber Gott im Himmel, das sind ja Timothy und Rebecca Sutton! Ihre Eltern haben eine Farm ganz hier in der Nähe. Sie sind in der Mission zur Kirche gegangen." Miss Jane eilte zu den Kindern und nahm sie in die Arme. Timothy, der nach Gens Schätzung höchstens drei Jahre alt war, umklammerte ihren Rock. Eine Dakota-Squaw kam dazu und schien Miss Jane etwas zu erklären. Nach einigem Hin und Her kam

Jane zu Gen zurück. „Sie möchte nicht, dass ich die Kinder mit in unser Tipi nehme. Ist es in Ordnung, wenn ich heute Nacht in ihrem Tipi schlafe?"

„Aber ...", protestierte Gen, „aber wir brauchen Sie hier!" Sie schaute zu den verlassenen Kindern herüber. „Andererseits brauchen diese beiden Sie noch viel dringender." Das klang entschlossener, als sie sich fühlte.

Miss Jane nahm sie kurz in den Arm. „Vertraue Gott, Gen. Er ist immer an deiner Seite!"

Gute Mutter brachte Gen und die Kinder in eine leer stehende Blockhütte am Rand des Camps. „Hier könnt ihr heute bleiben. Morgen bringe ich noch mehr Weiße her." Als Gen Miss Jane und die Zwillinge erwähnte, nickte Gute Mutter. „Ich will sehen, was ich tun kann. Wir haben beschlossen, dass Kleine Krähe uns keinen weiteren Ärger mehr bereiten wird. Wir passen gut auf euch auf, bis die Soldaten kommen. Jetzt ruht euch aus."

Am Abend brachte Gute Mutter ihnen eine reichhaltige Mahlzeit, und sie aßen, bis sie beinahe platzten. Gute Mutter streichelte Megs rotes Haar und schenkte Aaron ein Messer und einen Kompass.

„Wem haben die wohl einmal gehört?", fragte Aaron bitter, als die alte Frau wieder fort war.

Gen sah ihn nur achselzuckend an. Stunden später starrte sie noch immer an die Zimmerdecke und lauschte den Atemgeräuschen der schlafenden Kinder. Halbherzig versuchte sie zu beten, während ihr die Tränen die Wangen hinunterliefen.

Sie war eingedöst, als ein Geräusch sie hochschrecken ließ. Jemand stolperte draußen herum und lallte betrunkene Lieder. Als Gen Otters Stimme erkannte, verkrampfte sich ihr ganzer Körper vor Angst.

Otter machte sich nicht die Mühe anzuklopfen. Er trat die Tür auf und taumelte hinein. Sein Kopfschmuck war verrutscht und im Mondlicht konnte Gen eine Klinge in seiner Hand aufblitzen sehen.

„Wo ist Himmelsauge?", rief er leise.

Seltsamerweise war Otter in betrunkenem Zustand nicht laut, sondern wurde mit steigendem Alkoholpegel immer stiller. Gefährlich still. Gen versuchte sich zu beruhigen. Wenn sie sich nicht rührte, ging er vielleicht wieder weg.

Die Kinder bewegten sich im Schlaf.

„Oh Himmelsauge", sang Otter vor sich hin, „du musst zu mir kommen. Ich habe dich heute vermisst. Heute wirst du bei mir liegen ... oder du wirst sterben!" Damit kam er auf das Schlafzimmer zu.

Gen sprang hinaus und eilte in den zweiten Raum. Bei ihrem Anblick grinste Otter. Seine Augenlider waren halb geschlossen.

Gen hob einen Finger an die Lippen. „Weck die Kinder nicht auf!", zischte sie. Langsam wich sie zurück, die Hände hinter dem Rücken. Wo war nur der eiserne Feuerspieß, den sie vorhin an der Wand hängen sehen hatte?

Otter lachte leise. „Nein, die Kinder brauche ich nicht, ich brauche eine Frau!" Er trat auf sie zu. „Und gleich werde ich auch eine bekommen!" Er ergriff Gens Arme und zog sie an sich.

Sie kämpfte gegen die Übelkeit an, die in ihr aufstieg, als sie den Gestank seines ungewaschenen Körpers und die Alkoholfahne roch. Sie drehte den Kopf weg und wand sich stumm.

Otter presste sie noch dichter an sich und legte die kalte Klinge drohend an ihren Hals. „Wenn du nur einen Ton von dir gibst, töte ich die Kinder. Und dann komme ich zurück zu dir. Du kannst mir nicht entkommen."

Aaron rief von nebenan: „Gen?"

„Ist schon gut, Aaron", sagte Gen mit erzwungen ruhiger Stimme. „Ich bin hier. Schlaf ruhig weiter. Morgen wird ein anstrengender Tag." Sie wandte sich Otter zu und wisperte: „Komm mit nach draußen. Bitte! Ich werde mich nicht wehren, wenn du nur die Kinder in Ruhe lässt."

Otter zögerte. Dann stimmte er erstaunlicherweise zu. „Also gut, dann machen wir es draußen im Mondlicht." Er ging zur Tür und zog Gen mit sich.

Das Messer immer noch an ihren Hals gedrückt, zerrte er sie in ein Gebüsch abseits der Tipis. Der Mond verschwand hinter einer Wolke und Otter stolperte. Gen nutzte den Augenblick und riss sich von ihm los. Sie hob ihre Röcke und rannte auf die große Feuerstelle in der Lagermitte zu. Das Feuer war erloschen und Gen sprang über die Glut, wobei sie hoffte, dass Otter in seinem betrunkenen Zustand hineinfallen würde. Tatsächlich schien es so zu kommen, denn Otter stieß einen Schmerzensschrei aus. Doch in diesem Moment trat ein anderer Krieger aus dem Dunkel und ergriff Gen.

Ihr neuer Peiniger fasste Gen um die Taille und warf sie sich wie einen Sack Kartoffeln über die Schulter. Gen trat, kratzte und biss um sich, doch sie konnte nichts gegen seinen eisernen Griff ausrichten. Während Otter fluchend und orientierungslos um das Feuer herumstolperte, setzte der andere Gen ab.

Endlich erkannte sie ihn und hätte vor Erleichterung am liebsten geweint. „Ich bin einen langen Weg gekommen, um diese Frau und die Kinder zu finden. Warum behandelst du sie so?", sagte Leuchtender Stern an Otter gewandt. „Ich will sie und die Kinder."

Die Brandblase an seinem Fuß hatte Otter offensichtlich schnell ernüchtert. Er straffte seine Schultern und hob das Messer. „Wenn sie deine Frau werden soll, dann nimm sie. Wenn nicht, will ich sie haben. Die Kinder sind mir egal."

Leuchtender Stern legte einen Arm um Gen und hielt sie ganz fest. Gen presste sich an ihn und er begann auf die Blockhütte zuzugehen. Otter hinkte halbherzig hinter ihnen her und ließ sich dann auf einen Baumstumpf sinken.

Drinnen in der Hütte hielt Leuchtender Stern Gen lange Zeit einfach nur fest. Dann flüsterte er schließlich: „Ich dachte schon, ich würde dich nie wieder finden!"

„Ich ... wir haben ... ich dachte ...", stammelte Gen.

„Ich weiß. Ich habe überall nach euch gesucht." Er drückte sie sanft an sich. „Wie geht es Miss Jane? Und wo sind die Kinder?"

„Meg und Aaron schlafen nebenan. Miss Jane kümmert sich um zwei verwaiste Kinder." Sie brach abrupt ab. „Was ist mit Simon?"

Daniel schüttelte den Kopf. „Ich weiß es nicht. Ich habe sie gewarnt, aber ich weiß nicht, ob sie davongekommen sind." Er sah sie zärtlich an. „Ich bin fortgeritten, um dich zu suchen."

Otter taumelte an die Tür. „Ich habe dich wie einen Bruder geliebt. Ich habe dir die Frau gegeben, die du wolltest. Oder hast du gelogen?"

Zitternd vor Angst schlang Gen ihre Arme um Daniels Hals. Er hob sie hoch und trug sie zu dem Bett in der Ecke. Dann wandte er sich zu Otter um und fragte: „Was ist? Willst du etwa zuschauen?"

Otter starrte ihn an. „Nein, Bruder. Aber ich will sichergehen, dass du mich nicht belogen hast."

Gen traute sich nicht, sich umzudrehen, aber sie konnte förmlich spüren, wie sich Otters Blick in ihren Rücken brannte. Sie setzte sich auf, umarmte Daniel von hinten, zog ihn zu sich und küsste ihn wild.

Otter lachte hämisch. „Ha! Und ich dachte, du bist eine züchtige Jungfrau!" Endlich wandte er sich zum Gehen, nicht ohne in der Tür noch einmal innezuhalten und etwas Anstößiges zu der Nacht zu sagen, die Daniel bevorstand.

Als er weg war, lehnte Gen sich zitternd gegen die Wand. Daniel schlich zur Tür und spähte hinaus. Als er sicher war, dass Otter endgültig fort war, setzte er sich neben Gen.

„Jetzt ist alles gut", sagte er sanft und berührte vorsichtig ihre Schulter.

Gen wusste, dass sie aufstehen sollte, aber sie schaffte es nicht, sich zu bewegen. Was war nur los mit ihr? Die Gefahr war doch vorbei; warum zitterte sie immer noch so? Sie versuchte sich hochzustemmen, doch es ging nicht. Sie sank wieder zurück, so stark zitternd, dass ihre Zähne klapperten.

Daniel zog sie an sich und streichelte ihr Haar. „Ist schon gut", murmelte er. „Ich bin ja da. Ich lass dich nicht allein. Du bist jetzt in Sicherheit."

Sie sah ihn an, die Tränen strömten ihr über die Wangen, und er wischte sie mit den Fingern fort.

*

Als Gen aufwachte, lag sie mit dem Kopf in Leuchtender Sterns Schoß. Er lag in einer unbequem aussehenden Haltung mit dem Oberkörper an die Wand gelehnt und schlief. Gen schloss die Augen. Er roch nach Rauch und ein wenig nach Schweiß, aber es stieß sie überhaupt nicht ab.

„Leuchtender Stern!“, rief Aaron vom Schlafzimmer aus und stürmte auf ihn zu. Dann sah er Gen und zögerte etwas. Auch Meg erschien hinter ihm und lächelte schüchtern.

„Wann bist du gekommen? Was machst du hier?“, wollte Aaron wissen.

Daniel stand auf. „Otter hat Gen letzte Nacht erschreckt. Er wollte sie wegbringen. Aber Gott hat mich gerade noch rechtzeitig hergeführt, um ihn aufzuhalten.“ Er hielt Gen eine Hand hin und zog sie auf die Füße.

„Heißt das, dass du einer von den freundlichen Indianern bist?“, fragte Aaron verwirrt.

Daniel nickte und sah Gen an. „Ich habe jetzt eine Farm in der Nähe der Unteren Station. Zumindest hatte ich eine, bevor das Ganze hier losging. Nur Gott allein weiß, wie es jetzt dort aussieht.“

„Aber du hast doch nichts Falsches getan, oder?“, fragte Aaron und sah unsicher auf Daniels Kriegsbemalung.

Daniel schüttelte den Kopf. „Nein, ich habe mich rausgehalten. Die Bemalung habe ich nur aufgetragen, damit ich so aussehe wie einer von ihnen.“ Er nickte zur Tür. „Mein Pferd ist auch bemalt.“

„Ich habe Otters Pferd vor dem Kampf um New Ulm bemalen müssen“, sagte Aaron. „Ich habe große weiße Kreise gemalt. Als Zielscheibe!“

Meg sah Leuchtender Stern argwöhnisch an. „Du siehst aus wie einer von den Bösen!“

Daniel nickte. „Ich weiß, aber ich bin keiner."

„Wie können wir da sicher sein?"

Daniel dachte einen Moment nach. Dann nahm er die Kette um seinen Hals und hielt sie hoch. „Was siehst du hier, Meg?"

„Ein Kreuz."

„Und wofür steht das?"

„Das weißt du doch!"

„Ja. Es bedeutet, dass ich Jesus kenne und liebe. Ich habe ihn gebeten, dass er mir hilft, euch zu finden. Ich werde euch beschützen und euch zu eurem Vater zurückbringen."

Meg überlegte; dann lächelte sie. „Ich habe Jesus auch gebeten, uns jemanden zu schicken, der uns nach Hause bringt." Sie sah Daniel von oben bis unten an. „Aber ich hab nicht gesagt, dass unser Helfer blau gestreift sein soll!"

27

Weil ihr zu ihm gehört,
bewahrt er eure Leben;
er befreit euch aus der Gewalt
seiner Feinde.
Psalm 97,10

Mit Daniels Anwesenheit und Gute Mutters Einfluss fühlte sich Gen etwas sicherer. Doch dann verlangten die friedlichen Indianer von den Kriegern die Herausgabe aller Geiseln und die Stimmung im Lager eskalierte. Es gab Reden und Streit, Drohungen und Versprechungen. Und es dauerte nicht lange, da tanzten die kriegerischen Indianer wieder um die Feuer und sprachen davon, die Geiseln zu töten.

Colonel Sibley hatte 1.600 Mann in Fort Ridgely versammelt, doch sie bewegten sich langsam wie alte Weiber und brauchten fünf Tage für eine Strecke, die ein Dakota an einem Vormittag zurücklegen konnte. Anscheinend lag ihnen nicht besonders viel an den gefangenen Frauen und Kindern.

Sibley ließ Kleine Krähe eine Nachricht zukommen, in der er ihm eine faire Behandlung zusicherte, wenn er die Geiseln unverletzt freiließ. Er wollte sich mit ihm treffen.

Ständig entstanden neue Gerüchte. Einmal verbreitete sich die Nachricht im Lager, dass alle weißen Frauen sofort getötet werden sollten, weil sie zu viel aßen und zu schwach zum Reisen waren. Dann wieder hieß es, alle Halbblut-Indianer sollten sterben.

Eines besonders angespannten Tages wies Daniel Gen und die Kinder an, sich hinter dem Bett in der Hütte zu verstecken. Er nahm sich sein Gewehr und saß stundenlang in der Tür, während Krieger durchs Lager ritten, herumschrien und ihre Waffen abfeuerten.

Erst in der Abenddämmerung trauten sie sich wieder heraus. Als Daniel ihnen den Staub abklopfte, versuchte er mit ihnen zu scherzen, aber Gen sah, dass das Lachen nicht bis zu seinen Augen drang.

Als Meg und Aaron schliefen, saßen Gen und Daniel zusammen draußen vor der Hütte.

„Sieh dir das an", sagte Gen und deutete auf die Hunderte von Tipis innerhalb des Lagers. „Heute sieht alles so friedlich aus."

Daniel seufzte. „Kleiner Bär und die anderen Leiter der friedlichen Gruppe werden von den anderen respektiert. Weißt du, was Kleiner Bär heute gesagt hat? Er meinte, es sei nicht tapfer, wehrlose Frauen und Kinder zu töten. ‚Ihr seid Feiglinge', hat er gesagt. ‚Wenn diese Gefangenen Männer wären, wäre es in Ordnung, sie zu töten, aber mein Herz will nicht einsehen, dass Frauen und Kinder sterben sollen. Niemals werden meine Leute und ich euch dabei helfen. Niemals! Diese Gefangenen sollten schnellstens freigelassen werden, und je eher ihr das tut, desto besser für euch!'" Er fügte hinzu: „Wir haben jetzt beinahe die Hälfte aller Geiseln auf der friedlichen Seite des Lagers. Aber wir dürfen nicht gewaltsam versuchen, die anderen zu bekommen, sonst werden sie getötet. Wir müssen Geduld haben."

„Miss Jane ist noch immer da drüben", flüsterte Gen und nickte zum unteren Teil des Lagers. „Wenn sie nun anfingen, die Geiseln zu töten – was könntest du tun?"

„Ich habe Simon Dane versprochen, seine Kinder und dich mit meinem Leben zu beschützen. Dieses Versprechen werde ich einhalten."

„Aber Miss Jane ..."

Daniel fuhr sich mit den Händen durchs Haar und stand auf. „Ich kann nicht alle retten!" Er hob nicht die Stimme, aber Gen hörte seinen innerlichen Aufschrei. Aufgebracht ging er in der Dunkelheit davon.

*

All den beruhigenden Worten Gen gegenüber zum Trotz war Daniel Leuchtender Stern in Wirklichkeit absolut ratlos. Er flehte Gott an, dass er ihm zeigte, was er tun solle. Himmelsauge verstand anscheinend nicht, in welcher Gefahr sie schwebten. Die kriegerischen Dakota konnten jeden Augenblick eine Gruppe zusammentrommeln, die fünfmal so groß war wie die der friedlichen Dakota. Sie konnten alle umbringen und nach Norden fliehen.

Er hatte Otter in den letzten Tagen mehrmals dabei ertappt, wie er Himmelsauge anstarrte. Wenn er Daniel bemerkte, hatte er immer eine obszöne Geste gemacht oder geflucht und war weggegangen.

Wer auch immer dieser Sibley war, er hatte keine Ahnung von Indianern. Seine Truppen bewegten sich so langsam und auffällig, dass die ganze Gegend bereits wusste, wo er war. Er hatte einen kleinen Spähtrupp vorangeschickt, der dumm genug gewesen war, an einer Stelle zu kampieren, an der sie ein leichtes Opfer für die Dakota geworden waren. Noch immer bewegte sich seine Truppe im Schneckentempo. Jeden Tag wuchsen Daniels Sorgen darüber, was Kleine Krähe und seine Krieger tun würden.

Am 8. September wurde das Lager erneut verlegt, diesmal weiter nach Norden in die Nähe von Rote Lanzes Camp. Rote Lanze und seine Krieger, die zum Stamm der Sissetons gehörten, warnten Kleine Krähe, sich von ihrem Gebiet fern zu halten. „Ihr habt den Krieg begonnen, jetzt bringt ihn auch zu Ende. Wir möchten nichts mit euch zu tun haben."

Wieder richteten sie ihre Tipis auf und sangen und tanzten am Lagerfeuer. Sie schwenkten Skalps und spielten tanzend nach, was sie den weißen Siedlern angetan hatten. Und wieder zogen sich die Geiseln in die Nähe der friedlichen Dakota zurück.

Am nächsten Tag zerrten Kleine Krähe und seine Männer sechs der friedlichen Indianer ins Lager. Sie hatten versucht, mit einigen Geiseln zu fliehen, waren aber entdeckt worden. Es gab einen Aufschrei zwischen den verschiedenen Lagern und Daniel setzte sich wieder einmal die ganze Nacht mit einem Gewehr im Anschlag vor ihr Tipi.

Dann beruhigte sich die Lage für eine Weile. Kleinere Gruppen von Kriegern zogen noch zu Kämpfen aus, doch die meisten blieben im Lager oder gingen auf die Jagd, während Kleine Krähe und Sibley sich über Boten und Briefe miteinander verständigten.

Halbmond weigerte sich noch immer, Miss Jane und ihre Schützlinge gehen zu lassen, und so arbeiteten Gute Mutter und Gen allein daran, Mais und Kartoffeln zu trocknen und Fleisch für den Winter einzusalzen.

*

Jemand beugte sich in der Dunkelheit über ihn. Er versuchte sich aufzurichten, aber ein Knie presste ihn nach unten und ließ ihm den Atem stocken. Otter bedeckte Daniels Mund mit seiner schmutzigen Hand und starrte ihm ins Gesicht. Er drückte die Schneide seines Messers gegen Daniels Hals.

„Kleine Krähe reitet mit seinen Männern am Wood Lake gegen Sibley. Wenn er zurückkommt, wird er alle friedlichen Dakota töten und auch die Geiseln. Dann wird er nach Norden gehen."

Auf die Frage in Daniels Augen antwortete Otter: „Mir gefällt es, Weiße zu töten. Es ist so einfach. Wenn es nur um die Geiseln ginge, wäre es mir egal. Aber ich möchte meinen Bruder nicht umbringen. Also nimm deine Halbblut-Squaw und diese Kinder und verschwinde von hier." Er verschwand so plötzlich, wie er gekommen war.

Daniel saß eine Weile wie erstarrt da. Dann berührte er seinen Hals und spürte Blut. Er schloss die Augen und betete: *Lieber Gott, wir werden heute Nacht das Tal des Todes durchqueren. Bitte geh mit uns!*

„Himmelsauge", flüsterte er. „Wir müssen sofort aufbrechen."

Gen schrak hoch. „Was?"

„Wir müssen weg. Jetzt. Kleine Krähe wird gegen Sibley kämpfen und danach alle Geiseln töten."

„Woher weißt du das?"

„Otter hat es mir gesagt."

„Otter?"

Daniel nickte. „Er hat mich gewarnt. Als Bruder. Wenn er aber zurückkommt, wird er mich als Feind ansehen und mich töten. Ich hätte nie gedacht, dass so etwas passieren könnte."

Gen weckte Gute Mutter. Als die alte Frau begriff, was passieren würde, begann sie zu weinen. Trotzdem packte sie für sie Brot, getrocknetes Fleisch und rohe Kartoffeln schnell in einen Mehlsack.

Als sie zum Aufbruch bereit waren, küsste Gute Mutter Aaron und Meg zum Abschied auf die Wange. „Vergesst eure alte Gute Mutter nicht!", sagte sie. Dann reichte sie Gen den Sack und tätschelte ihre Hand.

„Wenn du Miss Jane siehst ...", begann Gen.

„ ... dann helfe ich ihr genau so, wie ich euch geholfen habe."

Daniel kniete sich hin und sagte Aaron, er solle auf seinen Rücken steigen. Er sah Gen an. „Kannst du Meg tragen? Es ist nicht weit und zwei Spuren kann man leichter verwischen als vier." Gen gab Aaron den Sack und ließ Meg auf ihren Rücken klettern. Sie schlichen sich aus dem Zelt und rannten in den Wald. Gute Mutter eilte hinter ihnen her und verwischte ihre Spuren mit einem Ast.

Als sie sich bereits ein Stück im Wald befanden, setzten sie die Kinder ab.

„Warum können wir nicht dein Pferd nehmen?", fragte Aaron.

„So lange das Pferd vor dem Tipi steht, denken sie, dass der Besitzer drinnen ist. Kommt, folgt mir wie gute Dakota." Damit meinte er, dass sie im Gänsemarsch hintereinander hergehen sollten. Er führte sie durch den leichten Nieselregen, der sie kaum benässte, ihre Spuren aber trotzdem undeutlicher machte.

Sie kamen an einen kleinen Fluss und Daniel erklärte: „Ich habe hier in der Nähe ein Kanu versteckt. Während ich es hole, müsst ihr euch verstecken."

Er führte sie ein Stück durch den Fluss zu einer Stelle, an der das Ufer etwas überhing. Der Fluss hatte darunter eine Art Höhle ins Erdreich gegraben, in die sie sich nun hineinzwängten.

„Wenn ihr euch absolut still verhaltet, seid ihr hier sicher. Von oben kann man euch nicht sehen und ich bin bald zurück.“ Ohne auf eine Antwort zu warten, eilte er davon, nicht ohne vorher noch eilig die restlichen Spuren zu verwischen.

Es begann erneut zu regnen. Ein eisiger Wind rauschte durch die Wurzeln, die vom „Dach“ ihres Verstecks baumelten, und ließ kleine Erdbröckchen herabrieseln. Nicht lange, und ein starkes Gewitter entlud sich über ihnen. Blitze zuckten, Donner krachte und das Wasser rauschte wie ein Vorhang von dem Erddach über ihnen. Sie rollten eine Decke aus und versuchten sich darunter zusammenzukauern, doch in wenigen Minuten waren sie vollkommen durchnässt. Meg begann zu weinen. Sie machte kein Geräusch dabei, aber Gen spürte, wie ihre Schultern zuckten. Sie drückte das Mädchen an sich und streichelte ihre Schultern. Aaron saß regungslos da wie ein Stein.

Das Gewitter ging vorbei und von Daniel war noch immer nichts zu sehen. Über ihnen knackten Äste und mehrmals war Gen sicher, dass sie entdeckt worden waren..

„Wo ist Daniel?“, flüsterte Meg. „Er wollte doch bald zurückkommen.“

„Das wird er auch und bis dahin müssen wir ganz still sein!“

Aaron hob den Kopf. „Und wenn er nicht zurückkommt?“

„Natürlich kommt er zurück“, sagte Gen und dachte: *Bitte, Gott!*

Aaron sah nicht überzeugt aus. Gen öffnete den Sack mit den Lebensmitteln und brach jedem ein Stück Brot ab. Dann flüsterte sie: „Versucht zu schlafen.“ Dann fiel ihr auf, wie dumm das war. Sie waren eiskalt und nass und hatten Angst. Wer sollte da schlafen können? Doch zu ihrem Erstaunen legte Meg den Kopf in ihren Schoß und döste bald ein.

Der Mond hing so niedrig, dass sich die Äste schwarz vor seinem Antlitz abhoben. Aaron nickte nach Osten, wo ein rosaroter Streifen am Horizont erschien. „Er kommt nicht zurück. Das dauert schon viel zu lange“, sagte er.

„Er kommt“, beharrte Gen.

„Ich habe Durst. Kann ich aus dem Fluss trinken?“

Gen schüttelte den Kopf. „Lieber nicht. Du könntest gesehen werden. Und nun leise!“ Ihre Knie taten weh und sie spürte ihre Füße nicht mehr. Doch sie konnte die Beine nicht ausstrecken, weil sie dann aus dem Überhang hervorschauen würden. Also ließ sie sie, wo sie waren.

Der Sonnenaufgang nahm seinen Lauf, und noch immer keine Spur von Daniel.

Dann erklangen Geräusche über ihnen. Stimmen. Gen drückte die Kinder an sich. Das Morgenlicht funkelte auf dem Fluss. Ein platschendes Geräusch folgte, dann stand Daniel vor ihnen und spähte besorgt unter den Überhang. Er streckte seine Hand nach Meg aus.

„Jemand hat heute Nacht genau über euch kampiert. Ich habe das Feuer gesehen und konnte mich daher nicht nähern!“ Er sah Aaron an. „Ihr wart sehr tapfer. Wenn du mein Sohn wärst, würde ich dir für diese Nacht eine Adlerfeder schenken!“

Aaron sah Gen schuldbewusst an und folgte dann Daniel den Fluss entlang. Gen wollte mitgehen, doch sie konnte ihre Beine nicht zur Mitarbeit bringen. Sie biss sich auf die Lippe und sah Daniel an.

„Ich kann sie nicht bewegen“, sagte sie und schlug sich mit der Faust auf die Oberschenkel. „Ich habe schon seit Stunden kein Gefühl mehr in den Beinen.“ Sie begann frustriert zu weinen.

Aaron kam zurück und gemeinsam gelang es ihnen schließlich, Gens Beine wieder zu beleben.

„Du massierst weiter“, ordnete Daniel an und Aaron nickte. „Wir bringen das Kanu.“ Er rutschte wieder in den Fluss und hob sich Meg auf die Schultern. Sehr bald kamen sie mit dem Kanu zurück. Daniel zog es ans Ufer und winkte Aaron zu. „Pass auf, dass es nicht ins Wasser gleitet.“ Er stieg zu Gen hinauf und half ihr zum Boot. Mit Aarons Hilfe legten sie ab und fuhren los.

Sie hatten erst eine kurze Strecke zurückgelegt, als Daniel das Kanu schon wieder in ein Gebüsch am Ufer lenkte. „Wir sollten besser nachts reisen", sagte er. Und so saßen sie zusammengekauert und zitternd vor Kälte im Boot und warteten auf den Einbruch der Dunkelheit. Derweil erzählte Gen jede Geschichte, die sie je von ihrem Vater gehört hatte. Sie sagten den Katechismus auf und sangen gemeinsam Lieder. Ein bisschen dösten sie sogar vor sich hin.

Und Daniel betete: „Oh Gott, dies sind deine Kinder. Du liebst sie, und wir lieben sie auch. Zeig uns den Weg, wie wir diese Kinder nach Hause bringen können. Begleite uns auf unseren Wegen. Lass die Augen der Feinde in die andere Richtung sehen." Er drückte Gens Hand.

Ein kalter Nordwind begann zu blasen, doch sie trauten sich nicht, ein Feuer zu entzünden. Sie fuhren die ganze Nacht, bis sie schließlich den Lac Qui Parle und die alte Missionsstation erreichten. Die Scheune war niedergebrannt, doch die Backsteinkirche stand noch. Daniel versteckte das Kanu im Schilf. Sie stolperten auf die Gebäude zu, als plötzlich ein weißer Blitz auf sie zuschoss. Koda hieß seine Familie zu Hause willkommen!

28

... sich verlassen auf das,
was man hofft, und fest
mit dem rechnen,
was man nicht sehen kann ...
Hebräer 11,1

„Daniel", flüsterte Aaron und berührte Daniels Schulter. „Wach auf! Draußen ist jemand!"

Koda begann zu bellen und wild an der Kirchentür zu kratzen.

Daniel winkte Gen und die Kinder zur Vorderseite der Kapelle, wo sie sich hinter der Orgel versteckten. Er selbst schlich zur Tür und öffnete sie dann vorsichtig einen Spalt weit.

Gen sah, wie er sich entspannte. Er wandte sich zu ihnen um und zwinkerte ihnen zu. „Gott hat uns Frühstück geschickt!" Er ließ die Tür ganz aufschwingen, und da stand ein brauner Bulle und scharrte ungeduldig im Sand.

Koda sprang begeistert auf das Tier zu und ignorierte Daniels Rufe: „Nein, Koda! Aus!"

Koda biss dem Bullen spielerisch in die Hinterbeine und freute sich, als dieser wütend herumwirbelte und ihn auf die Hörner zu nehmen versuchte.

„Er spielt mit ihm", meinte Aaron.

„Ich hoffe nur, dass dieses Spiel uns nicht unser Frühstück vertreibt!", murmelte Daniel und zielte mit seinem Gewehr auf den Bullen. Koda hatte die Schnelligkeit des schweren Tiers unterschätzt. Mit einem Schlenker seines Kopfes erwischte der Bulle den Hund mit den Hörnern und durchbohrte ihn. Koda stieß ein hohes Winseln aus und fiel dann schlaff zu Boden. Daniel legte erneut an und drückte ab. Der Bulle schwankte kurz, dann lief er noch einige Schritte und fiel um.

Sobald er still lag, rannten Aaron und Meg zu Koda. Sie knieten sich in den Staub und starrten fassungslos auf das regungslose weiße Fellbündel. Aaron streichelte langsam über

Kodas Kopf, während Daniel steif vor der Kapelle stand. „Dummer Hund!", zischte er leise.

„Er wollte uns beschützen, Daniel", sagte Gen.

Daniel sah sie an, seine Augen waren dunkel vor Ärger. Dann atmete er tief durch. „Ich habe einen Bullen auszunehmen", presste er hervor. „Hilf den Kindern, den Hund zu begraben. Dann könnt ihr Feuer machen. Heute Abend gibt es Fleisch bis zum Umfallen!"

„Aber was ist mit dem Rauch? Ist das nicht zu gefährlich?", stammelte Gen.

„Das müssen wir eben riskieren", sagte Daniel kurz angebunden.

Während Daniel den Bullen zerlegte, gruben Gen und die Kinder ein Loch und legten Koda hinein. Sie bastelten ein Kreuz aus zwei Stöcken.

„Sollten wir nicht ein Gebet sprechen?", meinte Meg. „Bei Beerdigungen wird doch immer gebetet."

Aaron dankte Gott dafür, dass Koda sie beschützt hatte. Dann fügte er hinzu. „Und bitte bring uns zurück zu unserem Vater."

Den Rest des Tages verbrachten sie damit, das Fleisch zu braten, das Daniel ihnen brachte.

„Können wir nicht noch einen Tag bleiben und den Rest auch noch braten?", fragte Gen. „Es ist eine Schande, es einfach so verkommen zu lassen."

Daniel schüttelte den Kopf. „Sämtliche Wölfe der Umgebung lauern wahrscheinlich schon im Gebüsch und warten darauf, dass das Feuer ausgeht. Die ausgehungerten Hunde der Farmer nicht eingerechnet. Wir sollten lieber fort sein, wenn sie kommen und beschließen, dass ihnen der Bulle nicht reicht. Ich habe nur noch drei Kugeln."

*

Gen fand ihn bei Einbruch der Abenddämmerung am Fluss. Er lehnte mit geschlossenen Augen an einem Baumstamm.

„Wo sind die Kinder?", fragte er, ohne die Augen zu öffnen.

„In der Kapelle. Wir haben so viel Fleisch zusammengepackt, wie wir tragen können. Sobald es dunkel ist, können wir aufbrechen."

Daniel öffnete die Augen und sah sie an. „Ich muss Graue Frau, Robert und Nancy finden. Warum war Koda hier und nicht bei ihnen?"

„Vielleicht ist er ihnen weggelaufen und hat dich hier gesucht." Gen legte ihm die Hand auf die Schulter.

„Meinst du, dass Miss Jane in Sicherheit ist?"

„Ich weiß es nicht, aber du kannst nicht alle retten, Daniel. Das hast du selbst gesagt."

Er kratzte gedankenverloren einen Blutfleck von seiner Hose. „Ich habe bisher noch gar niemanden gerettet. Nie hätte ich erwartet, dass meine eigenen Leute sich gegen mich wenden würden. Sie haben vielleicht Robert und seine Familie umgebracht. Und Graue Frau. Und du ..." Er nahm ihre Hand und berührte sanft die Narben und Kratzer an ihren Armen. „ ... du wirst auch nie mehr dieselbe sein. Und Meg und Aaron und all die anderen Kinder ..." Er brach ab. „Als ich ein kleiner Junge war, wurde mir beigebracht, dass ich ein Mann wäre, wenn ich gut jagen, meine Familie versorgen und gegen Feinde kämpfen kann. Aber jetzt ist mein eigenes Volk gegen mich. Ich bekämpfe meine Brüder. Und ich habe kein Familie." Er wandte sich ab. „Bitte lass mich noch eine Weile allein, Himmelsauge."

Gen ging zur Kapelle zurück und betete dabei lautlos: *Oh, bitte, Gott, hilf uns!* Sie versuchte sich zu erinnern, was Miss Jane damals am Lagerfeuer gesagt hatte ... irgendetwas, um Leuchtender Stern zu helfen ... Ihr fiel jedoch nur noch ein, dass Miss Jane ihr Gebet damit begonnen hatte, dass sie Gott dankte. Es war Gen absurd vorgekommen, in dieser Situation zu danken, aber jetzt wurde ihr klar, dass es ihre Gedanken von ihr selbst weggelenkt hatte und zu dem Gott hin, der alle Dinge in der Hand hatte – der Gott, von dem Miss Jane behauptete, er würde alles zu ihrem Besten lenken.

Gen dachte über Zeichen nach, die ihr sagten, dass Gott sie

wirklich liebte. *Danke, Gott, dass du uns Daniel geschickt hast.* Sie dachte an die Nacht im Fluss. *Danke, dass wir nicht entdeckt wurden ... dass wir so weit gekommen sind ... dass wir genug zu essen haben ...* Gen hatte die Kapelle beinahe erreicht, als Daniel zu ihr aufschloss.

„Lass uns die Kinder holen", sagte er. „Es ist bald dunkel."

Gen folgte ihm und wünschte sich, sie könne ihm helfen. *Mach du das, Gott. Hilf du ihm. Gib ihm diesen Frieden, den du deinen Kindern verleihen kannst. Er glaubt doch an dich und kennt deine Liebe ... und meine Liebe hat er auch, wenn er sie will. Ich glaube, er braucht neue Hoffnung, Gott. Vielleicht brauchen wir beide sie.*

*

In dieser Nacht wurde es so kalt, dass sich Raureif auf dem Gras am Flussufer bildete. Daniel musste mehrmals aus dem Kanu steigen und durch das eisige Wasser waten, wenn sie auf einer Sandbank festsaßen. Einmal überschlugen sie sich beinahe in einer Stromschnelle, deshalb mussten sie das Boot an Land bringen und einige hundert Meter weit tragen, während die Kinder die Packen mit dem Fleisch hinter sich herschleiften. Als der Morgen dämmerte und sie sich in einem Dickicht aus wilden Pflaumenbüschen versteckten, ging es Daniel sehr schlecht.

„Es wird schon wieder, Himmelsauge", sagte er mit einem erzwungenen Lächeln. „Lass mich nur ein bisschen ausruhen."

Die Kinder schliefen bald ein und Gen schaffte es auch, ein bisschen zu schlafen. Zwischendurch ging sie immer wieder zum Fluss, um Daniel frisches Wasser zu holen. *Was tun wir, wenn er richtig krank wird, Gott? Was sollen wir dann nur tun?* Es war mehr ein Aussprechen von Ängsten als ein Gebet, aber am Abend ging es Daniel besser.

Als sie am nächsten Morgen am Ufer anlegten, sahen sie ein Haus auf dem Hang genau über ihnen. Gen fragte: „Ob wir uns trauen sollten, dort nach Vorräten und nützlichen Dingen zu suchen?"

Daniel schickte sie in ein dichtes Gebüsch, wo sie warten sollten, während er die Lage erforschte. „Wenn ihr etwas hört oder seht, versucht nicht, mich zu warnen. Und kommt mir nicht nach!" Er sah Gen eindringlich an. „Ihr bleibt hier, egal was passiert. Denk an die Kinder! Wenn es dunkel wird und ich bin nicht zurück, steigt ins Kanu und fahrt flussabwärts weiter. Es ist nicht mehr weit bis zum Fort. Du schaffst das. Versprich mir, dass du es so machen wirst!" Als Gen widerstrebend nickte, schlich er vorsichtig den Hügel hinauf.

Gen ließ sich zurücksinken und betete: *Bitte, Gott, beschütze ihn. Bitte!*

*

Das Haus schien verlassen. Daniel kroch vorsichtig darauf zu und ging zuerst in die Scheune, die bis auf einige Ackergeräte leer war. Der Wind hatte gedreht und ein nun schon vertrauter süßlicher Geruch ließ ihn erschaudern. Er wollte am liebsten nicht nachsehen, doch nun musste er es zu Ende bringen. Zwischen der Scheune und dem Haus lag neben einem Stapel Feuerholz ein Mann, dessen Kopf beinahe komplett vom Rumpf abgetrennt war. Daniel wandte sich ab und atmete tief durch, um sich nicht übergeben zu müssen. Dann wandte er sich zum Haus.

Drinnen sah es wüst aus: zerbrochenes Geschirr, zerfetzte Kissen, überall Zerstörung. Er sah sich um in der Hoffnung, ein paar warme Kleidungsstücke für die Kinder und Gen zu finden. Als er eine Decke anhob, erblickte er die Überreste einer Frau und ein totes Kleinkind. Die Frau hatte sich in einer fötusartigen Stellung schützend um ihr Kind gelegt, bevor man sie grausam zugerichtet hatte.

Daniel stürzte nach draußen und ließ sich auf die Veranda sinken. *Es ist zu viel, Herr. Ich kann das nicht mehr ertragen.* Er versuchte durchzuatmen, aber der Ekel erregende Geruch ließ ihm den Atem stocken. Jetzt musste er sich doch übergeben. Danach ging er zurück in die Scheune und holte eine

Schaufel. Auf der Hinterseite des Hauses grub er ein tiefes Loch. Dann kehrte er ins Haus zurück, um das tote Kind zu holen. Nur dass das Kind nicht tot war. Als Daniel es berührte, wandte es den Kopf und sah ihn aus strahlend blauen Augen an.

Mit einem Aufschrei sprang Daniel zurück. Das Kleinkind setzte sich auf und krabbelte fröhlich grinsend auf ihn zu. Dann streckte es die Arme nach ihm aus. Daniel erholte sich von seinem Schock und nahm das Kind hoch. Es war bis auf ein paar kleine Kratzer unverletzt. Anscheinend war es herumgekrochen und hatte sich von verstreuten Lebensmittelresten ernährt. Seine Haare waren verfilzt und es war über und über mit Essensresten und Blut beschmiert. Die Windel um seine Mitte war total verdreckt, es stank zum Himmel ... und Daniel war sich sicher, dass er noch nie etwas so Wunderbares gesehen hatte wie dieses Kind!

Mit dem Kind im Arm eilte er zu ihrem Versteck zurück.

„Aber warum haben sie ihn ... sie ... es nicht getötet?", fragte Gen sich laut.

Daniel schüttelte den Kopf. „Das weiß nur Gott." Gott weiß es. Er saß einen Moment lang sprachlos da, dann räusperte er sich. „Ich habe ein Grab ausgehoben für seine ... ihre ..."

Aaron sah nach. „Ihre", sagte er und sie lachten nervös.

„Ich habe ein Grab für die Eltern ausgehoben."

„Ich komme mit dir", sagte Gen. „Wir brauchen Windeln, oder irgendetwas, was ich dazu verwenden kann."

Daniel schüttelte den Kopf. „Nein, Himmelsauge. Das möchtest du wirklich nicht sehen. Ich bringe dir mit, was du brauchst."

„Nein", sagte Gen, „natürlich möchte ich mir den Anblick ersparen. Aber ich werde dich das nicht allein machen lassen. Ich komme mit dir!" Sie wandte sich an Aaron. „Ihr kümmert euch um das Baby. Wenn es weint, lass es an deinem Daumen lutschen. Siehst du, so. Und macht keinen Lärm!"

Zusammen stiegen sie den Hang hinauf. Gen stieß einen scharfen Aufschrei aus, als sie in die Hütte trat. Sie musste nach draußen rennen und das Wenige von sich geben, das sie an diesem Tag gegessen hatte. Dann machte sie sich an Daniels Seite an die Arbeit und versuchte dabei, nicht die Leichen anzusehen. Sie legten das Elternpaar zusammen in das Loch, das Leuchtender Stern ausgehoben hatte. Gen blinzelte die Tränen zurück, als sie Erde über die beiden Körper schaufelten.

Drinnen im Haus fanden sie einige Stoffreste, die Gen als Windeln für das Baby benutzen konnte, doch es war wenig anderes übrig geblieben, das ihnen einen Hinweis darauf gab, wer dieses Paar gewesen sein könnte.

„Ich kann nach den Vermessungsmarken schauen, so lange es noch hell ist“, schlug Daniel vor. „Im Vermessungsbüro müsste man doch Unterlagen dazu haben, wem welches Landstück gehörte.“

Sie fanden eine halb volle Flasche Tinte, aber keine Schreibfeder. In der Scheune lagen einige Truthahnfedern und Gen schrieb auf ein Stück alte Zeitung:

Mein Name ist Geneviève LaCroix. Ich war eine Geisel der Aufrührer und wurde von Daniel Leuchtender Stern befreit, der mich und die Kinder von Reverend Simon Dane nach Fort Ridgely bringt. Wir haben die Bewohner dieses Hauses tot vorgefunden und beerdigt. Das weibliche Baby war unverletzt und wir haben es mitgenommen.

Sie hefteten die Notiz an die Eingangstür und machten sich auf den Rückweg. Die Sonne war bereits untergegangen und Daniel hatte keine Zeit gehabt, nach den Vermessungsmarken zu sehen. Das Baby schlief friedlich im Kanu.

„Sie schreit überhaupt nie“, stellte Meg am nächsten Tag fest.

„Sie hat gelernt, dass Schreien nichts nützt“, antwortete Daniel nur.

*

Sie waren beinahe auf der Höhe der Redwood-Fähre angelangt, als sie Kanonendonner aus der Richtung von Fort Ridgely hörten.

Meg sah Daniel mit weit aufgerissenen Augen an. „Sind das Indianer?"

Er schüttelte den Kopf. „Nein, Miss Meg. Wir sind weit weg von den Indianern, die jetzt noch kämpfen wollen. Und Indianer haben keine Kanonen. Das sind die Soldaten im Fort Ridgely und wir sind bald in Sicherheit."

Sie legten mitten in der Nacht am Fuß des Forts an. Gen hätte vor Erleichterung am liebsten geweint. Morgen früh würden sie in Sicherheit sein!

Als die Kinder schliefen, legte Daniel einen Arm um Gen. „Morgen soll Aaron mit einer weißen Fahne vor euch her gehen, dann schicken sie jemanden heraus, der euch in Empfang nimmt. Erzählt ihnen, dass ich euch geholfen habe. Am besten sollen sie meinen Namen aufschreiben, damit sie wissen, dass ich ein Guter bin!"

Gen musste schwer schlucken. „Du gehst also wirklich zurück?"

Er nickte. „Ich muss Graue Frau, Robert und die anderen finden. Ich muss einfach wissen, was mit ihnen ist."

Sie klammerte sich an ihn. „Aber ich will nicht, dass du gehst! Bitte bleib bei uns, in Sicherheit. Du hast genug getan. Bleib bei mir ... du hast doch selbst gesagt, dass du nicht alle retten kannst."

Er lächelte und streichelte den blonden Schopf des schlafenden Babys. „Aber ich konnte eins-zwei-drei-vier retten." Er deutete nacheinander auf die Kinder und dann auf Gen. Sanft streichelte er ihre Wange. „Ich habe lange Zeit in der Löwengrube verbracht, Gen. Und bisher bin ich nicht gefressen worden." Er sah weg und fragte leise: „Ich muss dich etwas fragen. Als ich Reverend Dane verlassen habe, um euch zu suchen, sagte er etwas über dich. *Ich darf sie nicht verlieren, denn sie ist alles, was ich habe*." Daniel räusperte sich nervös: „Was meinte er damit?"

Gen schloss die Augen und schüttelte den Kopf. „Ich weiß es nicht. Vielleicht ... vielleicht empfindet er mehr für mich als ich für ihn. Ich respektiere ihn wirklich, weißt du. Nach Ellens Tod hat er sich sehr zum Besseren verändert. Aber ich liebe ihn nicht."

Er wartete einen Moment, dann beugte er sich zu ihr und küsste sie sanft auf den Mund. Er drückte sie so fest an sich, dass sich die Kette an seiner Brust gegen ihr Schlüsselbein presste.

Tränen liefen Gens Wangen hinunter. „Ich will nicht, dass du gehst. Was soll ich denn anfangen, wenn dir etwas zustößt?" Sie schlang ihre Arme um seinen Hals.

Er stützte sein Kinn auf ihren Kopf und atmete tief durch. „Ich hatte beinahe die Hoffnung auf ein schönes Leben aufgegeben, Himmelsauge. Doch gestern hat Gott es mir zurückgegeben." Er lächelte sie an. „Wir dürfen die Hoffnung nicht verlieren, Himmelsauge. Gott wird uns wieder zusammenführen. Und dann ...", er küsste sie wieder, diesmal mit mehr Inbrunst, „... dann werde ich dich von ganzem Herzen lieben. Deine Augen werden mich immer begleiten. Pass auf, dass in der Zwischenzeit kein anderer Mann dein Herz gewinnt!"

Und damit verschwand er in der Dunkelheit.

29

Liebe deinen Nächsten wie dich selbst.
Römer 13,9

Er bemühte sich darum, sie zu lieben. Der Herr allein wusste, wie schwer das war, mit seiner natürlichen Tendenz zur Eitelkeit und Selbstgerechtigkeit. Es war schwer, unter den ungebildeten, groben Soldaten zu leben, die sich in Fort Ridgely versammelt hatten, und sich nicht abgestoßen zu fühlen. Doch Simon hatte den Eindruck, dass er Fortschritte machte. Er rollte die Ärmel hoch und packte überall mit an, wo es nötig war. Er ließ alle Eitelkeit im Hinblick auf seine zurückweichende Haarlinie fahren und hatte sich das Haar raspelkurz schneiden lassen. Seine Haut wurde von der Sonne verbrannt, bis er beinahe so dunkel war wie ein Dakota. Er war überrascht, wie gut ihm die körperliche Arbeit tat. Zwar konnte sie nicht seine Gedanken von Aaron, Meg und Gen ablenken, aber sie bewahrte ihm zumindest die geistige Gesundheit.

Am 29. August kamen Sibleys Truppen an. Das Fort und seine unmittelbare Umgebung wurde zu einer pulsierenden Siedlung von fast 2.000 Menschen. Als die Gefahr eines Angriffs vorüber schien, wurden viele vertriebene Farmer nach St. Peter verlegt. Simon half dabei, fuhr Wagen hin und her und grinste innerlich darüber, dass niemand in ihm einen Prediger vermutet hätte. Und überall hielt er nach leuchtend blauen Augen in einem dunklen Gesicht Ausschau, nach einem roten und einem blonden Haarschopf.

Am 15. September erhielt Sibley eine Nachricht von den friedlichen Dakota im Norden. Ihr Inhalt sandte kalte Schauder über Simons Rücken: *„... Wenn Ihre Truppen nicht bis Ende der Woche hier eintreffen, könnte es zu spät sein. Die Krieger haben bereits zweimal beschlossen, alle Geiseln zu töten."*

Als in dieser Nacht ein schweres Gewitter über das Fort zog, suchte Simon Zuflucht beim Arzt des Forts. Dessen Frau war zu einer Heldin geworden, als sie bei einem Angriff eine Kanone abgefeuert hatte und damit das Hospital gerettet hatte. Simon konnte nicht wissen, dass seine Kinder sich zur gleichen Zeit unter einem Überhang im Fluss versteckten und auf Daniel Leuchtender Sterns Rückkehr warteten.

Als am 18. September Colonel Sibley endlich seine Männer ausrücken ließ, gingen einige Zivilisten mit. Einer von ihnen war ein Missionar, der große Überredungskünste gebraucht hatte, um mitkommen zu dürfen.

„Können Sie dieses Ding überhaupt bedienen?“, fragte jemand und deutete auf das Gewehr an Simons Sattel.

Simon nickte. „Sergeant Jensen hat mit mir Schießübungen gemacht.“ Er demonstrierte seine Fähigkeiten als Schütze an einem Topf in einiger Entfernung. Als das Tongefäß zersprang, streckte der Zweifler begrüßend seine Hand aus. „Willkommen in der Armee!“

Er lernte, Gott auf ganz neue Weise zu vertrauen. Was blieb ihm auch anderes übrig

Sibley ließ seine Truppen mit der Geschwindigkeit einer Schildkröte vorrücken. Simon hatte die Strecke vom Fort zur Unteren Station schon hundert Mal zurückgelegt; mit dem Wagen brauchte man dafür einen Tag. Sibleys Männer brauchten vier Tage.

Sie kampierten in der Nähe des Wood Lake. Auf der Suche nach Nahrungsmitteln stießen sie zufällig auf Kleine Krähes Lager. Der Überraschungseffekt brachte den Weißen einen schnellen Sieg; allerdings waren die meisten von Kleine Krähes Kriegern auch nicht im Lager gewesen.

Nach dem Kampf stolperte Simon über einen verwundeten Dakota, der sich durchs Gebüsch schleppte. Er hatte einen Lungenschuss erhalten. Simon überredete seinen Schießlehrer, Sergeant Jensen, den Mann zu ihrem Lager zu tragen. Dort versorgte Simon ihn notdürftig, so gut er konnte.

„Kennst du ein Halbblut namens Geneviève LaCroix?“,

fragte er ihn ungeduldig. „Sie und meine Kinder wurden vor zwei Wochen als Geiseln genommen."

Der Mann hustete und schrie vor Schmerzen auf.

„Ist dir kalt, Bruder?", fragte Simon. Als der Dakota nickte, legte Simon ihm eine Decke über und fragte sanft: „Kennst du den Gott, der alle Menschen liebt?"

Der Krieger runzelte die Stirn und fragte auf Dakota: „Wer bist du?"

„Dein Volk nennt mich Viele Worte", sagte Simon. „Ich war als Missionar in Renville. Kann ich für dich beten?"

Der Krieger wandte das Gesicht ab, doch Simon betete trotzdem für ihn in einfachen Worten, die von Gottes Liebe und Vergebung sprachen.

Als der Indianer tot war, seufzte Simon: „Ich wünschte, ich hätte seinen Namen gekannt."

„Warum?", fragte Sergeant Jensen pragmatisch. „Ein verdammter Indianer weniger. Das ist gut!"

*

Einer der friedlichen Häuptlinge, Wabasha, sandte einen Boten zu Sibley, der ihm mitteilte, dass die Krieger fort und alle Geiseln sicher in seinem Lager waren. „Der Weg ist frei", ließ der Häuptling ausrichten. „Aber es ist Eile geboten. Kleine Krähe könnte zurückkommen." Doch noch immer ließ Sibley sich alle Zeit der Welt und legte die Strecke zum Lac Qui Parle in vier weiteren Tagen zurück. Dabei war es nicht einmal ein Tagesritt bis dorthin.

Endlich erreichten sie das Lager. Mit Trommeln und Pfeifen marschierte die Armee ein. Das gesamte Lager war mit weißen Fahnen und amerikanischen Flaggen dekoriert. Die Soldaten zielten trotzdem mit Haubitzen auf die Geiseln und die Indianer, die ihr Leben riskiert hatten, um die Weißen zu schützen.

Sibley und seine Männer beriefen ein Treffen mit den Häuptlingen ein und verlangten die Herausgabe der Geiseln. Kleiner Bär trat vor.

„Ich nehme deine Hand, wie ein Kind die Hand seines Vaters ergreift", sagte er. „Meine Hand hat nichts Böses getan. Sie ist sauber. Ich habe die Weißen als meine Freunde behandelt. Heute tun wir etwas Gutes und ich bin stolz darauf. Ja, vor dem großen Gott bin ich stolz darauf!"

Die Geiseln stolperten auf die Soldaten zu, einige weinten, andere waren völlig ausdruckslos. Simon eilte durch die Menge; es war ihm egal, ob er sich zum Narren machte. „Geneviève! Aaron! Meg?", schrie er immer und immer wieder und sah in Hunderte von Gesichtern. Er sah darin alle möglichen Gefühle von Verzweiflung bis Freude, aber er sah nicht das, was er suchte.

„Reverend Dane!" Miss Jane kam auf ihn zu und sah ziemlich lächerlich aus in einem mindestens um zwei Größen zu kleinen Kleid. Sie hatte an jeder Hand ein Kind, ließ die Kleinen aber kurz los, um Simon zu umarmen.

„Meg, Aaron?", stieß er nur hervor und fühlte, wie sich ihm der Hals zuschnürte, als Miss Jane den Kopf schüttelte.

„Daniel Leuchtender Stern hat sie hier beschützt, so lange es ging. Als Kleine Krähe mit der Ermordung der Gefangenen drohte, ist er mit ihnen geflohen. Daniel hatte ein Kanu. Sie sind inzwischen sicher in Fort Ridgely und warten auf Sie!"

Simon beruhigte sich etwas und nahm jetzt Miss Janes kleine Schützlinge erstmals richtig wahr.

Miss Jane lächelte. „Das sind Rebecca und Timothy Sutton. Ihre Eltern hatten eine Farm in der Nähe von Hazelwood. Ein wunderbares christliches Paar."

Die kleine Rebecca sagte: „Die Indianer haben uns nichts getan, aber es gab keine leckeren Sachen zu essen wie bei Mama. Und manchmal mussten wir auf dem kalten Boden schlafen. Die Indianer haben Papa an seinem Geburtstag umgebracht. Mama hatte einen Kuchen für ihn gebacken und als Papa sich zum Essen hinsetzen wollte, haben sie ihn getötet."

Simon kniete sich vor der Kleinen hin. „Dein Papa ist jetzt im Himmel, Rebecca, und er freut sich, dass Miss Jane so gut auf euch aufgepasst hat."

Rebecca sah zu Miss Jane auf. „Und wer passt jetzt auf uns auf?"

„Ihr bleibt noch eine Weile bei Miss Jane, wenn euch das gefällt", sagte Simon.

Timothy lutschte an seinem Daumen und nickte. Rebecca erklärte: „Er redet nicht so viel. Das überlässt er mir. Er hatte ganz viel Angst, als sie Papa erschossen haben. Papas Blut ist auf Timothys Hemd gespritzt." Sie sah Simon nüchtern an. „Ich hatte auch Angst. Aber Mama hat mir gesagt, dass ich tapfer sein soll. Und dann haben die Indianer sie auch erschossen."

*

Sibley machte keinen Hehl daraus, dass er jeden Indianer zu hängen gedachte, der sich eines Verbrechens schuldig gemacht hatte.

Dr. Riggs war zurückgekommen, um die Dakota zu verteidigen, nachdem er seine Schützlinge in Sicherheit gebracht hatte. Sibley beauftragte ihn damit, die Geiseln zu befragen, wer ihnen etwas angetan hatte. Jeder Krieger sollte vor ein Gericht gestellt und ins Kreuzverhör genommen werden. Wenn er unschuldig war, würde es herauskommen. Wenn er schuldig war, wurde er gehängt. Für die Dakota wurde eine neue Regel erhoben: Sie galten als schuldig, solange nicht ihre Unschuld bewiesen war.

„Geh und such deine Kinder", sagte Dr. Riggs zu Simon. „Wenn du sie gefunden hast, wird immer noch genug für dich zu tun sein."

Und Simon ging.

30

Freuen dürft ihr euch,
wenn man euch beschimpft und
verfolgt und euch zu Unrecht
alles Schlechte nachsagt,
weil ihr zu mir gehört.
Matthäus 5,11

„Schweine!", schrie die Menge. „Mörder!"

Jemand warf einen Ziegelstein. Er traf Daniel am Kopf und er stürzte zu Boden. Die Menge hätte sich auf ihn gestürzt, wenn die Soldaten sie nicht zurückgedrängt hätten.

„Sie haben meine ganze Familie umgebracht!", kreischte eine Frau und schüttelte die Faust.

Jemand half Daniel hoch und er taumelte weiter.

Daniel Leuchtender Stern gehörte zu einer Gruppe von Indianern, die flussabwärts nach Mankato gebracht wurden. Daniel versuchte, das Gebrüll der Menge zu ignorieren und dachte daran, wie leicht sie sich von den Soldaten hatten überlisten lassen. Man hatte sie zu einer Volkszählung eingeladen, angeblich um die noch ausstehenden Zahlungen an die friedlichen Indianer zu begleichen. Es schien ganz vernünftig, dass sie für ihr friedliches Verhalten sozusagen belohnt werden sollten. Also kamen sie zum Sammelplatz und legten ihre Waffen ab - und wurden sofort paarweise in Ketten gelegt.

Nach einigen Wochen gingen die Vorräte im Lager aus und so wurden sie zur Unteren Station verlegt, wo die Verhandlungen stattfanden. Jedem Einzelnen der friedlichen Indianer wurde irgendein Verbrechen angehängt. Falls nicht jemand vortrat, um ihn zu verteidigen, war sein Schicksal besiegelt. Gott sei Dank war Miss Jane für Daniel eingetreten. Er schleppte sich durch St. Peter und dachte an die guten Dinge, die geschehen waren.

Zuerst hatte es schlecht für ihn ausgesehen. Jemand hatte ihn als einen Freund von Otter erkannt. Ein anderer hatte ihn angeblich bei einem Kampf gesehen.

Daniel sah Dr. Riggs an und hoffte auf eine Chance, etwas zu sagen.

„Ich war tatsächlich Otters Freund. Er hat mich gewarnt, als Kleine Krähe beschlossen hatte, die Geiseln zu töten. Daher bin ich mit Reverend Danes Kindern geflohen. Ich habe sie nach Fort Ridgely gebracht. Ich habe außerdem einen ermordeten Siedler und seine Frau begraben und ihr Baby gerettet. Es ist jetzt mit Geneviève LaCroix und den Dane-Kindern in Fort Ridgely. Ich habe niemanden umgebracht, außer einen Bullen bei der alten Mission in Renville!" Die Untersuchungsrichter starrten ihn nur kalt an.

Doch dann kam Miss Jane. „Captain!", sagte sie zu einem der Untersuchungsrichter. „Wenn Sie diesen Mann hängen, werde ich Sie eigenhändig erwürgen!"

Die Kommissionsmitglieder, die inzwischen daran gewöhnt waren, die Klagen traumatisierter Opfer zu hören, saßen sprachlos da, während Miss Jane eine Verteidigungsrede für Daniel auf sie niederprasseln ließ, die ihresgleichen suchte. Selbst Daniel konnte bei diesem Ausbruch nur staunen.

„Sie haben die wirklichen Schuldigen entkommen lassen und suchen nun einfach Sündenböcke. Es ist eine Schande!", schloss Miss Jane.

„Madame ...", versuchte einer der Untersuchungsrichter einzubringen. Ein großer Fehler!

„Hören Sie mir auf mit *Madame!*", zischte Miss Jane. „Ich habe die letzten Wochen damit verbracht zu warten, während Ihre wunderbaren Truppen sich dabei überanstrengt haben, fünf Meilen am Tag zurückzulegen! Und wie klug von General Sibley, den Tätern viele Tage Vorsprung zu geben und lieber diejenigen Dakota festzunehmen, die ihm immer wieder Boten geschickt und ihn gebeten haben, sich zu beeilen! Welch ehrenhafte Tat, die eines glorreichen Generals würdig ist!" Ihre Stimme troff vor Sarkasmus, als sie Daniel eine Hand auf die Schulter legte. „Während Ihre tapferen Soldaten in Fort Ridgely Karten spielten, hat dieser Mann weiße Geiseln mit seinem Leben beschützt. Während Ihre tapferen Soldaten gemütliche Prärie-Spaziergänge machten, hat er eine Frau und zwei Kinder in einem Kanu in Sicherheit gebracht."

Sie warf der Kommission einen vernichtenden Blick zu. „Ich schulde Sibley keinen Dank. Mein Lob und meine Dankbarkeit gelten diesem jungen Mann hier und John Nächster Tag und Paul Mazakutemane und Simon Anawangami und Dutzenden anderen Dakota, die wieder und wieder ihr Leben riskiert haben, um so viele wie möglich von uns zu retten! Das Einzige, was Sie Daniel Leuchtender Stern vorzuwerfen haben, ist, dass er einfach *da* war. Nun, ich war auch da! Vielleicht sollten Sie mich gleich mit hängen!"

Miss Jane war fertig; sie atmete schwer und ihre Augen sprühten Funken.

Die Untersuchungsrichter sahen sich verunsichert an. Dr. Riggs senkte den Kopf und hustete, um den Lachanfall zu kaschieren, der von ihm Besitz ergriffen hatte.

Nach ein paar ungemütlichen Augenblicken sagte der Leiter der Kommission: „Der Gefangene ist unschuldig!"

Nun wurden Daniel und weitere 200 für unschuldig befundene Männer nach Mankato verlegt, wo es mehr Nahrungsmittel gab. In der Zwischenzeit überlegte der Große Vater in Washington, was mit den 300 für schuldig befundenen Dakota passieren sollte, die Sibley unbedingt tot sehen wollte. Die Gefahr war noch längst nicht vorüber. Noch immer waren sie gefangen und trotteten an zerstörten Farmen und frischen Gräbern vorbei. Das Land war ein einziges Schlachtfeld.

Wieder einmal war Daniel nahe daran, die Hoffnung zu verlieren. Doch Gott sandte ihm ein kleines Zeichen seiner Liebe. Jemand rief seinen Namen, und als Daniel sich umsah, erblickte er zwei Reihen hinter sich seinen Freund Robert Lawrence.

*

„Ich verbiete dir zu gehen! Du kannst unmöglich auch nur das Geringste für Daniel Leuchtender Stern erreichen, wenn du dich von einem aufgebrachten Mob niedertrampeln lässt!" Simon ließ seine Faust auf den Tisch krachen. „Dr. Riggs hat mir versichert, dass Daniel nicht in Gefahr ist. Die Soldaten bewachen die Gefangenen ..." Miss Jane schnaubte abfällig, doch Simon ignorierte sie. „Die Soldaten bewachen die Gefangenen und sobald sie in Fort Snelling angekommen sind, fahre ich selbst dorthin und sorge dafür, dass Daniel freigelassen wird!" Er mäßigte seine Stimme. „Bitte, Geneviève! Vertrau mir! Leuchtender Stern wird nichts passieren. Es ist nur so, dass wir im Moment besser keinen befreundeten Dakota zum Abendessen einladen, sozusagen! Sicher siehst du doch ein, wie unmöglich das wäre. Wir müssen warten und Gott wirken lassen."

Gen sah nicht überzeugt aus.

Miss Jane seufzte. „Reverend Dane hat vermutlich Recht, Gen. Wir müssen noch etwas Geduld haben. Gott wird alles zum Besten wirken; du musst ihm nur vertrauen."

Nachdem Miss Jane und die Sutton-Kinder in einem Wagen nachgekommen waren, hatten die Missionare in St. Peter eine kleine Hütte hinter dem Hotel zugeteilt bekommen, so lange bis die Missionsverwaltung eine neue Aufgabe für Simon hatte. Simon schlief im Hotel, besuchte Gen, Miss Jane und die Kinder aber täglich in der Hütte, wo sie sich langsam von den überstandenen Strapazen erholten.

Gen ging zum Fenster und sah auf die Straße hinaus. Dort hinten hinter dem Hügel ging er jetzt vermutlich gerade vorbei. *Wenn ich jetzt den Hügel hinaufrennen würde ...* Gens Gedanken wurden von einem herangaloppierenden Pferd unterbrochen, dessen Reiter dreckige Beschimpfungen über die „elenden Rothäute" schrie. Sie wandte sich ab und ging zum Kamin, um Feuerholz nachzulegen. *Ob er wenigstens eine Decke hat, um sich warm zu halten?*

Aaron kam mit dem Kleinkind herein. Meg folgte ihnen und erzählte begeistert, dass das Baby jetzt allein stehen konnte. Gen zwang sich zu einem Lächeln und streckte die Arme nach der Kleinen aus.

„Hast du schon etwas gehört?", fragte sie Simon.

Er schüttelte den Kopf. „Nein, aber wir hören uns weiter um. Irgendwo muss es doch Angehörige von dem Kind geben!"

„Und was ist, wenn sich niemand meldet?", fragte Aaron.

„Dann behalten wir sie eben", schlug Meg vor. „Dann hätten wir eine kleine Schwester!"

Simon ging zu Gen und dem Baby und streichelte der Kleinen über den blonden Kopf. „Was meinst du, Gen? Sollten wir unserem kleinen Geschenk Gottes nicht endlich einen Namen geben?"

„Sie hat einen Namen", sagte Gen, und auf Simons überraschten Blick meinte sie: „Sie tauchte auf, als Leuchtender Stern und ich die Hoffnung schon aufgeben wollten. Deshalb heißt sie Hope."

Simon räusperte sich und meinte: „Na, dann wäre das ja geklärt."

*

Am Tag nach Weihnachten hielt Gen sich ständig beschäftigt. Heute sollten 39 Dakota in Mankato hingerichtet werden. Sie und Miss Jane stürzten sich in eine wahre Backorgie, kneteten Teig und buken bis zur Erschöpfung. Als sie den letzten Rest Teig in den Ofen geschoben hatten, kam Aaron mit der Zeitung herein. Sein Gesicht war kreidebleich und er hielt Gen mit zitternden Fingern die Zeitung hin.

„Da ist eine Liste drin ..." Ihm versagte die Stimme. Mit Tränen in den Augen deutete er auf die Zeitung. „Eine Liste mit den Namen ..."

Gen las in fieberhafter Eile; dann schrie sie: „Nein!!!!" Sie sah Miss Jane gehetzt an, anschließend stürmte sie zur Tür, schnappte sich im Vorbeilaufen ihren Mantel und ihre Haube und rannte hinaus.

„Lauf, hol deinen Vater, Aaron!", sagte Miss Jane. „Er ist im Telegrafenbüro. Beeil dich! Sag ihm, dass Leuchtender Stern auf der Liste der Männer steht, die gehängt werden sollen. Los, lauf, so schnell du kannst!"

Aaron rannte ohne Mantel hinaus. Auf der Straße überholte ihn Gen auf Rory. Tränen liefen ihr die Wangen hinunter, als sie dem Pferd die Hacken in die Seite schlug und nach Süden galoppierte.

„Aber sie können doch Daniel nicht aufhängen!“, sagte Meg stirnrunzelnd und sah Miss Jane unsicher an. „Oder doch?“

„Wir müssen Gott bitten, dass sie es nicht tun, Liebes“, sagte Miss Jane und schloss entsetzt die Augen. *Nicht unser Daniel, Herr. Bitte lass es ein Irrtum sein! Bitte!*

*

Zu spät! Oh Gott, ich bin zu spät!

Gen schwang sich vom Pferd und kämpfte sich durch die Menge. Von irgendwo her konnte sie das Totenlied der Dakota hören. Gen hämmerte mit den Fäusten gegen den Rücken eines Mannes, der ihr den Weg versperrte. „Lassen Sie mich durch ... bitte!“ Einen Moment lang meinte sie ohnmächtig zu werden, doch dann drückte sie sich weiter durch die schwitzende, staubige Menge. Sie kam sich vor wie in einem Alptraum, in dem jede Bewegung unendlich viel Zeit und Kraft kostete.

Bevor sie sich bis nach vorne durchgearbeitet hatte, erklang der Befehl. Gens Schrei wurde von einem seltsamen Geräusch erstickt, das von der Menge kam: kein Rufen, sondern mehr ein kollektives Seufzen.

Niemand bemerkte, wie Gens Gesicht erbleichte und sie bewusstlos zusammensank. Jemand half ihr hoch und sie schleppte sich ein Stück vom Ort des Geschehens fort. Erst nach langer Zeit konnte sie aufsehen. Die Gesichter der Hingerichteten waren mit Säcken verhüllt. Sie wurden gerade vom Galgen abgenommen. Unmöglich zu sagen, ob er dabei war.

Jemand bemerkte ihre indianischen Gesichtszüge und zischte: „Wie kannst du es wagen ...“ Ein anderer schubste sie von hinten.

„Geneviève!“ Simon fuhr langsam mit dem Buggy durch die

Menge. „Komm nach Hause, Geneviève." Er stieg vom Wagen und kam auf sie zu.

„Dreckiges Halbblut!" Eine Frau spuckte Gen an.

Simon funkelte die Frau wütend an. „Diese junge Dame ist mein Kindermädchen. Sie hat ihr Leben für meine Kinder riskiert, und ich möchte Sie doch bitten, Ihr den angemessenen Respekt zu zollen!" Er half Gen auf den Wagen.

„Du dummes, dummes Kind", sagte er zärtlich und legte ihr eine Decke um. „Was hattest du denn nur vor?"

Gen schlug sich die Hände vors Gesicht und weinte.

„Es war ein Irrtum, ganz sicher", sagte Simon. „Es muss eine Verwechslung gewesen sein. Ich bringe dich nach Hause und dann kümmere ich mich darum. Du weißt doch, wie leicht man Dakota-Namen verwechseln kann. Dr. Riggs würde nie zulassen, dass so etwas passiert." Er sammelte Rory ein, der am Wegrand graste, und band ihn an den Wagen.

Zurück in St. Peter schaffte es Gen kaum, vom Wagen zu steigen und den Tee zu trinken, den Miss Jane ihr anbot. Sie fühlte sich uralt. Den restlichen Tag verbrachte sie in einem Dämmerzustand. Abends musste Miss Jane ihr sogar wie einem kleinen Kind beim Ausziehen helfen.

Die Veränderung, die in den nächsten Tagen mit Gen vor sich ging, machte Simon regelrecht Angst. Sie erinnerte ihn an einige der Geiseln, die missbraucht worden waren. Sie erzählten ihre schrecklichen Geschichten völlig unbeteiligt, als wären sie jemand anderem zugestoßen. Auch die sonst so lebhafte Gen schien sich in eine Art innere Welt zurückgezogen zu haben, in die ihr niemand folgen konnte. Sie las den Kindern vor, sie half Miss Jane in der Küche, sie putzte und wusch Wäsche. Doch bei allem wirkte sie so leblos wie eine Stoffpuppe.

Aus Liebe zu Gen versuchte Simon fieberhaft herauszufinden, was mit Daniel geschehen war. Er erfuhr, dass die Leichen der Hingerichteten an verschiedene Ärzte und medizinische Hochschulen zum Sezieren gegeben worden waren. Simon klapperte sie alle ab und versuchte herauszufinden, ob jemand Daniel Leuchtender Stern identifizieren konnte.

„Er hatte eine Narbe von hier bis hier", erklärte er ein ums andere Mal und deutete auf seinen Unterarm. „Und eine alte Schusswunde in der rechten Schulter."

Dr. Robert Mayo schüttelte den Kopf. „An solche Narben kann ich mich nicht erinnern. Ich habe auch keine solche Leiche gesehen."

Simon schrieb auch an Dr. Riggs, ob dieser inzwischen etwas herausgefunden hatte. Als die Antwort kam, brachte Simon es nicht über sich, sie Gen mitzuteilen: „*... es sieht so aus, als sei ein schrecklicher Fehler passiert*", schrieb Dr. Riggs.

31

Aus Erbarmen hat Gott eine kleine Anzahl ausgewählt.
Römer 11,5

Gen erhob sich aus dem Bett, wickelte sich eine Decke um die Schultern und tappte in die Küche, wo Simon tief über den Tisch gebückt dasaß, die Lesebrille ganz vorne auf der Nase. Sie beobachtete ihn einen Moment lang, wie er sich den Nacken rieb und sich zurücklehnte.

„Verschwende deine Zeit nicht mehr dafür, Simon", sagte Gen und ging zum Herd, um neuen Kaffee aufzusetzen. „Du hast getan, was du konntest. Dr. Riggs hätte uns längst benachrichtigt, wenn er etwas Neues herausgefunden hätte."

Simon räusperte sich nervös. „Tatsächlich *habe* ich Nachricht von Dr. Riggs erhalten, Gen."

Gen ließ sich auf einen Stuhl sinken, starrte Simon an und schloss dann seufzend die Augen.

„Ich ... ich habe es nicht über mich gebracht, es dir zu sagen."

„Er ist tot. Die Liste in der Zeitung war korrekt." Wie in Trance berührte Gen die Halskette, die sie noch immer trug.

Simon ergriff ihre Hand. „Anscheinend ist ein schrecklicher Fehler passiert, schrieb Dr. Riggs. Er fühlt sich verantwortlich, weil er in die Verhandlungen involviert war."

Gen entzog ihm ihre Hand. „Weiß er, was mit Graue Frau und den Lawrences geschehen ist?" Ihre Stimme war flach und emotionslos.

„Das versuche ich jetzt herauszufinden", sagte Simon. „Ich habe einen Brief an John Williamson im Gefangenenlager in Fort Snelling geschrieben. Im Moment sind dort 1600 Insassen. Sie sind nicht eingesperrt, denn sie wussten ohnehin nicht, was sie anfangen sollen – ihre Farmen sind zerstört. Dort erfrieren oder verhungern sie zumindest nicht." Simon rieb sich mit der Hand über das Gesicht. „Es könnte eine Weile dauern, aber John ist zuverlässig. Wenn unsere Freunde dort sind, wird er es uns wissen lassen."

Der Kaffee kochte und Gen goss jedem von ihnen eine Tasse ein.

Simon fügte an: „Ich werde bezüglich der kleinen Hope in verschiedene örtliche Zeitungen ein Inserat setzen. Irgendwo muss sie doch Verwandte haben. Dasselbe werde ich in St. Louis für Rebecca und Timothy Sutton tun. Miss Jane ist eingefallen, dass sie in St. Louis eine Tante haben."

„Du bist ein guter Mann, Simon", sagte Gen steif. „Ich ... ich wollte dich nur wissen lassen, dass du aufhören kannst ..." Sie musste sich an der Stuhllehne festhalten. „... dass du aufhören kannst, Nachforschungen über Leuchtender Stern zu betreiben." Sie stellte die Tasse ab und ging wieder ins Bett.

Dort schalt sie sich selbst: *Nun hör schon auf, im Selbstmitleid zu baden, Miss LaCroix!* Sie schloss die Augen. Als sie aber am nächsten Morgen aufwachte, war ihr Kissen nass geweint.

Sie hatte sich gezwungen, mit ihrem Leben weiterzumachen. Und es gab Tage, da hatte sie auch wirklich den Eindruck, es würde ihr gelingen. Doch dann wachte sie wieder weinend mitten in der Nacht auf. Eines Tages kam sie hinter dem Hotel an einem Abfallhaufen mit verdorbenem Fleisch vorbei. Der Verwesungsgeruch brachte so starke Erinnerungen mit sich, dass Gen sich übergeben musste. Anschließend schrieb sie sich eine lange Liste von Besorgungen und Haushaltspflichten auf, die sie eine nach der anderen abarbeitete, um sich von ihren Gedanken abzulenken.

„Gen", sagte Miss Jane am späten Nachmittag und nahm ihr das Staubtuch aus der Hand. „Du hast in diesem Raum heute schon einmal Staub gewischt. Hast du das vergessen?"

Wenn die Kinder nicht gewesen wären, wäre sie sicher verrückt geworden. Aaron hatte sein Lächeln wieder gefunden; nicht das kindliche Grinsen von früher, sondern ein gereiftes, erwachseneres Lächeln. Meg begann eine Leidenschaft fürs Lesen zu entwickeln. Miss Jane gab den Kindern Unterricht, und Gen saß meistens mit dabei, einfach um ihre Gedanken in andere Bahnen zu lenken.

Rebecca und Timothy hatten unter den Folgen ihrer Erlebnisse sehr zu leiden. Rebecca wachte nachts oft auf und schrie nach Miss Jane. Sie war erschreckend blass und nervös und musste Timothy ständig in ihrer Nähe haben. Timothy konnte noch immer kein Wort sprechen, doch Gen bemerkte, dass er mittlerweile seltener am Daumen lutschte und immer mehr Interesse an seiner Umwelt zeigte.

„Wir müssen ihnen Zeit geben", sagte Miss Jane zuversichtlich. „Zeit und Liebe."

Und dann war da noch Hope, das Baby, das das Weinen vergessen hatte und das der lebende Beweis dafür war, dass es einmal einen Mann namens Daniel Leuchtender Stern gegeben hatte, der ein wahrer Held gewesen war.

„Also, eins ist klar", sagte Miss Jane eines Tages zu Gen, die Hope auf den Knien schaukelte. „Dieses Kind ist vollkommen in dich vernarrt!"

„Und ich in sie!", sagte Gen und küsste Hopes Lockenkopf. „Wer könnte diesen himmelblauen Augen auch wiederstehen? Ich hoffe nur, dass nicht eines Tages doch noch jemand aus ihrer Verwandtschaft auftaucht!"

Meg meldete sich zu Wort. „Wir haben sie gefunden! Leuchtender Stern hat sie gerettet und wir lieben sie und wir haben ihr einen Namen gegeben. Sie gehört zu uns und fertig!"

„Wir müssen trotzdem sichergehen", sagte Miss Jane sanft.

Gen stimmte ihr zu. „Simon will im Frühjahr zu der Farm reiten und nach den Vermessungsmarken sehen. Vielleicht bringt das Klarheit." *Bitte, Gott!* Gen konnte sich einfach nicht vorstellen, dass Gott ihr nach Leuchtender Stern auch noch Hope wegnehmen würde. Das konnte er doch nicht auch noch von ihr verlangen!

Gen hatte den Eindruck, dass sie über die schlimmste Trauer hinweg war, als sie eines Tages Daniel zu sehen meinte. Eine kleine Menschentraube stand vor dem Büro der örtlichen Zeitung, und einer der Männer, die mit dem Rücken zu Gen standen, sah von hinten genauso aus wie Daniel. Mit wild pochendem Herzen ging sie auf den Mann zu und konnte vor Aufregung kaum atmen. Doch dann drehte sich der Mann um und alle ihre Hoffnungen stürzten zusammen. Er war noch nicht einmal ein Dakota.

Gen rannte zurück nach Hause, wo zum Glück niemand war. Zitternd stieg sie in voller Kleidung ins Bett. *Was ist denn nur mit mir? Ich tue ja so, als wäre ich der einzige Mensch, der jemals einen seiner Lieben verloren hat. Das ist doch lächerlich! Habe ich Simon nicht ausgeschimpft, weil er sich nach Ellens Tod so hat gehen lassen? Und jetzt tue ich genau dasselbe!*

Ein lautes Krachen draußen auf der Straße ließ sie vor Angst aufschreien. Es klang genauso wie das Aufklappen der 38 Galgentüren, das das Ende des Sioux-Aufstandes von Minnesota bedeutet hatte.

Simon fand sie zitternd und weinend hinter dem Bett.

„Es ist nichts, Gen", sagte er leise. „Jemandem ist ein Fass vom Wagen gefallen. Nichts Schlimmes." Er kniete sich neben sie, zog ihr die Hände von den Ohren und hielt sie fest. „Gen, du bist in St. Peter mit Miss Jane und den Kindern. Du bist in Sicherheit, Gen." Er half ihr ins Bett und deckte sie liebevoll zu. Dann zog er sich einen Stuhl ans Bett und setzte sich zu ihr.

Gen begann wieder zu weinen. „Ich bin so dumm", schluchzte sie. „Ich verhalte mich, als sei ich der einzige Mensch, dem je etwas Schlimmes geschehen ist!"

„Du hast einen Schock", sagte Simon ruhig. „Für dein junges Alter hast du schon viele Verluste hinnehmen müssen. Da ist es nur natürlich, dass du dich schrecklich fühlst." Er tätschelte ihre Hand. „Ich mache dir einen Tee."

„Du musst nicht den Krankenpfleger für mich spielen, Simon."

„Ich spiele gar nichts", sagte er fest. „Ich bin einfach für dich da."

Als er mit dem Tee zurückkam, sagte Gen: „Das ist wirklich nett von dir, Simon, aber ..."

„Trink deinen Tee und hör auf, deine Gefühle noch länger zu leugnen, Gen!" Auf ihren überraschten Blick lächelte er schüchtern. „Du hättest wahrscheinlich nie erwartet, so etwas aus dem Munde von Simon Dane zu hören, nicht wahr? Aber alles hat seine Zeit. Es gibt eine Zeit zum Trauern. Ich höre noch jemanden zu mir sagen, dass es richtig ist, traurig zu sein, wenn ein geliebter Mensch gestorben ist. Das warst du!"

Er ging hinaus und kam mit seiner Bibel zurück. „Nach der Beerdigung von Ellen habe ich täglich in den Psalmen gelesen, weißt du? Sie scheinen Dinge in Worte zu fassen, die ich nicht aussprechen kann. Eines Tages stieß ich auf folgende Verse: *‚Sammle meine Tränen in deinen Krug; ich bin sicher, du zählst sie alle! An dem Tag, an dem ich dich zu Hilfe rufe, müssen meine Feinde den Rückzug antreten. Ich weiß es: Du, Gott, stehst mir bei! ... Ich vertraue dir und habe keine Angst: Was könnten mir Menschen schon tun?'*"

Simon sah Gen an. „Das ist ein schönes Bild, findest du nicht? Der allmächtige Schöpfer des Universums liebt mich so sehr, dass er jede einzelne meiner Tränen sieht und sie sammelt." Er legte die aufgeschlagene Bibel in Gens Schoß. „Gott sieht deine Tränen, Gen. Er sieht in dein Herz. Und du bist ihm unendlich wichtig."

Er nahm ihre leere Teetasse und ging hinaus. In der Tür drehte er sich noch einmal zu ihr um und sagte leise: „Du hast viele Fragen, Gen. Versuch's mal mit dem Buch der Antworten."

*

„Aaron", sagte Simon eines Tages beim Frühstück. „Man hat mich gebeten, die Spenden unserer Freunde im Osten hier unter den Flüchtlingen zu verteilen. Ich würde mich sehr freuen, wenn du mich dabei begleiten würdest." Er sah die anderen an. „Wir sollten nach St. Anthony gehen, wo die Whitneys die Verwaltung der Spenden übernommen haben. Sie haben ein großes Haus und haben uns eingeladen, zunächst bei ihnen zu wohnen." Er sah Meg an. „Sie haben auch ein kleines Baby. Mit Hope hast du dann schon zwei kleine Kinder zum Spielen!"

„Was ist mit Miss Jane und Rebecca und Tim?“, wollte Meg wissen.

„Miss Jane brauchen wir auf jeden Fall“, sagte Simon. „Ich hoffe, dass sie mitkommt?“ Er formulierte es als Frage und war erleichtert, als Miss Jane nickte.

Sie fuhren mit dem Pferdeschlitten durch die verschneite Landschaft, bis sie zu einer eingezäunten Zeltstadt kamen.

„Sind das die bösen Indianer?“, fragte Meg und rümpfte die Nase, als sie den aufsteigenden Gestank roch.

„Nein“, sagte Simon. „Das sind die freundlichen Dakota. Die bösen sind in einem Gefangenenlager in Mankato.“

„Aber wenn das die Guten sind, warum ist dann ein Zaun um sie rum?“, wollte Aaron wissen.

„Weil die Regierung sich nicht entscheiden kann, was mit ihnen geschehen soll“, erklärte Simon niedergeschlagen.

„Sie sollten sie einfach nach Hause gehen lassen“, befand Aaron.

Simon schüttelte den Kopf. „Das ist wohl nicht mehr möglich, Aaron. Die Menschen sind nicht sehr vergebungsbereit. Für die Weißen sind jetzt alle Indianer die Bösen.“

Aaron sah Gen an. „Dann wissen sie wohl nicht viel über Indianer.“

Gen wandte ihr Gesicht von dem Lager ab und schloss die Augen.

„Ich frage mich, ob Gute Mutter wohl da unten ist“, murmelte Miss Jane.

„Ich hoffe, dass sie tot ist“, sagte Gen, ohne die Augen zu öffnen. „Besser tot sein, als an einem solchen Ort leben zu müssen.“

Simon räusperte sich. „John Williamson schrieb mir, dass es im Lager eine wahre Erweckung gegeben habe. Sie haben so viele neue Christen, dass sie sich im Lagerhaus treffen müssen. Es ist wirklich erstaunlich, wie Gott doch immer wieder Herzen bewegt.“

Gen sagte nichts und sie glitten weiter in Richtung St. Anthony.

*

St. Anthony hatte ursprünglich aus einer einsamen Blockhütte in der Nähe eines kleinen Wasserfalls bestanden, etwa zehn Meilen flussaufwärts von St. Paul entfernt. Bis zum Jahr 1863 war es jedoch bereits eine lebhafte Stadt mit 5.000 Einwohnern geworden. Und auch am anderen Ufer des Flusses war eine neue Siedlung mit mittlerweile einigen Hundert Einwohnern entstanden, der man den Namen Minneapolis gegeben hatte. Die Bevölkerung der Gegend nahm ständig zu und in den letzten Monaten waren Tausende von Flüchtlingen aus dem Südosten hinzugekommen.

„Willkommen, willkommen!", begrüßte Nina Whitney enthusiastisch ihre Gäste. „Unser Haus ist nicht luxuriös, aber wir haben viel Platz." Sie lächelte Miss Jane freundlich an. „Vielleicht hatte der Herr ja noch eine Schule im Sinn, als er uns dieses große Haus gab."

Mäntel wurden weggehängt, Schuhe zum Trocknen an den Kamin gestellt und Kinder bewundert. Dann gingen alle in die Küche, um frische Milch zu trinken. „Ist es zu glauben, wir haben sogar eine eigene Kuh!", strahlte Nina. Auch Plätzchen gab es in Fülle. Als alle an dem großen Küchentisch versammelt waren, fiel Nina ein: „Oh, ihr habt ja noch gar nicht unser Baby gesehen!" Sie eilte hinaus und kam mit dem Baby und zwei weiteren Personen zurück, die sich als Belle und Lizzie entpuppten. Großer Jubel empfing sie.

Als sich nach Ninas gelungener Überraschung das Chaos gelegt hatte, entschuldigten sich Simon und Samuel Whitney, um Simons erste Hilfslieferung zu besprechen.

Am Abend saßen die Männer immer noch zusammen und die Frauen kümmerten sich um die Kinder. Als die Kleinen endlich schliefen, setzten sie sich noch in der Küche zu einem Tee zusammen. Belle und Lizzie berichteten von ihrer aufregenden Flucht mit den Missionaren von Hazelwood. Gen lächelte Meg und Aaron an, als die beiden Frauen von Simons heldenhaftem Einsatz mit Rory und dem Wagen erzählten. Sie verspürte auch einen gewissen Stolz, als Lizzie berichtete, wie Simon mitten in der Nacht nach Fort Ridgely gegangen war. Und als sie dann noch schilderte, wie er mit der Waffe auf die rebellischen Männer gezielt und sie gezwungen hatte, ihnen zu helfen, musste Gen sich eingestehen, dass Simon Dane wohl doch mannhafter war, als sie gedacht hatte.

„Doch im Vergleich zu euch mussten wir ja beinahe gar nichts erdulden!“, sagte Lizzie und sah Gen und Miss Jane an, die eine ungemütliche Weile lang nichts sagten, bevor Miss Jane dann schließlich von Gute Mutters Freundlichkeit erzählte. Gen schilderte, wie sie Hope gefunden hatte, allerdings erwähnte sie nicht die Leichen der Eltern. Keine der Frauen wollte Genaueres über ihre Zeit bei den Dakota erzählen.

Schließlich sage Nina Whitney sanft: „Wenn ich daran denke, was ihr durchgemacht habt ...“ Sie erschauderte. „Gott sei Dank ist es nun vorbei!“

Nina führte die Neuankömmlinge zu ihren Zimmern. Als sie sich Gute Nacht sagten, ergriff Nina Gens Hand und drückte sie. „Ich habe nie aufgehört, für dich zu beten, Geneviève. Nicht seit dem Tag, als Gott die Sandbänke verschob!“ Sie blinzelte Gen zu und verschwand in ihrem Zimmer.

32

Doch keiner fragt nach Gott,
der ihn gemacht hat,
der auch in dunklen Stunden
Hoffnung schenkt.
Hiob 35,10

„Aber Simon“, sagte Gen leise. „Ich liebe dich nicht. Nicht auf diese Weise.“

Sie war dankbar, dass die Kinder schliefen und die anderen Erwachsenen zu einem Spaziergang unterwegs waren. Simon hatte sie gebeten, mit ihm im Haus zu bleiben, um „etwas zu besprechen“. Als Miss Jane und Nina Whitney miteinander wissende Blicke austauschten, hatte Gen gespürt, wie ihr die Brust eng wurde. Wollte Gott etwa schon wieder einen neuen Schmerz in ihrem Leben zulassen? Vor ihrem inneren Augen war eine ganze Liste von Möglichkeiten erschienen, und sie hatte angenommen, dass Simon Verwandte von Hope gefunden hatte. Es war auf keinen Fall eine gute Nachricht, denn die hätte Simon schließlich gern mit allen geteilt.

Stattdessen hatte Simon sie ins Wohnzimmer gebeten und sich mit ihr hingesetzt. Und dann hatte er ihr mit stockender Stimme einen Heiratsantrag gemacht. Gen starrte ins Feuer und hasste den Gedanken daran, Simon zu verletzen. Als sie ihren Einwand erhob, legte sie eine Hand auf seinen Arm, um den Schlag irgendwie abzumildern. Doch als sie endlich den Mut aufbrachte, ihn anzusehen, lag in seinen Augen nichts als Freundlichkeit.

Er legte seine Hand auf ihre. „Ich bin nicht so dumm zu denken, dass du einfach so zustimmst, Gen“, sagte er. „Doch seit dem Aufstand sind wir Freunde geworden, ist es nicht so?“

Gen nickte.

„Ich kann mir ein Leben ohne dich nicht mehr vorstellen. Auch Meg und Aaron wären ohne dich verloren. Und wir müssen Hope unbedingt bei uns behalten. Wenn wir heiraten würden, könnten wir sie adoptieren und so sichergehen, dass sie bei uns bleibt, unabhängig davon, wohin ich als Nächstes geschickt werde." Er ließ ihre Hand los. „Ich kann die tiefe Überzeugung nicht abschütteln, dass Hope aus einem bestimmten Grund zu uns geschickt wurde. Ich möchte die Kinder nicht als Erpressungsmittel einsetzen, Gen. Wirklich. Ich habe seit Wochen darüber gebetet und den Eindruck gewonnen, dass du zu uns gehörst. Die Bindung zwischen dir und den Kindern ist sehr stark, erst recht nach den Aufständen. Und ich kann nicht verleugnen, dass ich weit mehr für dich empfinde als Freundschaft." Seine Wangen röteten sich leicht, als er sie ansah. „Aber ich verspreche dir beim Wort Gottes, dass ich nie etwas von dir verlangen würde, was du nicht gerne gibst. Wenn du ablehnst, kann ich das verstehen. Aber bitte versteh du auch, dass ich alles tun muss, um meine Familie zusammenzuhalten. Und du gehörst dazu!"

„Aber ... aber vielleicht musst du St. Anthony gar nicht verlassen", sagte Gen mit unsicherer Stimme. „Jetzt, wo Miss Jane, Lizzie und Belle hier sind, möchte Nina eine Schule eröffnen. Die Kinder und ich könnten hier bleiben. In Sicherheit."

Seufzend wandte sich Simon ab und starrte auf die Straße. „Es ist schon gut, Gen. Ich verstehe. Ein glatzköpfiger alter Prediger ist kein guter Ersatz für einen jungen Dakota-Krieger, nicht wahr?" Ohne sie anzusehen, sprach er weiter. „Es tut mir Leid, wenn ich dich aufgeregt habe. Ich werde das Thema nicht mehr ansprechen. Nur eins noch, Geneviève: Ich weiß, wie es ist, die Liebe seines Lebens zu verlieren. Ich möchte mich entschuldigen, dass ich dich damit belästigt habe. Es ist viel zu früh und außerdem vermessen zu glauben, du könntest eine Ehe mit mir auch nur in Erwägung ziehen."

Gen fragte nervös: „Kannst du mir ... etwas Zeit zum Nachdenken geben?"

„Meine Liebe", sagte Simon und küsste ihre Hand. „Wenn es auch nur den Schimmer einer Hoffnung gibt, dass du zu meinem absurden Antrag Ja sagst, dann kannst du dir ein halbes Leben lang Zeit lassen. Ich werde warten."

*

Gen beobachtete das Leben wie hinter einer dicken Wand. Die emotionale Mauer, die sie um sich aufgebaut hatte, ließ sie alles wie durch Watte wahrnehmen. Es machte ihr eine gewisse Freude, wieder mit Belle und Lizzie zusammenzuarbeiten. Ihre Freundschaft zu Miss Jane vertiefte sich. Und sie war überrascht, dass Nina Whitneys Frömmigkeit sie nicht länger irritierte.

Timothy Sutton hörte auf, am Daumen zu lutschen, und eines Morgens, als Miss Jane ihm eine Schüssel Haferbrei reichte, sagte er: „Danke, Tante Janie!" Miss Jane fielen beinahe die Augen aus dem Kopf, und sie musste sich räuspern, bevor sie mit zittriger Stimme erwidern konnte: „Aber gern, Timothy."

Rebecca Sutton hatte keine Alpträume mehr.

Meg begann, von Hope als von ihrer kleinen Schwester zu reden.

Hope machte ihre ersten selbstständigen Schritte.

Aaron baute eine Beziehung zu seinem Vater auf, die der Heldenverehrung nahe kam. Tagelang waren sie auf ihrer gemeinsamen Hilfsmission unterwegs und Aaron hielt all ihre Erlebnisse in einem Tagebuch fest, das er Gen vorlas. Außerdem verteilte er oft und gern Umarmungen.

„Du musst mir etwas versprechen", sagte Gen eines Abends zu ihm.

„Gern. Was denn?"

„Versprich mir, dass du nie zu alt für Umarmungen wirst!"

Aaron lachte und nahm sie noch einmal in den Arm. Er hat alles gut überstanden, stellte Gen fest. Und wie durch ein Wunder hatte er sich die Sensibilität seiner Mutter erhalten. *Danke, lieber Gott!*

Irgendwann einmal fiel Gen auf, dass sie das inzwischen öfters tat – Gott über den Tag verteilt immer wieder Dinge zu sagen, als würde sie mit einem Freund sprechen. Kein Blitz war eingeschlagen, und trotzdem wurde Gen klar, dass Gott ihr

Gebet beantwortet und ihr Glauben geschenkt hatte. Wenn sie in den Psalmen las, blieben die Worte nicht mehr nur in ihrem Kopf hängen, sondern gelangten mitten in ihr Herz. Sie enthielten eine ganz neue Bedeutung, so wie auch ihr ganzes Leben langsam wieder Bedeutung bekam. Gen weinte und trauerte noch immer, doch sie fühlte sich nicht mehr so verloren. Sie hatte Gottes Wirken im Leben anderer Menschen beobachtet, und sie hatte seine Anwesenheit gespürt, wenn sie nach ihm gerufen hatte. Sie konnte jetzt auch ihre unbeantworteten Fragen stehen lassen, bis er beschloss, ihr die Antworten zu geben.

Sie berührte oft das Kreuz um ihren Hals, doch nun mit einem neuen Wissen um seine Bedeutung. Das Symbol für Gottes Liebe zu ihr gab ihr Trost. Er war kein Diktator, der zusah, wie seine Kreaturen litten ... er war zu ihnen herabgekommen und hatte sich für sie hingegeben. Ganz langsam drang das Wissen um Gottes Liebe in Gens Herz ein und sie fand Frieden in diesem Raum zwischen Fragen und Antworten.

*

„Am Montag sind wir den ganzen Weg bis nach Glencoe gefahren“, berichtete Aaron eines Abends. „Als wir dort ankamen, lehnte Mr. Rediger ganz apathisch am Zaun, als ob er unter Schock stünde. Aber Vater und ich haben ihm geholfen. Wir haben das Haus sauber gemacht und alles sortiert. Dann hat Mr. Rediger Holz gehackt, während Vater und ich die Scheune in Ordnung gebracht haben. Ihr hättet Mrs. Redigers Gesicht sehen sollen, als Vater ihr die zehn Dollar überreicht hat! Man hätte meinen können, wir hätten ihr einen Stern vom Himmel geholt. Vater hat mit ihnen auch in der Bibel gelesen und gebetet. Dann haben wir ein paar Lieder gesungen. Sie wollten, dass wir bleiben, aber wir mussten ja weiter und noch anderen helfen.“

Gen hörte ihm zu und schüttelte unmerklich den Kopf. Simon Dane räumte Scheunen aus? Aaron berichtete, wie sie in einem Haus Brot für eine Frau gebacken hatten, die so viel Schreckliches erlebt hatte, dass sie völlig außer sich war. „Und als wir gingen, küsste sie Vater auf die Wange und sagte, dass er ein guter Mann sei." Aaron runzelte die Stirn. „Ich mache mir Sorgen um diese Frau. Vielleicht kommt sie nicht allein klar. Aber wir haben getan, was wir konnten."

Simon würde nie ein gut aussehender Mann sein, doch es lag ein neuer Ausdruck in seinem Gesicht, der ihn durchaus attraktiv machte. Gen befand, dass es an seinen Augen lag. Sie waren wärmer, freundlicher. Die kalte Überheblichkeit war aus seinem Blick verschwunden. Die viele Arbeit draußen hatte Simons Haut gebräunt und ihm die durchsichtige Blässe des Gelehrten genommen. Seine Hände, die früher in ihrer Weichheit beinahe feminin gewesen waren, waren jetzt rau und schwielig geworden. *Wenn Ellen das nur sehen könnte* ..., dachte Gen. Und sie begann, nicht nur Aaron, sondern auch Simon zu vermissen, wenn die beiden unterwegs waren.

*

Vielleicht ist es ein Segen, dass Daniel das nicht mehr miterleben muss, dachte Gen, als sie die Zeitung las. Der Gouverneur war der Ansicht, die Sioux müssten entweder ausgemerzt oder für immer aus dem Staat vertrieben werden. Ein Leser schlug vor, sie auf eine Insel zu verbannen und dort sich selbst zu überlassen. Sibley wollte eine Reservation im Dakota-Gebiet einrichten, wo die Indianer von Truppen eingerahmt und zur Sklaverei verdammt wären. Und der alte Agent Galbraith wurde mit den Worten zitiert: „Sie müssen zum Gehorsam gezwungen werden ... viele werden getötet werden, andere verhungern. Die Verzweifelten werden in die Berge flüchten ... ein sehr kleines Reservat wird für diesen Rest ausreichen ..."

Im Februar waren alle Verträge zwischen der Regierung der Vereinigten Staaten und den Sioux erloschen. Die Pachtzahlungen flossen nun ausschließlich in einen Fonds für die weißen Opfer des Aufstandes und das Dakota-Land stand zum Verkauf. Als Gen klar wurde, dass Daniel jetzt heimatlos wäre, bestätigte das ihren anfänglichen Gedanken noch, und sie fand etwas Trost in dem Wissen, dass er nun vor solchen Sorgen sicher war.

Doch in allem Leid blieb Gott seinen Kindern treu und sandte eine wahre Erweckungswelle nach Mankato und Fort Snelling. Die Zeitungen druckten reißerische Überschriften: „Grässliches Sakrileg!“ und Ähnliches. Ein Journalist schrieb: „Gott, der Allmächtige, wurde verspottet und der Glaube an ihn ins Lächerliche gezogen, als Geistliche eine Horde der verräterischen Sioux in Fort Snelling mit dem Heiligen Sakrament der Taufe segneten.“

Simon berichtete, dass Reverend Hinman von einigen Weißen bewusstlos geschlagen worden war, die sich Zugang ins Lager verschafft hatten. Niemand, der den Sioux gegenüber Freundlichkeit oder nur Erbarmen zeigte, blieb von Hohn und Beschimpfungen verschont. Doch die Missionare blieben ihrer Aufgabe treu.

Nach einem langen, grässlichen Winter in Mankato wurden die verurteilten Dakota in ein Gefängnis in Iowa verlegt. Simon erhielt einen Brief von John Williamson, in dem er schrieb, dass 300 Dakota den Winter im Lager vor Fort Snelling nicht überlebt hatten. Die Übrigen wurden in ein neues Reservat namens Crow Creek verlegt, für immer aus ihrer geliebten Heimat Minnesota verbannt.

Gen bekam den Hass auf die Indianer eines warmen Frühlingstages am eigenen Leib zu spüren, als sie mit Simon und den Whitneys zum Gottesdienst ging. Sie betraten gerade die Kirche, als Gen jemanden sagen hörte: „Man hätte sie alle auslöschen sollen, als Sibley die Chance dazu hatte. Jetzt dürfen wir die verdammten Rothäute auch noch mit unserem Geld durchfüttern!“

Simon hielt abrupt an und die Whitneys taten es ihm gleich.

„Es heißt, dass viele von ihnen Christen geworden sind“, sagte eine weibliche Stimme.

„Sie würden morgen Satansanbeter werden, wenn ihnen

das einen Vorteil bringen würde“, gab ein Mann schroff zurück. „Man kann ihnen nicht trauen.“

„Mrs. Wakefield hat gesagt, sie hätten sie gut behandelt“, meldete sich die weibliche Stimme wieder zu Wort.

Der Mann schnaubte. „Mrs. Wakefield? Wir alle wissen doch, was sie getan hat, um sich zu retten! Sie hat einen von ihnen *geheiratet*, um Himmels willen!“

„Sie hatte Todesangst!“, mischte Gen sich mit funkelnden Augen ein. „Ihr Haar ist über Nacht weiß geworden, solche Ängste hat sie ausgestanden! Der Mann, der sie beschützt hat, war ein guter Mann. Er hat sie nicht ausgenutzt und viele Male sein eigenes Leben für sie aufs Spiel gesetzt.“

Der Mann wandte sich zu Gen um. „Wie kommen Sie dazu, diese mörderischen Wilden zu verteidigen?“

Gen hob das Kinn und starrte ihn an. „Ganz einfach, weil ich dabei war. Weil ich Mrs. Wakefield und ihren Beschützer kenne. Er war ein Freund von mir!“

Das Gesicht des Mannes lief rot an. Er fluchte und machte einen drohenden Schritt auf Gen zu. Simon stellte sich schützend vor sie. „Diese junge Frau hat meine Kinder während des Aufstandes mit ihrem Leben beschützt. Ich wäre Ihnen sehr verbunden, wenn Sie sich bei ihr entschuldigen würden.“

Der andere blickte finster drein, doch Simon rührte sich nicht. Die Umstehenden sahen einander nervös an. Schließlich blinzelte der Fremde und trat zurück. „Meine Entschuldigung an die Dame, wenn ich Sie beleidigt habe. Ich habe meinen Bruder und seine Frau bei dem Aufstand verloren.“ Wieder stieß er einen unterdrückten Fluch aus.

„Vielleicht interessiert es Sie zu erfahren, dass ich meine Kinder verloren hätte, wenn nicht ein Dakota namens Daniel Leuchtender Stern sie gerettet hätte ... Gott sei seiner Seele gnädig!“, sagte Simon. „Was hier passiert, ist ein einziger Hohn. Die Indianer, die unsere Frauen und Kinder beschützt haben, leiden im Gefängnis, während die wirklichen Schuldigen sich längst abgesetzt haben!“ Simon räusperte sich und sah die Whitneys an. „Ihr entschuldigt, aber sicher habt ihr Verständnis dafür, dass ich mit diesen ... Männern nicht gemeinsam Gott anbeten möchte."

Samuel nickte. „So geht es mir auch."

Gen drückte dankbar Simons Arm.

*

„Die Verteilung der Hilfsgüter war eine wichtige Sache, aber mein Herz ist bei den Dakota!" Simon lächelte und schüttelte den Kopf. „Stell dir das nur vor, Geneviève. Nach all den Jahren im Dienst habe ich endlich meine Berufung bekommen!"

Die Missionare hatten sich gerade zum Frühstück zusammengesetzt, als Simon verkündete, dass er nach Fort Snelling fahren und die Dakota von dort zu dem Dampfschiff, das sie in ihr neues Reservat bringen sollte, begleiten wolle. Und später wolle er dort eine neue Missionsstation aufbauen.

„Ich verstehe nicht, warum du dort hinfahren willst", protestierte Gen. „Sie erwarten Ausschreitungen bei dem Transport."

„Aber John meint, dass es die Dakota beruhigen wird, wenn ein alter Bekannter dabei ist. Und vielleicht dämpft meine Anwesenheit auch die Aggressionen des Mobs ein wenig."

„Du könntest verletzt werden!" Gen fasste sich unbewusst an den Hals. „Bitte, dieses Risiko darfst du nicht eingehen!"

„Einer Frau werden sie nichts tun", fiel Miss Jane ein. „Nehmen Sie auch uns mit, Reverend Dane." Belle und Lizzie nickten dazu nur.

„Das kommt überhaupt nicht in Frage", sagte Simon.

„Wenn Sie uns nicht mitnehmen", drohte Miss Jane ganz ruhig, „miete ich mir eine Kutsche und fahre selbst hin. Jemand muss doch den Dakota zeigen, dass es auch noch vernünftig denkende Weiße gibt, die sie nicht alle durch die Bank verurteilen. Bei allem Respekt, Reverend Dane", schloss sie, „Sie sind weder mein Ehemann noch mein Vorgesetzter, daher muss ich mich Ihnen nicht unterordnen. Ich werde gehen!" Damit stand sie auf und schickte sich an hinauszugehen.

„Also gut, also gut!“, gab Simon nach. „Wenn Sie in meiner und Reverend Whitneys Nähe sind, können wir wenigstens auf Sie aufpassen.“

*

„Das können die doch nicht ernst meinen!“, krächzte Gen und starrte entsetzt auf den Fluss. „Dieser kleine Dampfer kann doch unmöglich so viele Passagiere aufnehmen!“

Es waren überall Soldaten, einige drängten die wütenden Menschenmengen zurück, andere ritten an der Schlange der Gefangenen auf und ab.

Simon hob die Achseln. „Ich habe gehört, dass es gestern noch schlimmer war. Sie haben fast 800 Personen auf die *Davenport* gequetscht.“

Gen schloss die Augen. *Oh Gott, sei ihnen gnädig!*

Simon und Samuel stiegen vom Wagen. „Ihr Frauen bleibt hier. Betet für eure Geschwister!“

Gen beobachtete die Dakota, die auf den Fluss zustolperten, und ihre Augen füllten sich mit Tränen. Die Indianer sahen dünn und abgezehrt aus. Simon hatte berichtet, dass Hunderte den Winter nicht überlebt hatten. Ihr Herz blutete, als sie daran dachte, wie Gute Mutter Aaron und Meg versorgt hatte. Dieselben Frauen, die ihnen damals zu essen gegeben hatten, hatten nun ihre eigenen Kinder sterben sehen müssen. Gen ließ ein gequältes „Warum?“ zum Himmel steigen.

„Wenn wir ihnen irgendwie helfen wollen, müssen wir näher heran“, stellte Miss Jane fest und kletterte vom Wagen. „Zumindest sollen sie sehen, dass wir da sind und für sie beten!“

Gen und Lizzie folgten ihrer groß gewachsenen Freundin durch die Menschenmenge.

„Halt, Miss!“, sagte ein Offizier und bremste Miss Jane. „Wir wollen Ärger vermeiden.“

Die Dakota schlurften still und mit gesenkten Köpfen an den Schaulustigen vorbei. Ein kleines Mädchen fiel hin und wurde von einer alten Frau aufgehoben – es war Gute Mutter!

Miss Jane und Gen versuchten, den Soldaten beiseite zu drängen. „Gute Mutter!", riefen sie laut auf Dakota.

Die alte Frau hielt inne und sah sich ungläubig um. Dann traten ihr Tränen in die Augen.

„Sie können hier nicht durch!", sagte der Soldat und hielt Miss Jane am Arm fest.

„Gehen Sie mir aus dem Weg, junger Mann", sagte Miss Jane zähneknirschend. „Diese Frau dort hat mir das Leben gerettet!" Sie versuchte, den Mann zur Seite zu drängen, aber er gab nicht nach.

„Bei allem Respekt, Madam", stieß er hervor, „Sie bringen sich und auch mich in Gefahr, wenn Sie nicht zurückbleiben. Heben Sie sich Ihr Wiedersehen mit alten Freunden für später auf!" Er sah Miss Jane bedeutungsvoll an und wandte dann den Blick zu der Menge hinter ihr. Miss Jane drehte sich um. Hass und Wut waren dort beinahe körperlich spürbar, sodass ihr ein Schauer über den Rücken lief. Sie gab auf. Zusammen gingen sie wieder zu Simons Kutsche zurück und sahen zu, wie die Dakota auf das Schiff stiegen. Ein Pfiff ertönte, dann begann sich das Schaufelrad zu drehen und der Dampfer legte ab.

Plötzlich hörten sie Gesang. Er war so leise, dass nur ein Missionar die Worte erkennen konnte, und die vertraute Melodie stieg zu ihnen hinauf:

Jesus Christ, nitowashti kin,
Woptecashna mayaqu.
Jesus Christus, deine Güte
gibst du mir im Überfluss ...

*

„Sie haben gesungen, Nina!", sagte Gen mit brüchiger Stimme. „Sie haben *gesungen*!"

Während die Männer ein Treffen von verschiedenen Gemeindeleitern einberufen hatten, um die Dakota-Mission zu unterstützen, saßen Nina und Gen auf der Veranda. Drinnen spülten Miss Jane und Belle das Geschirr. Lizzie war mit den Kindern nach oben gegangen, um ihnen eine Gute-Nacht-Geschichte vorzulesen.

Nina wischte sich die Tränen von den Wangen und schüttelte den Kopf. „Ich wünschte, ich wäre mit euch dort gewesen!" Sie legte eine Hand auf ihren schwellenden Bauch. Samuel hatte ihr wegen der Schwangerschaft verboten mitzukommen, und anders als Gen und Miss Jane hatte sie auf ihn gehört.

„Simon möchte, dass wir ihnen ins Reservat folgen. Er verspürt einen Ruf Gottes, dorthin zu gehen." Gen schüttelte den Kopf. „Aber was sollte ich ihnen beibringen? Sie haben einen Glauben, der tausendmal stärker ist als mein eigener!"

„Vielleicht", sagte Nina sanft, „ist das genau der Grund, warum du mitgehen solltest."

Gen sah sie an. „Simon will ... er meint, wir sollten heiraten." Sie lächelte. „Du lagst gar nicht so falsch, als du damals in Alton diese Möglichkeit angesprochen hast."

Nina sah Gen prüfend an. „Aber du liebst Simon nicht." Das war keine Frage, sondern eine Feststellung.

Gen schüttelte den Kopf. „Ich respektiere ihn und er ist mir ein guter Freund geworden."

„Es sind schon erfolgreiche Ehen auf weniger aufgebaut worden."

„Aber sehr romantisch ist es nicht!", seufzte Gen.

„Es muss auch nicht romantisch sein, um richtig zu sein."

Gen berührte gedankenverloren die Kette um ihren Hals. „Bete für mich, Nina. Ich möchte etwas Sinnvolles mit meinem Leben anfangen. Aber ich habe Angst!"

„Ach Gen - ich habe nie aufgehört, für dich zu beten. Nicht seit dem Tag, an dem Gott diese Sandbänke verschoben hat."

Gen sagte Nina Gute Nacht und ging nach oben. Meg schlief mit Hope in einem Bett, und Gen küsste beide auf die weichen Wangen. Dann stellte sie sich vor den großen Wandspiegel und betrachtete sich selbst. Was hatte Mrs. Riggs gesagt? *Ich habe mir eine kleine Zeremonie ausgedacht, bei der ich jedes Kind vor meinem inneren Auge Gott hinhalte.*

Gen schloss die Augen, streckte die Hände mit den Handflächen nach oben aus und wartete. Dann atmete sie tief durch und nahm die Halskette ab. Sie fuhr die Linien des Kreuzes mit dem Finger nach, dann wickelte sie die Kette sorgfältig in ein Taschentuch und legte sie in die Schublade der Kommode.

Dann ging sie nach unten und wartete am Fuß der Treppe auf Simons Rückkehr.

Ich bilde mir nicht ein, dass ich es schon geschafft habe.
Aber ich lasse alles hinter mir
und sehe nur noch, was vor mir liegt.
Ich halte geradewegs auf das Ziel zu,
um den Siegespreis zu gewinnen.
Dieser Preis ist das neue Leben,
zu dem Gott mich durch Jesus Christus berufen hat.
Philipper 3,13-14